フェイドアウト

日本に映画を持ち込んだ男、荒木和一

東 龍造

幻戯書房

目次

第四章　攻防

第五章　回顧

装丁 佐藤絵依子
写真 紘志多求知

フェイドアウト

日本に映画を持ち込んだ男、荒木和一

本書は事実に基づく創作、書き下ろしです。

序章

明治二十九（一八九六）年八月十四日――。

〈おーっ、高い建物がぎょうさん見えてきたぞ〉

列車がニューヨークに近づくにつれ、胸の鼓動が高鳴った。前日の早朝、シカゴのユニオン駅からニューヨーク・セントラル鉄道の急行列車に乗り、硬い座席の三等車両に揺られて丸一日、ようやくマンハッタン島の中心部にある終着駅グランド・セントラル駅に列車が滑り込んだ。時間は午前七時すぎ。

事前に連絡を入れず、まったくの飛び込みで超有名人に会うつもりだった。もちろん、相手の都合などわかろうはずがない。それでも、車窓からこれまで見たこともない高層建物群を目にしたとき、絶対に会えるという確信を抱いた。

このころニューヨークでは摩天楼の建造が本格化し、近代化の象徴ともいえる鉄筋の高い建物で、天空が覆い尽くされようとしていた。

麻製の茶色っぽい夏のジャケットを羽織った日本人青年はずっと神経が昂ぶっていて、車中ではほとんど眠れなかったが、その顔は生気に満ち満ちていた。

この人物、荒木和一という。和一は「わいち」と読む。二十四歳。大阪の心斎橋で「荒木商店」という屋号の店を構え、舶来雑貨品を扱っている大阪商人だ。

大きな革製トランクを提げて列車から降りたその青年が、豪壮な石づくりの駅舎から外に出ると、朝の爽やかな陽光に照らされ、少し赤みがかった高層ビル群が目の前に整然と建ち並んでいた。工事中の建物がやたらと目につく。

朝のまだ早い時間帯とあって、街の騒々しさとは無縁の空間が広がっており、思いのほか澄みわたった空気に包まれていた。それぞれの建物の入り口にかざされた大きな星条旗が、しなやかにはためいている。人出は少ないものの、これぞアメリカの大都会といった光景を目の当たりにし、和一はますます頭を覚醒させた。

「これがニューヨークか!」

思わず日本語で大きな声が飛び出た。通行人から、こんなでかい東洋人は見たことがないといった好奇の眼差しで見つめられた。百七十五センチの長身だから、致し方ない。いまの日本人ならそれほど高くはないが、明治のころではそうとう目立つ。痩せていてまだ若いのに、目を異常にぎらつかせているせいか、少し近寄りがたい独特な存在感を放っていた。

長身の青年は通行人の視線をいっさい無視し、無精ヒゲのようになっていた口ヒゲを軽く撫で、思いっきり背筋を伸ばして深呼吸してから街の匂いをかいだ。どことなく水道のカルキ臭と似ているなと感じつつ、広々とした駅構内へもどり、売店で街の地図を買ってベンチに腰を下ろした。膝のうえでその地図を広げ、背中を丸めて目的地の場所を探した。住所は五番街百三十五。ここから五百メートルほど南のところだ。訪れるには時間的に早すぎる。まずは宿を取ろうと思い、目的地にほど近いウエストミンスター・ホテルに投宿した。

ホテルの自室でしばらく仮眠したあと、満を持してウエスト二十番街ストリートを西へと歩を進めた。午前九時半ともなると、通りには馬車や路面電車(トラム)が頻繁に行き交い、歩道は足早に闊歩する勤め人や住民らで埋め尽くされ、たいそうな活気だった。しかも建造中の建物で工事がはじまっており、ときおり耳をつんざくけたたましい音が不協和音のように響きわたっていた。

和一はキッと真正面を見据え、歩幅を広げて速歩(はやあし)に変えた。すぐに目的地に着いた。十階建ての茶色っぽい建物の一階。ここの入り口にも大きな星条旗がひるがえっていた。建物の横で少しよれよれになっていたジャケットの袖を引っ張って伸ばし、濃紺のネクタイをきちんと締め直し、たわんでいたシャツをズボンに押し込み、埃で白っぽくなっていた革靴をハンカチで拭いた。

〈よっしゃ！〉

気合を入れると、無意識のうちに両手を握りしめ、その拳で両目をごしごし擦った。感情が昂ぶるとかならず出てしまう、幼いころからの癖だ。目が充血するので、なんども治そうと努力したのだが、あにはからんや、年齢を重ねるにつれ、ひどくなってきた。

緊張した面持ちで扉を開けると、株価表示機、電話機、蓄音機(フオノグラフ)、白熱電球、発信機、アルカリ蓄電池などの〈文明の利器〉がところ狭しと展示されていた。陳列室(ショールーム)になっているようだ。

「おはようございます」

和一がはつらつと挨拶すると、受付に坐っていた小柄な女性が笑みを浮かべた。

「おはようございます。なにか御用でしょうか」

女性はそう言って、クスッと笑った。両目が真っ赤になっているのだから、無理もない。和一の視線はふさふさとしたブルネットの毛髪の女性に移った。名札には「マリリン」とあった。

「は、はい、わたしは日本人のビジネスマンで、ワイチ・アラキと申します。商談で社長にお会いしたく参りました」

社長とは、あの発明王トーマス・アルバ・エジソン。和一のまるで軍人のような直立不動の姿勢に、受付嬢はまたもクスッと笑った。

「お約束は？」

「いや、それが……」

「社長は多忙をきわめております。お約束がないと、お会いできません」

「それはわかっておりますが、なんとかならないでしょうか。日本からはるばるやって来たんです」

「そう言われても、どうにもなりません。どなたかのご紹介状をお持ちでしたら、少しは便宜をはかってくださるかもしれません」

「えっ、紹介状ですか！　そんなものはありませんよ」

そう言うと、彼女から笑顔が消えた。やはり事前に連絡すべきだったと、和一は後悔した。

「それでは、きょう、あす、いや三日間くらいのあいだでお会いできる時間をなんとかつくっていただけないでしょうか」

自然と懇願口調になり、マリリン嬢は困惑しはじめた。これ以上、食い下がっても無駄だと判断し、英語で印字された名刺を受付嬢に手渡した。〈Araki Firm（荒木商店）〉ではなく、〈Araki Company（荒木会社）〉としていた。実際は貿易商を介して舶来品を仕入れているのだが、アメリカでは足もとを見られないよう大風呂敷を広げ、輸入も扱う会社と誇張していた。

「エジソン社長にわたしのことをお伝えください。あす、また参ります」

翌日のおなじ時間にエジソン社のオフィスに駆けつけた和一は、挨拶もせず、いきなりマリリン嬢にせっついた。イラチだ。「せっかち」を意味する大阪弁。このときも目を充血させていた。

「社長に会えますか？」

彼女はクールに返した。

「当分、スケジュールがふさがっておりまして、二週間先ならなんとかお会いできそうです。それも十分間ほどですが……」

〈えっ！　そんな先まで待てまへんがな〉

和一は脳天を叩かれたような衝撃を受けた。

「いま、社長室におられるのなら、五分間でかまいませんので、なんとか、なんとかお目通りのほどよろしくお願いします」

そう言うや、土下座をした。生まれてこの方見たことのない仕草とあって、マリリン嬢はたじろいだ。いや、それだけならよかったが、態度がますます硬化してきた。

「無理です！」

いきなり大声を浴びせられ、和一は驚いて立ち上がった。しかし、なおも諦めない。

「わかりました。とりあえず、せめて十日後に約束を取りつけてください。お願いします」

こんどは受付嬢に向かって仏像を拝むように合掌し、「なんとか頼んます、頼んます」と、あろうことか日本語、それも大阪弁でつぶやきながら、なんども頭を下げた。

思わず彼女が吹き出した。よほど滑稽な動作に思えたのだろう。さすがに根負けし、マリリンは日本人青年の希望する日時をメモに書き留めた。

重い足を引きずり、オフィスを出た和一だったが、どう考えても十日間もブラブラしてはおられない。そこで、強硬手段に打って出ることにした。


つぎの日、朝早くから建物の角に隠れ、エジソンが来たら捕まえて直訴する算段だった。この日はしかし、待てど暮らせど当人は姿を現さなかった。翌日もそうだった。そして三日目――。午前九時すぎ、ベージュの背広にこげ茶のネクタイを締めた恰幅のいい紳士が建物に近づいてきた。

〈エジソンだ！〉

これまで新聞や雑誌で顔を見ていたので、和一にはすぐにわかった。拳で両目を擦ろうとしたが、どういうわけか寸前に動きが止まった。そして、紳士が玄関の扉に手をかけようとしたとき、うしろから声をかけた。

「エジソン社長！」

発明王が振り向いた。見知らぬ東洋人の青年が突っ立っていたので、思わず後ずさりした。

「驚かせてすみません。わたしは日本から来ましたワイチ・アラキと申します」

エジソンはグイッと和一を睨みつけた。新聞の写真から、てっきり背丈が百九十センチほどある、かなり大柄な人物だとばかり思っていたのだが、自分よりもほんの少ししか高くない。それが意外だった。正確にいえば、身長百七十八センチ。眼光の鋭さに気圧され、和一は蛇に睨まれた蛙のようになり、体が固まってしまった。

しばし無言……。しびれを切らした和一が口を開いた。

「あのぅ……わたしの名刺をご覧になられましたか」

そこまで言うと、エジソンはプイと背を向け、扉を開けてオフィスのなかに入ってしまった。

〈そ、そ、そんなアホな〉

建物の前に取り残された和一は、とっさに扉を開けた。すると、またも振り向いたエジソンからこんどは一喝された。

「君、失礼だぞ！　約束した日に来たまえ。ルールをわきまえないのは大嫌いだ」

社長の眉間にはしわが刻まれていた。そばでハラハラしていたマリリン嬢が助太刀した。

「社長、ミスター・アラキは必死なんです。せめてひと言だけでも聞いてあげてください」

その言葉でエジソンの眉間からスーッとしわが消えた。

「す、す、すみません。わたしは日本の大阪で外国の商品を輸入して売っているビジネスマンです。受付の女性から聞いておられると思いますが……。エジソン社長と商談するためにやって参りました。飛び込みで参上したことは深くお詫び申し上げます。ほんの少しの時間でかまいませんので、わたしの話を聞いてくださらないでしょうか。重要な案件です。どうかよろしくお願いします」

エジソンは呆気にとられ、一気にまくし立てた和一の顔を不思議そうに見つめた。東洋人でかくも流暢に英語を操る人物に、これまでお目にかかったことがないからだ。

「君、アメリカ生まれなのかね」

「いいえ、生まれも育ちも日本です。独学で英語を勉強しました」

「ほーっ、そうかね」

エジソンがにわかに和一に興味を抱きはじめた。

「アメリカ人よりも英語がうまいよ。名刺を見たが、まだ若いのに会社の経営者とは……」

「はい、父親が最近亡くなりまして、あとを継ぎました」

エジソンの表情にふくみ笑いがこぼれ、直立不動のままの日本人青年を、頭のてっぺんからつま先まで舐めまわすように鋭い視線を這わせた。

「東洋人にしては随分、背が高いね。で、なんの商談かね」

間髪入れず、和一がこたえた。

「ヴァイタスコープです」

社長の顔が引き締まった。

「ほーっ、ヴァイタスコープ……。日本でも噂になっているのかな」

「いいえ、数日前、シカゴではじめて観て、心が奮い立ちました。それですぐにニューヨークに飛んできたんです」

エジソンはマリリン嬢になにやら耳打ちし、和一を奥の社長室へ案内した。どうやら朝一番のスケジュールをキャンセルさせたようだ。

〈やったー！　行動を起こしてナンボや！〉

和一は天にも昇る気持ちだった。


人間というものは緊張の度が過ぎるとかえって開き直り、堂々とするものだ。世界の発明王を前にして、日本人青年は不思議なほど落ち着いていた。その証拠に、広さが十畳ほどの社長室を仔細に眺めることができた。

大きな窓にかけられたレースのカーテン越しに、旭光（きょっこう）が筋状に射し込んでいたが、決して明るい部屋ではなかった。どことなく陰気で、ここでもカルキ臭のような匂いが感じられた。

壁にはエジソン本人の肖像画や特許認定書のような、証明書らしきものが何枚も飾られている。それらを見るかぎり、自己主張の強い人物であるのがうかがえた。重厚な木製デスクのうえは書類が散乱しており、和一が見たこともない小さな金属製の機械が二つぞんざいに置かれていた。右隅には十年前に再婚した妻ミナの写真。このデスクが稀有な発明を生み出す〈聖域〉なのだろうか……。

部屋の四隅に視線を移すと、これまた得体の知れない機械が数台放置されていた。執務室というより、研究室か実験室のような佇まいだ。天井には自ら発明した白熱電球が取りつけられていた。

中央には少し毛羽だった黒いソファが置かれていた。坐りなさいとエジソンに促され、和一はひと息ついて、腰を下ろした。冷ややかな光沢を放つ大理石のテーブルをはさみ、一メートル先にあのエジソンが坐っている。和一にとっては雲のうえの人物だ。窓から降り注ぐ朝日で右半身が輝き、左半身が陰影で覆われたその姿は、なんとも不気味に感じられた。四十九歳。とてつもなく眼力があり、発明家というより老獪な商売人といった雰囲気を体中から発散させていた。

片や二十五歳年下の和一は、大阪では知る人ぞ知る舶来雑貨店の店主とはいえ、まだまだ青二才。百獣の王を前にしたか弱いシマウマの子、まさにそんなふうだった。

「君、コーヒーでも飲むかね」

「はぁ……はい」

エジソンが立ち上がり、デスクの隅にあるボタンを押した。すぐにマリリン嬢がトレイに載せてコーヒーカップを二つ持ってきた。ちょこんと腰を下ろしている日本人の若者と目が合うと、「あんた、ラッキーね」とでも言いたげに軽くウインクをした。和一は顔を紅潮させ、どう繕っていいのかわからず、下を向いた。それを目ざとく見たエジソンがにんまりと笑った。

「遠慮せず、コーヒーを飲みたまえ」

「はい、ありがとうございます」

和一はカップを口にし、それをテーブルに置き、緩んでいたネクタイを締め直し、言葉を発した。

「エジソン社長、それでは本題に入らせていただきます」

どうしてこの日本人青年がニューヨークにまでやって来て、エジソンと直談判しようとしているのか。それを解き明かすには、彼の生い立ちと、ここに至るまでの足跡を辿らなければならない。

第一章　疾走

生い立ち

もともと和一の苗字は荒木ではなく、酒井だった。実の両親である酒井亀蔵とカメは越前（福井県）勝山の出身で、酒井家は平家の落ち武者の子孫といわれている。二人が暮らしていた遅羽町大袋という地区は山の斜面にあり、耕作する土地が少なく、冬の豪雪は想像を絶するほどだった。そうした厳しい環境から抜け出し、二人は入籍をしないまま大阪へ出てきたのだが、それがいつのころか、どういう事情があってのことかは定かではない。

亀蔵とカメは四天王寺境内東側の、奇しくも生地とおなじ地名の勝山一丁目で小さな店舗を借りて文房具店を営んだ。その後、日本屈指の花街として知られる新町や四天王寺境内北側の上綿屋町など転々と移り住み、明治五（一八七二）年二月三日、亀蔵が二十六歳、カメが十五歳のときに第一子の和一を授かった。どこで産声を上げたのかはわからない。

和一は物心ついたころから利発な子で、人一倍、好奇心が旺盛だった。小学校に入学すると、めきめき才覚を現し、町内では稀代の秀才で通っていた。工作や機械いじりに夢中になり、理科系の事象にことさら興味を示した。大柄な両親の血を受け継ぎ、みるみるうちに背丈を伸ばし、学校では卒業するまでずっと一番のノッポだった。

順調に成長する息子とは裏腹に、酒井家の暮らし向きは落ち込んだままだった。亀蔵はすこぶる愛想がよいのだが、商才に乏しく、働けど働けど、貧しさから逃れられなかった。その最大の理由が、ほど近いところに品数を揃えた同業の店ができ、顧客の学童をごっそり持っていかれたことだった。なにか対策を講じればいいものを、亀蔵は手ぐすねを引いたままだった。

そんな父親がミナミ・千年町（せんねんちょう）の古手屋（ふるて）（古着商）で買ってきた厚手の布地の着物と、浴衣のような麻の着物が、和一の衣服となった。それら二着を冬場と夏場、交互に羽織って通学した。「おまえ、いつもおんなじ着物やないか」と学校でからかわれても、「この着物が好きなんや。ほっといてくれ」と胸を張って言い返した。背丈が伸びてくると、カメがよく似た色の端切れを継ぎ足して間に合わせた。両親も着物はいつもおなじだった。こうした清貧な暮らしぶりを和一は厭わず、むしろ厳しい環境のなかで自分を育ててくれている両親に感謝し、幼心にもなんとか手助けしたいという気持ちが芽生えていた。

〈せえだい勉強して立派な大人になって、お父はんとお母はんを楽にさせてあげるんや〉

年齢とともに生来の優等生気質が顔を覗かせてきたある日、亀蔵が和一を道頓堀に連れて行った。てっきり芝居見物かと思ったが、向かった先は寿司屋だった。外食は生まれてこの方はじめて、しかも贅沢な寿司とは……和一は吃驚（びっくり）した。

「お父はん……」

亀蔵は息子の言葉をさえぎり、穏やかな顔を向けた。

「おまえ、学校でえれぃ頑張ってるそうやで、いっぺんくらい褒美せんならんと思うてのぉ。遠慮せんとぎょうさん食べねや」

福井の勝山弁がなかなか抜けない。和一にはしかし、学校でいじめられないようにと、近所の子たちと頻繁に遊ばせ、大阪弁を話せるように育てていた。この日は、和一が学年で最優秀の成績を挙げたことを知り、亀蔵が息子のためになけなしの金をはたいたのだ。

にぎり寿司の美味さに和一は感動すら覚えた。生魚の味が五臓六腑に染みわたり、心底、幸福感を抱いた。知らぬ間に拳をつくって両目を擦るわが子を見て、亀蔵も幸福感を覚えた。

「お父はん、おおきに、おおきに」

うれしくて、うれしくてこぼれ落ちる涙を拭いながら、タイ、ハマチ、サバなどの寿司をぽんぽん口に放り込んだ。しかるに父親のほうは、玉子のにぎりとかっぱ巻きだけを注文し、横で寿司をがっつくわが子を目を細めて眺めていた。生涯忘れ得ぬ素晴らしいひと時となった。

ところが夜半、猛烈な腹痛に襲われ、下痢と嘔吐を繰り返した。高熱も出てのたうちまわった。明らかに食中毒だった。病院にかかる金はなかった。二週間、安静にしてようやく回復したものの、はじめて死というものを意識した。この苦い体験が尾を引き、その後、生モノはいっさい受けつけられなくなった。


勉強好きな孝行息子の才能を伸ばしてやりたいと、亀蔵とカメは知人から借金をしてなんとか金を工面し、大阪城のすぐ西側、大手前にあるエリート校の官立大阪中学校に入学させた。在学中に校名が官立大学分校、第三高等中学校ところころ変わり、京都に移転後、第三高等学校となった。それが京都大学教養部（現在の総合人間学部）の前身に当たる。

超難関を突破した和一の同期生には、日本の政財界で活躍した錚々たる面々が集っていた。太平洋戦争敗戦後の処理に奔走した第四十四代内閣総理大臣の幣原喜重郎、警視総監を務めたあと台湾総督に就任した伊沢多喜男、岳父の団琢磨とともに三井財閥の重化学工業化を推し進めた牧田環……。これまで秀才肌で通してきたものの、同期生はとびきり優秀な生徒ばかりで、入学早々、打ちのめされた。

〈こんな連中と一緒にちゃんとやっていけるんやろか。自分の学力なんてたかが知れてるわ。所詮、井のなかの蛙やった〉

ともすれば自身を卑下し、不安にかられていた和一に、ひょろりとした面長の生徒が穏やかな声で話しかけてきた。

「君、ここはすごい学校やな。みな天才に思えるわ。せやけど、人は人、己は己。あんまり気にせんと、気軽にやっていったらええんとちゃうやろか」

こう言い放ったのが牧野虎次だった。のちにキリスト教の牧師、社会事業家として活躍し、同志社の第十一代総長を務めた人物だ。まったくギスギスしておらず、常に飄々としているところに和一は救われた思いがした。それに、おっとりした温かみのある関西訛りの話し方にも安堵感を覚えた。牧野は近江・湖東の日野町生まれだった。

〈こいつは信頼できる〉

和一は直感した。

二人のあいだに友情が芽生えるのにさほど時間はかからなかった。ともに英語が得意で、海外事情にいたく興味を覚え、まだ見ぬ欧米の世界にロマンを馳せた。莫逆(ばくげき)の友となった牧野は、その後の和一の人生に大きな影響を与えることになる。

学校ではもう一人、忘れ得ぬ邂逅(であい)があった。英語担当のアメリカ人教師ローシン・ヒッチコックだ。赤ら顔で、鬼のような形相をした四十歳前後の男。この教師のおかげで英語のおもしろさに取り憑かれ、海外に目を向けるきっかけとなった。

この時期、ヴィクトリア女王統治下の大英帝国が七つの海を支配し、まさに最盛期にあった。当然ながら、英語といえばクイーンズ・イングリッシュが王道だった。否、言語だけでなく、文化、経済、産業面でも最先進国のイギリスに学ぶのが当たり前になっていた。そんな時代にあって、英語の授業の合間にヒッチコックから発せられる言葉が、和一の心に突き刺さった。そこには反英意識が多分に垣間見られた。

「アメリカは広い。とてつもなく広い。それに若い国だ。建国されたのはたかだか百余年前のこと。だからこそ、だれもがチャンスを生かせる土壌があり、世界各地からどんどん人が移り住んできており、人口が増え続けているんだ」

「いまの国力はイギリスやフランスにくらべると劣っている。しかし将来、きっとヨーロッパ諸国を追い抜くにちがいない。いずれは大英帝国にとって代わる世界の大国になろう」

「日本を開国させたきっかけをつくったのはアメリカだ。そのときから日本とアメリカには太い絆ができた。これからもっと強い結びつきができるはず」

初モン食い（新しもの好き）の和一には、安泰の地位を保っているイギリスよりも、底知れぬ可能性を秘めた新興国アメリカに魅力を感じ、やがて憧れを抱くようになった。

〈学校を卒業したら、絶対に渡米したる。そのためにもしっかり英語を身につけとかなあかん〉

確固たる目標ができた。多士済々な同期生に揉まれ、和一は牧野と机を並べて勉学に打ち込んだ。とりわけ英語に力を注いだ。わからないことがあれば、休み時間や放課後にヒッチコックのもとへ駆けつけ、ときにはマンツーマンで教えてもらうこともあった。その際、いつも目を爛々とさせてアメリカ事情を聞き出していた。

「君は発音を覚えるのが早いね。耳と語感がいいのかな。アメリカ人並みだよ」

ヒッチコックに褒められ、ますます英語への熱量が高まった。しかし、勉学意欲を燃やす和一だったが、家業は依然として厳しく、授業料を捻出することすらままならなかった。そのうえ教材費も必要とあって、亀蔵は知人や同業者を頼って借金を重ねていた。

英語の授業には英和辞典と和英辞典が欠かせない。家の事情を把握している和一は、なかなかそれを切り出せなかった。学校では牧野の辞典を借りていたが、家で宿題をしたり、英語の書物を読んだりする場合はさすがに困った。古本屋で買い求めようとするも、その金すら手持ちになかった。暗い表情をしている和一をカメが問い詰め、そのことを知るや、息子に金を握らせた。

「これで買うてきねの」

「そんなもん気にせんでもだんねぇ。あんたはしっかり勉強してればええんにゃ」

その夜、寝床で横になった両親が小声で話しているのを、和一は盗み聞きした。

「ほやのぉ、わしに甲斐性があったらぁ、ぼぉにひでぇ苦労させせんでもええんやけどなぁ。すまんのぉ」

「なんも、だんね、だんね。帯の一本や二本、質に入れたかて」

カメはこれまでにも着物や反物を質入れして教育費に充てていた。和一は目をごしごし擦り、布団のなかで声を殺し、嗚咽した。

食事にしても、二人は和一に気づかせないようにできるだけ食べる量を減らし、食費を抑えていた。もちろん成長期の息子にはきちんと食べさせていた。勘のいい和一のこと、気づかぬはずがない。おおきに、おおきに、と心のなかで感謝しつつ、親に恥をかかせたらあかんと、わざと知らんぷりを通していた。

大家から家賃を督促され、「もうちょっと、待ってくださいな」「来週にはかならずなんとかしますでよ」と亀蔵がなんども頭を下げている姿を見るにつけ、「アメリカ行きなんて夢のまた夢やなぁ」と諦める自分がいた。現実の過酷さは容赦がなかった。そのうち自分だけが安穏と勉学に勤しんでいることに罪悪感すら覚えるようになってきた。

ある日、思い切って家庭の事情を牧野に打ち明けると、こんな言葉が返ってきた。

「道理で浮かない顔をしてると思うた。ご両親も大変やなぁ。事情はよぉわかるけど、学校だけは辞めたらあかんで。ここまでやってきたんやさかい、もったいない。ちょっとぐらいやったら、金貸したるから」

数日後、授業を終えて一緒に下校していた牧野が和一を誘った。

「時間があったら、ちょっと寄り道していかへんか」

牧野は和一を心斎橋方面へと連れて行った。そこにはいままで見たことのない木造の建造物が建っていた。屋根のうえに屹立する十字架が和一の目を引きつけた。

「島之内基督(キリスト)教会や。ときどきここに来てるんや」

「おまえ、クリスチャンやったんか」

「ちゃうよ。西洋はんの信仰のことなんかわからへん。同級生のなかにクリスチャンが何人かおってなぁ。だれかは言わへんけど、そのうちの一人にここを教えてもろたんや。この教会に来たら、不思議と心が落ち着くんや。大阪の街はせわしのうてごちゃごちゃしてるやろ。ぼくみたいな近江の田舎モンには息苦しゅう感じるときがあるんや」

大阪人の和一にはその感覚が理解できなかったが、牧野があまり大阪の水に合っていないことはなんとなく感じていた。実際、ときどき病欠したり、都会暮らしはしんどいと吐露したりしていた。牧野が欠席した日に和一が寄宿舎を訪れると、生気のない顔を浮かべ、万年床で寝そべっていたこともあった。

島之内教会へ足を運んだのは平日の夕べとあって、礼拝者がだれもおらず、不気味なほどに静まり返っていた。そんななか、祭壇の前で二人の男性が立ち話をしていた。

「右側の人が牧師さん。左側のでっぷりした貫禄のあるおじさんが荒木安吉というお方や。なんでもこの教会を建てはったそうやで」

「ふーん」

和一は相槌を打った。大きな顔に細い目、それにズシリとした存在感があり、どことなく相撲取りみたいな風貌。

〈なんか取っつきにくい、怖そうなおっちゃんやなぁ〉

第一印象はこんな感じだった。

これまで宗教や信仰にはとんと関心がなかった和一が、この日を境に島之内教会へときどき足を運ぶようになった。牧野と連れ立ってやって来たり、一人でぶらりと立ち寄ったり。べつに礼拝するわけではなく、ただ教会のなかでじっと坐っているだけで妙に気持ちが和らいだ。逼迫する家業のこと、両親のこと、学業のこと、アメリカ行きのこと……、気になるすべてのことを忘れさせてくれた。

キリスト教の理念については本を読み、なんとなく理解はしていた。日曜日の礼拝にもなんどか顔を出したが、自分とは異質な世界に思え、信者になる気は毛頭なかった。

その日も下校途中、教会内でぽつねんと佇んでいた。すると突然、うしろから声をかけられた。浪曲師のようによく通る、太い低音だった。

「ぼん、ときどき見かけるけど、牧野君の友達だすな」

「あっ、荒木さん……」

和一は思わず立ち上がり、深々と礼をした。言葉を交わしたのはこれがはじめてだった。

「ぼんはえらい背が高いだすなぁ」

四十五歳、男盛りの安吉が和一を見上げた。

「すんません……」

「なにを謝ってますんや。背が高いのはちゃんと成長してる証しやないか。おもろい子やな。ハハハ」

荒木家は伊勢・松坂の資産家で、先祖代々、神主を引き継いできた。田舎に引きこもっていることに嫌気がさしていた安吉は、莫大な金を携えて大阪へ出てきて、島之内の堺筋三津寺筋角で芝居の貸衣装屋を営んだ。すぐ南側には芝居小屋が連なる道頓堀があり、歌舞伎役者が店のご贔屓筋だった。商売は順風満帆。界隈ではいっぱしの金満家として知られていた。

そんな安吉が明治十一（一八七八）年、三十五歳のとき、西区本田にあるプロテスタントの梅本基督公会で聞いた説教に感銘を受け、しだいにキリスト教に惹かれていった。

二年後、「島之内大火」と呼ばれる大火災で今日の東心斎橋一帯が焼け、更地になっていた一画に教会を建てる計画が持ち上がった。すぐさま安吉が賛同し、地代の三百四十円を全額ぽんと立て替えた。それがこの島之内教会だ。

自分の金で建てられた島之内教会で洗礼を受け、神道からキリスト教のプロテスタントに改宗した。それもとびきり熱心な信者になった。生真面目で実直、しかも並はずれた感受性の持ち主だけに、牧師の言葉を神の言葉として全身全霊で受け止めた。

「永遠の生命を得ようとするなら、芝居の衣装をすべて焼き捨てるべし。十字架を背負ってキリストに従うべし」

この言葉に感銘を受けた安吉は「そら、そや。芝居は浮世の稼業。神さんが喜びはるはずがあらへん」と大いに繁盛していた貸衣装屋をあっさりたたんだ。行動が速く、気っ風がいい。安吉はそんな男だった。そしてなにを思ったか、舶来品の雑貨販売業に転業した。

心斎橋筋の一つ西側の御堂筋に面した東区南久宝寺町(きゅうほうじまち)四丁目（現在の中央区南久宝寺町三丁目）に店舗を構え、「荒木商店」の屋号を掲げた。南船場の最西端に位置していたが、大阪随一の商店街、心斎橋筋の近くなので、「心斎橋の荒木商店」の名で知られるようになった。

和一は教会で安吉と会うようになり、ぽつりぽつりと自分の夢や抱負を話しはじめた。そのうち甘えが高じ、厳しい家庭環境まで吐露するようになった。それもこれも包容力のある安吉をすっかり信頼しきっていたからだ。安吉のほうは、人一倍親孝行で、不遇ななかで勉学意欲を燃やし、英語をわが物にしようと躍起になっている和一の健気さとひたむきさに、どんどん惹きつけられていった。

〈この子、いまのままやったら、才能が無駄になってまうがな〉

安吉とトミの夫婦には、和一より二つ年下の娘ヤス（安子）しかいない。荒木商店の暖簾を絶やさぬようにと婿養子を探していたのだが、なかなか安吉の目にかなう男がいなかった。そこに和一が現れたのだ。婿養子として申し分なかった。

和一が十五歳になったとき、安吉が単刀直入に胸の内を伝えた。

「でや、和一君、うちの家に来ぇへんか、まずは養子として。好きなだけ勉強したらええ。ご両親にはこれから先、いろいろ支援させてもらうさかい。お互いそのほうがええんとちゃうやろか」

亀蔵とカメもその提案を受け入れ、話がまとまった。和一は将来、安吉の娘ヤスとの結婚を前提に、学校を卒業する十六歳で荒木家へ養子に入る。それまでの勉学にかかわる費用を、すべて安吉が負担することになった。実際は勉学費用だけでなく、亀蔵の文房具店の資金繰りが悪くなると、「べつに返さんでええさかい」と言って、安吉は気前よく金銭的な援助をした。

養子話が一件落着すると、和一は学校で長らく顔を見ていなかった牧野のことが気になり、寄宿舎へ駆けつけた。寮長に訊くと、腸チフスを患っており、寝たきり状態だという。面会謝絶だったが、チラッと部屋を覗くと、ガリガリに痩せた牧野が布団にくるまって横たわっていた。年が明けて春になっても、牧野は病欠のままで、試験も受けていなかった。

ある日、牧野から一通の手紙が届いた。達筆の字で書かれた短い内容だった。

「和一君、心配してくれていると思います。哀しい哉(かな)、体調が回復しません。試験を受けることができず、単位を落とし、寄宿舎に居られなくなりました。つまり、退学と相成ったわけです。しばらく近江の実家で療養します。和一君には学校を辞めたらあかんと言うてたのに、自分のほうが先に辞めるようになり、なんとも情けない。また会おう。それまでお元気で」

手紙を握ったまま和一が寄宿舎に駆けつけるも、すでに牧野の部屋は片づけられていた。二日前に親に連れられて去ったことを寮長から教えられ、愕然とした。

〈おい、牧野よ、水臭いやないか〉

和一は号泣した。

荒木家へ

明治二十一（一八八八）年七月、第三高等中学校を卒業した十六歳のとき、和一は荒木商店を経営する荒木安吉とトミの夫婦の養子になった。それを機に思い出深い島之内教会で洗礼を受けた。

「お父はん、これからよろしゅうお頼み申しあげます」

和一があらたまって挨拶すると、安吉は苦笑いした。

「こちらこそよろしゅうに。せやせや、『お父はん』はあきまへん。うちでは『お父さん』で通しなはれ」

荒木家は船場では新参者とあって、船場言葉にはあまり執着しなかった。

「それはそうと、大学へ行きたかったんとちゃうか」

同期生の多くが、当時唯一の大学だった東京の帝国大学へ進学したのに、あえてそうしなかったからだ。和一は首を横に振り、きっぱり言った。

「そんなことありまへん。一日も早う商いを覚えたいんだす」

荒木商店の跡取り息子として商売を手助けしてほしいと願う安吉の気持ちを、なによりも尊重したかったのだ。

「まぁ、商いはぼちぼち覚えなはれ。それよりか英語のほうが大事や。西洋はんの貿易商とやり合うてもらわなあかんさかいに。英語の勉強はどないするんや」

「へぇ〜い、独学で続けるつもりだす」

「よっしゃ、わかった。英語の本がほしなったら、いつでも遠慮のぅ言いなはれや」

「おおきに、ありがとさんだす」

「せやせや、『へぇ〜い』というのはみっともない。そこいらの丁稚(でっち)みたいや。おまえは跡取り息子やさかい、『はい』と言いなはれ」

「へぇ〜……、は、はい!」


荒木家に入って一週間後、安吉が外出しているのを見計らって、亀蔵がひょっこりやって来た。ひとたび他家の養子になったからには、しかるべき節目の年以外には互いに会わないと決めていたので、和一は怪訝な顔をした。

「お父はん、ここに来たらあきまへんがな。約束しましたやろ」

亀蔵は下を向いたままなにも言わず、封書を渡してそそくさと出て行った。

牧野からの手紙だった。住所は京都市上京区相国寺(しょうこくじ)となっている。封を開けると、近江の実家での手厚い看病によってなんとか病から脱することができ、前年九月、京都の私立同志社英学校に合格し、勉学に励んでいる旨がしたためられていた。

〈よかった、よかった。あいつはやっぱし大阪の水が合わへんかったんやなぁ〉

さらに驚くべきことが記されていた。牧野が同志社英学校の入学式で柏木義円という上級生が捧げた祈りに胸を打たれ、洗礼を受けて求道心を引きたてられたことだ。柏木はのちに非戦を唱えた牧師、キリスト教思想家として知られる。おなじプロテスタントの信者となった和一は、友の心情を十分、納得できた。

〈牧野よ、京都で精一杯、やってくれ。ぼくは大阪で羽ばたいていくさかい！〉

俄然、元気が出てきた。

「若旦（わかだん）さん、おかえりやす」

和一が外出先から自宅兼店舗にもどってくると、店員たちが深々と頭を下げた。「若旦さん」の言葉に違和感を覚えたが、とにもかくにも早く慣れなければいけない。

荒木商店では、船場のしきたりをあえて無視し、従業員を「丁稚」ではなく、「店員」と呼んでいた。そのため、まわりの商店主から「荒木はんとこ、えらいハイカラだすな」と揶揄されたが、安吉は聞く耳持たずだった。

和一にとってはすべてが恵まれていた。英語で書かれた洋書や興味を抱いた書物を買いたければ、近くの丸善書店で何冊購入してもいっさい文句を言われなかった。日に日に蔵書が増えていった。日中は安吉のそばで仕事を覚え、夜半、自室にこもって思う存分、英語の世界に浸った。その時間がなにににも増して楽しかった。

英語は独学で習得すると言っていたが、週に二回、恩師ともいうべき英語教師ローシン・ヒッチコックの自宅で個人授業を受けることができ、ますます磨きをかけていった。その裏で、安吉がこのアメリカ人教師に掛け合い、法外な授業料を支払っていたのだが、そのことを知ったのは随分、後のことだった。

荒木家に来てから、なにもかも激変した暮らしぶりに正直、和一はうろたえた。しかし一か月も経つと、新たな生活にすっかり馴染んできた。

一階の店舗には、欧米から輸入された小物入れ、サンダル、グラス、コーヒーカップ、ヤカン、置物、花びんなどの商品が陳列棚にところ狭しと並べられており、その真んなかに子どもの背丈ほどもある柱時計が店の主のごとくドンと居坐っていた。店は見ようによっては小さな博物館のようだ。

仕入れ先はほとんど神戸と大阪の貿易商で、月に一度、海外からの入荷品リストが店に送られてきた。ときには外国人の営業マンが顔を覗かせた。以前は、外国かぶれした近所の学生に通訳を頼んでいたのだが、いまでは和一がすべて応対し、それが楽しい英語の実践学習になっていた。

奥に店員が寝泊まりする大部屋があり、荒木家の住人は二階で暮らしていた。新しい母親となったトミは気丈な女性で、店員のしつけにはことさら厳しく、どこをとっても船場のご寮さんそのものだった。和一にも容赦なかった。店員がいる前でも、草履を揃えずに上がると「はしたない」。音を立てて味噌汁をすすろうものなら「あんたは犬か」。廊下を走ったら「うちのなかで運動会は困りまっせ」。一事が万事こんな調子だったが、「これが商いの基本なんや」と、和一は前向きに小言を受け止めていた。

娘のヤスは物静かな女性だった。店員から船場言葉の「とうさん」と呼ばれるのを嫌がり、店では「お嬢さん」で通していた。土佐堀にあるキリスト教系の梅花女学校を卒業後、家事手伝いをするかたわら、英語が好きとあって、時間を見つけては聖書の英語版を愛読していた。わからない言いまわしや表現があると、和一に教えてもらい、はた目から見て、ふたりは血の通った兄妹のように思えた。そんなヤスに刺激され、和一も聖書を本格的に読みはじめるようになった。

荒木家は信仰心が厚かった。日曜日は商売の書き入れどきなのに、「安息日は祈りを捧げる日。働いたらあきまへん」と安吉が思いきって休業にしていた。近所の商店主からは「荒木はんとこ、えらい強気の商いをしてはりまんな」と奇異な眼差しを向けられていたが、信仰第一の安吉にはこれまた馬耳東風だった。日曜日の朝は島之内教会で礼拝。そのあとは各自が聖書を読んだり、編み物をしたりと思い思い静かに過ごしていた。

この日ばかりはと、そとで遊びほうける店員たちを横目に、和一は日曜日を終日、英語勉学の日と決めていた。洋書の精読だけでなく、ときには築港(ちっこう)や神戸港まで出向き、外国人の船員相手に仕事抜きで英会話を磨いた。そのうち学生時代に抱いていた「アメリカへ行きたい」という思いがにわかに高まってきた。その胸の内をさり気なく安吉に言うと、きまっておなじ言葉が返ってきた。

「メリケンやと? あかん、あかん。おまえは跡取りや。遠い異国に行って、万が一、事故にでも遭うたらどないするんや。そんな無謀なこと許しまへん。まずはしっかり商いを覚えなはれ」

大らかな安吉だが、こと渡米にかんしては頑として首を縦に振らなかった。

あっという間に五年が過ぎた。

安吉は持病の腎臓病が進行し、体調を崩しがちで、仕事のほとんどを二十一歳の和一にまかせていた。いまや荒木商店の頼もしい旦さんと他人の目にも映り、商売はすこぶる快調だった。そんななかでも、〈アメリカ行き〉の気持ちは揺らぐことがなかった。

桜花の季節になったある日、アメリカから取り寄せて愛読していた科学雑誌『サイエンティフィック・アメリカン』に目を通していると、「Kinetoscope」という文字に目が留まった。

〈なんやこれは……。なになに、写真が動く？　いったいどういうこっちゃ〉

反射的に心が揺さぶられ、両目をなんども擦っていた。これが映画という未知なる世界に和一が接点を持った最初の瞬間だった。

キネトスコープとは、発明王エジソンが二年前の一八九一年に開発し、特許を取った覗き眼鏡式の映画、あるいはその装置のことをいう。はじめて実用化された〈動く写真〉であり、映画の原型ともいえる。

高さ一メートル強の木箱のなかにフィルムがセットされている。重さは約九十キロ。内蔵された蓄電池でフィルムが回転し、装置の下にある白熱電球の光に透かされ、縦三センチ、横四センチの映像が浮かび上がる。それを覗き穴になっている二つの拡大鏡で観るというもの。いわば、一人でしか観られない〈覗きからくり〉であり、現代の感覚からすれば、玩具のような代物かもしれない。とはいえ、静止している写真が動くのだから、当時の人たちはびっくり仰天した。

なにか目新しいものが世に現れると、本能的にアンテナがそれを察知し、異常なほどの好奇心にかられる。そんな性が和一にはあった。と同時に、ソロバン勘定が働いた。

〈こら、どえらい商いになるぞ！〉

確信はあったが、しかし世紀の大発明品とはいえ、雑誌の記事だけではどんなものなのかよくわからない。百聞は一見に如かず。まずは実際にキネトスコープを観てみたいという衝動に突き動かされ、〈アメリカ行き〉の熱望がいよいよ熱してきた。依然として安吉が大きく立ちはだかっていたが、なんとしても説得せねばならない。

科学雑誌『サイエンティフィック・アメリカン』に、コロンブスのアメリカ大陸発見四百周年記念のイベントとして、シカゴ万国博覧会が五月一日から十月三日まで開催され、そこでキネトスコープの実演がおこなわれることが記されていた。

〈これや！〉

すぐさま安吉にキネトスコープとシカゴ万博のことを熱っぽく語ったが、すげなく返された。

「エジソンの発明品やて？　そないにあわてんでもよろしおます。そのうち西洋はんの貿易商が日本に入れてきよる。おまえが行く必要はありまへん」

相変わらずだったが、和一は諦めなかった。もはや執念だ。以後も〈アメリカ行き〉の大義名分を探し続け、そして偶然、見つけた。

暮れも押し詰まった、木枯らしが吹きつける寒い日、神戸の貿易商からアメリカの調度品が届いた。商品を包んでいた二か月遅れのロサンゼルス・タイムズの紙面に目を通すと、翌年の一月二十七日から七月五日にかけて、サンフランシスコで国際博覧会が開催されることが大きく報じられていた。

反射的に「Kinetoscope」の文字を探したが、どこにも載っていなかった。それでもあれだけの発明品だから、展示か実演があるにちがいないと踏んだ。

年が明けて明治二十七（一八九四）年の松の内が明けたころ、和一はそのロサンゼルス・タイムズを手にし、自室でくつろいでいた安吉に声をかけた。

「お父さん、もうじきアメリカで大きな国際博覧会が開かれますねん。去年のシカゴ以上の規模のようで、世界各国から最先端の物品が展示されるそうだす。この新聞にちゃんと書いたある。うちは舶来品を仕入れて商いをしております。せやさかい、いま海外でなにが注目されてるんか知っとくほうがええと思うんだす。それにいろんな見聞を広めるのも大切やし、本場で英語力を磨くのも決して無駄ではないと思うとります。きっと荒木商店にとって役立つはずだす。これが最後の機会でっさかい、どうか、どうかアメリカへ行かせておくんなはれ。お願いだす！」

自分でも驚くほど理路整然と話すことができた。ただし、最大の目的であるキネトスコープの購入についてはひと言も触れず、あくまでも商売のためであることを強調した。

一年前の安吉なら、いつもとおなじ理由で却下しただろうが、いまは体力的な衰えから気弱になっており、和一の自信みなぎる説明に気圧されていた。

「まぁ、そこまで言うんやったら、いっぺんメリケンに行ってみるか。おい、おまえはどう思うんや」

安吉から振られたトミが眉間にしわをつくったのを見て、和一は両親の前でしゃがみ込み、土下座をした。

「お願いだす！　お願いだす！」

こうして養父母に〈アメリカ行き〉を認めさせた。

渡航の直前、英語教師のヒッチコックからアメリカ人の国民気質や生活習慣などを教わった。その際、サンフランシスコに知人がいるから、困ったときには訪ねるべしと、名前と住所を添えた紹介状を受け取った。これで準備万端だ。

一回目の渡米～キネトスコープを求めて

明治二十七（一八九四）年、初夏の爽やかな風がそよぐ五月。和一は神戸港からイギリスの船会社カナダ太平洋汽船の客船エンプレス・オブ・インディア号に乗り込んだ。西洋人に引けを取らないようにと、ネクタイはつけていなかったものの、安吉が心斎橋筋の紳士服店で仕立ててくれた一張羅（いっちょうら）のグレーの背広を羽織っていた。

安吉から受け取った現金六百円（現在の約千二百万円）の紙幣は、腹巻きのなかや首から吊り下げた袋、背広上下のポケットなど各所に分けて保管し、残りは学生時代に使っていたたすき掛けの布製鞄に詰め込んだ。革のトランクは英語と日本語の書物ではち切れそうになっていた。衣類は現地調達するつもりなので、ほとんど入れていない。手にはアメリカ全土を網羅した分厚い英字のガイドブックがあった。

桟橋からタラップを伝ってデッキに立った。まさに欣喜雀躍たる気分。とはいえ、弱冠二十二歳での初渡航とあって、さすがに不安にかられていた。

そんな和一を心丈夫にさせたのが、同船していた留岡幸助という八つ年上の男性だった。岡山は高梁(たかはし)出身のこの人物はプロテスタントの牧師で、友人の牧野虎次が進学した同志社英学校の出身と知り、親しみを覚えた。北海道の空知集治監(そらちしゅうじかん)（囚人の収容施設）で囚人を精神的に支える教誨師(きょうかいし)を務めていたが、出所者の更生保護事業を調査、研究するため、三年間のアメリカ留学を決めていた。留岡はのちに日本の社会福祉と感化院教育の先覚者となった。神戸港から横浜港を経て太平洋を航行する客船のデッキで、二人は茫漠たる大海原を眺めながらよく語り合った。

「荒木君、日本の監獄はひでぇーもんじゃけぇ。みながぁ懲罰主義で、囚人への暴力は日常茶飯事。そねぇな地獄みてぇなのをなんかかんかして改善してぇと思よーるんじゃ」

「アメリカじゃあ、感化院も日本よりだいぶ進んどるゆうて聞いとる。東部ニューヨーク州のエルマイラゆう町にある感化院でしっかり実地調査をするつもりじゃけぇ」

使命感を持って溢れんばかりの意欲をぶつける留岡を前に、和一は圧倒された。自分はキネトスコープという娯楽装置を買いつけるのが目的。それはたしかに世紀の大発明品とはいえ、留岡が心に抱いている壮大な社会的事業とくらべると、あまりにもちっぽけなものに思えたのだ。

和一は旅の目的を留岡に伝え、正直に胸中を吐露した。キネトスコープのことをはじめて知った留岡はすこぶる興味を示し、笑みを浮かべて和一の顔を見据えた。

「写真が動くのはすげぇなぁ。アメリカに行く楽しみが増えたわぁ。ぜひともその装置を日本に持って帰り、国民をあっと言わせてもらいてぇわぁ」

「はい、なんとしても実現させます。せやけど……」

和一の言葉をさえぎり、留岡がすべて把握しているように言葉を紡いだ。

「感化院と娯楽。わしと荒木君がめざしょーる分野はぜんぜんちがうけど、それぞれの道で開拓者になりゃそれでええんじゃ。お互いべつの人間なんじゃけぇ、当たりめぇじゃ。卑下したらいけんで。人は人、己は己。ハハハ」

笑い飛ばす留岡から、中学校に入学したとき牧野虎次に言われた「人は人、己は己」という言葉を耳にするとは思わなかった。気持ちが軽やかになった。旧友の顔がふと脳裏に浮かんできた。

〈いまごろどないしてるんやろ……。もう七年間も会うてないわ〉


カナダのバンクーバーに到着後、波止場近くのホテルで一晩、和一は留岡とおなじ部屋に宿泊し、翌朝、無事を祈って別れた。そのとき留岡が言った。

「荒木君、きっと発明王のエジソンに会えるで。なんかそんな気がするわぁ。わしの予感はよう当たるんじゃ。なにはともあれ、このご縁を大切にしょーやぁ。ほんなら、シー・ユー・アゲイン・サムデー。いつかまた会おう!」

留岡は人を前向きにさせる不思議な力を持っている。その言葉に背中を押され、和一はサンフランシスコ行きの列車に乗り込んだ。そこに行けばきっとキネトスコープと対面できると胸をふくらませていた。

サンフランシスコに到着すると、存外に東洋人が多いことに驚かされた。なかでも中国人が目立つ。半世紀以上前から中国人移民が西海岸に住み着くようになり、その後、一獲千金を狙うゴールドラッシュと大陸横断鉄道の建設に伴う労働力として、中国人の移住に拍車がかかった。

そんななか、中心部の少し西側のウエスタン・アディションという地区には、五百人ほどの日本人が居住し、日本語が飛び交う「日本人街」が形成されていた。和一はそこのマツモト・ホテルという安ホテルに投宿した。

荷物を部屋に放り込むや、さっそく市街地西方のゴールデン・ゲート・パーク（金門公園）で開催されている国際博覧会の会場へ足を向けた。そこで目を見張ったのは、会場の真んなかにそびえる高さ八十メートルのボネット・タワーだった。博覧会のシンボルだ。

〈な、な、なんやこれは！〉

和一は口をあんぐり開けたまま、タワーを仰ぎ見た。日本では考えられない世界がアメリカでは当たり前のように広がっている。

〈どえらい国や〉

心底、そう実感した。

この博覧会の正式名称は「カリフォルニア冬季国際博覧会」という。ヨーロッパやアジア、アフリカ諸国の特産物や工芸品も展示されてはいたが、名前のごとくカリフォルニアに特化したものだった。つまり国際博覧会と銘打ってはいるものの、内実はかぎりなく地元特産品の大展示イベントだった。

〈新聞の記事とえらいちゃうがな〉

実情を把握した和一は拍子抜けした。

さて、なにはともあれ肝心のキネトスコープだ。案内所で訊くと、「展示していません」とのすげない返事。そんなはずはないと会場をくまなく探すも、やはりなかった。

〈せっかくアメリカまでやって来たのに……〉

落胆した気持ちを抑え、とりあえず博覧会を見物してから街中へ出た。すでに薄暮になっており、海からそよぐ初夏の風がなんとも心地よかった。しかし頭のなかは沸騰していた。

〈いったいキネトスコープはどこにあるんや〉

焦ってきた。こういう場合、まずは頭を冷やして柔軟に考えるのが一番。

〈せや、宿屋の亭主に訊いたらええねん〉

和一はすぐさまホテルにもどり、どこでキネトスコープが観られるのかを日本人の経営者に訊いた。この人物は信州の松本から夫婦で移住してきた実直な男だった。出身地からホテル名がマツモト・ホテルとなっていたのだ。

「すぐ近くにありますよ。あれはおもしろかった」

「もう観はったんですか」

「ええ、ここの住民はみな観てますよ。写真が動いてるんですから、そりゃ驚きましたぜ。こちらではピープ・ショーと呼んでいますよ」

〈ピープ・ショー……。覗きの見世物?〉

和一は宿屋の亭主に描いてもらった地図を手にして小走りで街中を駆けた。最初から宿で訊いておけばよかったと後悔していると、あっという間にその場所に着いた。繁華街のはずれにある古びた五階建てのビルの一階に、「KINETOSCOPE PARLOR（キネトスコープ・パーラー）」と大書された看板に目が留まった。

〈なんやこれは?〉

五十人ほどが建物の前で列をつくっていた。チラッと屋内に視線を注ぐと、十メートル四方のフロアに木箱が五台並んでおり、それを覗き込んでいる人の姿があった。

〈わっ、キネトスコープや!〉

思わず小躍りした。すぐさま行列の最後尾に並び、三十分ほどしてようやく自分の番がまわってきた。金色の蝶ネクタイをつけた大柄の男から、不愛想というか命令口調で説明を受けた。

「映像一本の見料が五セント、最大七本まで鑑賞できる。小銭がなければ両替する」

日々、おなじ文言を何百回も口にしているのだろう、知らず知らずのうちにぞんざいな態度になってしまっている。ジャケットのポケットにコインがじゃらじゃら入っていたので、両替は不要だった。

七本観るつもりでいた和一がその男に三十五セントを渡そうとしたら、またもおなじ口調で言われた。

「一本につき五セント硬貨を装置の穴に投入すれば、自動的に映像が出てくる」

自動的というのがピンとこなかった。どういうことなんやと考えていると、空いている一番奥の装置に案内された。屋内は少し焦げ臭い匂いが充満していた。

興味津々、体を前傾姿勢にして装置の覗き穴に目を近づけ、硬貨を穴に落とした。すると、ジージーという電気音とともに、スイカを売っている黒人のセピア色の映像が目に飛び込んできた。

「わーっ! 動いとる、動いとる、写真が動いとるがな!」

反射的に日本語が飛び出た。わずか三十秒ほどで終わったが、驚嘆するに十分だった。このあとコインを投入するごとに、チンチン電車が行き交う大都会の情景、二羽のニワトリが激しく闘う場面、水煙を上げる大きな滝、大海原の波打ち際の映像など七本がつぎつぎに映し出された。

〈これがキネトスコープか。すごいわ！〉

映画の黎明期は、固定されたカメラで目の前の情景を写した映像ばかりで、劇（ドラマ）が主流になるのはまだ少し先のことだった。それでも写真が動いているのだから、観た人の度肝を抜くのには十分、威力があった。どんなカラクリになっているのか。それを知りたくてもう一回観ようとしたら、先ほどの大柄の男が近づいてきて肩を突かれた。

「七本で終わり。つぎの人が待っている」

装置から離れた和一はしかと確信した。

〈アメリカではこんな最先端の技術があるんや。こら、なんとしても装置を持って帰って、日本人に観てもらわなあかんわ〉

はやる気持ちを抑えられず、金の蝶ネクタイ男に声をかけた。

「わたしは日本から来たビジネスマンです。この装置を買い求めるためにはるばる太平洋を渡ってきました」

見ず知らずの東洋人からいきなり突拍子もないことを言われ、赤ら顔の大男はきょとんとしたが、すぐにわれに返り、「ボスに説明してもらう」とホールの片隅にある小さな事務所へ案内された。

薄暗い室内であごヒゲをたくわえた小柄な中年男が、デスクに置かれた書類に目を通していた。この店のオーナー、つまり興行主だ。自己紹介すると、その男は目を見開いた。訛りのないきれいな英語が流暢に口から飛び出たからだ。知らぬ間に本物の英語力が身についていたのだろう。商談に入る前にキネトスコープの現状について訊いてみた。

興行主によると——。エジソンはキネトスコープの装置を量産し、この年の四月十四日、ニューヨーク・ブロードウエイの建物内に十台の装置を並べたキネトスコープ・パーラーの第一号店を開設した。その後、キネトスコープ・パーラーは全米の大都会に普及し、五月下旬、ここサンフランシスコにもその波が到達したという。世紀の発明品とあって、どこも大繁盛していると胸を張った。

「この旋風はやがて全米各地に、さらにはヨーロッパにも巻き起こるでしょう」

あごヒゲの男は自慢げにそう締めくくった。

このときエジソンは、キネトスコープとキネトグラフ（動画撮影機）を使った映像事業に人生を賭けていた。というのは、発電・送電・受電の電力システムで、直流を推進していたエジソンだったが、オーストリア＝ハンガリー帝国から移住してきた科学者ニコラ・テスラの開発した交流システムを普及させようとした実業家ジョージ・ウェスティングハウスに敗れていたのだ。いわゆる、電流戦争——。潔く電力事業から身を引いたエジソンは莫大な借財を返済するため、べつの金脈を探し求めていた。そしてとてつもなく埋蔵量の多い〈金鉱〉を掘り当てた。それが映像だった。電流戦争のことに興行主はいっさい触れなかったが、和一はひと通り説明を受けてから単刀直入に訊いた。

「装置を売ってください。値段はいくらですか」

一瞬、アメリカ人の顔が引きつった。そして咳払いをし、あごヒゲを撫でながらおもむろに口を開いた。

「フィルムをふくめ、五台まとめて五千ドルです。サービスで表の看板をつけます」

「えっ、五千ドル……。つまり一台が千ドルもするんですか！」

和一は飛び上がらんばかりに驚いた。五千ドルを現在の価格に換算すると、ざっと一億円。明治期なら天文学的な値段に思えただろう。

「一台だけでいいんです」

「いや、バラ売りはしません。五台セットです」

興行主は動じなかった。というのは、もともと売る気などなかったのだ。かくも人気を博している商品を、飛び込みでやって来た見ず知らずの外国人に手渡すなんてことは毛頭考えていなかった。五千ドルという法外な額を提示したのは、〈売り物ではない〉ことを示す口実だった。弱冠二十二歳の和一はそれを鵜呑みにし、「えげつない奴ちゃ」と腹立たしく思いながら店をあとにした。しかし宿に帰って冷静になると、その真意がわかるような気がした。キネトスコープが一大ブームになろうとしている超売り手市場の現状では、キネトスコープ・パーラーを開く覚悟を持たないかぎり、個人的に装置を購入するのは至難の業なのだ。ましてや外国人にとっては……。

「きっとエジソンに会えるよ」

そう言ってくれた留岡の言葉が空しく脳裏に響いた。エジソン本人どころか、キネトスコープの購入ですら門前払いされてしまった。大枚をはたいて念願のアメリカに来たのに、着いて早々、さすがに落ち込んだ。

〈なんのために渡米したんや……〉

悔しくて、情けなくて、知らぬ間に涙が頬を伝っていた。

すっかり夜の帳（とばり）が下りていた。ガス灯のオレンジ色の明かりがぽつんと輝いている公園のベンチに腰を下ろし、なんども嘆息した。まわりにはだれもいない。

〈どうしたらええねん、ホンマに〉

悄然（しょうぜん）と肩を落とした拍子に、サァーッと一陣の風が吹いた。舞い上がった砂埃が鼻の穴に入り、突然、くしゃみを連発。あわてて背広のポケットからハンカチを取り出すと、そこに一枚の紙切れがくっついていた。ローシン・ヒッチコック先生から受け取った紹介状だった。

〈せや、困ったときはこの人を訪ねるべしと言うてはったわ〉

翌朝、ホテルで朝食を取ってから、徒歩でゴールデン・ゲート海峡の対岸にあるノース・ベイ地区の瀟洒な住宅街をめざした。ゴールデン・ゲート・ブリッジ（金門橋）が建造される四十三年前なので、ポンポン船で海峡を渡った。すぐに家が見つかった。

ジェリー・フラナガンという初老の男性が、突然の訪問にもかかわらず、笑顔で出迎えてくれた。純白の髪の毛と立派な口ヒゲを生やした小柄な紳士だった。ヒッチコックの高校時代の歴史教師で、彼に日本行きを勧めた恩師だという。

和一は自己紹介してから、ヒッチコックとのこと、キネトスコープを求めて渡米したこと、しかしそれが叶わなかったことを順序立てて話した。フラナガンは質問をはさまず、ときおり頷きながら、日本人青年の話に耳を傾けていた。和一がひと通り話し終えると、老紳士はおもむろに口を開いた。

「キネトスコープはわしも観たよ。あれは世紀の発明品じゃ。いまはブームだから、君のような外国人が手に入れるのは難しいだろう」

「やはりそうでしょうね」

和一は観念した。

「それはそうと、君の英語は完璧だね。よほどヒッチコック君の教え方がよかったのかな。ハハハ」

このあとフラナガンからこんなことを言われた。

「君の卓抜した英語力を生かし、日本人の目でこの国を見てごらん。きっとなにか発見できるはずだよ」


ヒッチコックの恩師との語らいで気分は随分軽やかになった。ただ、最後に聞いたアドバイスが漠然としていて、よく意味が呑み込めなかった。ところが二日後、そのアドバイスの意味がわかる。得意な英語を生かせる対象を見つけたのだ。

国際博覧会の会場となったゴールデン・ゲート・パークを散歩しているとき、見たことのない英語表記の掲示板が盛り土に立てられていた。

「Post no bills」

〈なんちゅう意味やろ〉

英語力に自信を持っていた和一ですらわからなかった。ホテルの亭主に訊くと、「貼紙禁止のことですよ」と教えられた。

「えっ、そういう意味だすか。知らなんだ。アメリカの英語は独特だすなぁ」

青天の霹靂（へきれき）だった。日本では見たことも聞いたこともない表記。恩師ヒッチコックにも教えてもらえなかった。

〈よっしゃ、アメリカで使われてる言葉をいっさいがっさい集めて日本語に訳し、一冊の本にまとめたろ。これから渡米する日本人の役に立つはずや〉

大きな手ごたえを感じ取った和一は、留岡幸助がいるであろうニューヨークのある東方の空に向かって叫んだ。

「留岡さん、ぼくも人のためになることをやりまっせ！」

続いてフラナガンのいるノース・ベイ地区の方に体を向けた。

「フラナガン先生、忠言の通りでした。これはやりがいがありそうだす」

ヒッチコックとの縁が和一にこの老紳士を引き合わせ、新たな目標を与えることになった。出会いがすべて――。学生時代、牧野虎次に会わなかったら、荒木安吉とは知り合えず、こうしてアメリカの大地を踏みしめることもなかった。そのことをつくづく実感していた。


和一はキネトスコープのことをいったん頭から切り離し、アメリカ英語へと方向転換させた。新聞や雑誌の広告、街なかで見かけた看板の表記、商品カタログ、鉄道・船舶・博覧会の用語、書籍の題名、時計・貴金属の専門用語などを手帳に克明に記していった。さらに各地の方言、言いまわし、俗語にも興味を覚えた。それらを探るためには実際に全米各地の出身者から直接、聞き取りをするのが得策だと考え、アルコールに弱いのに、ダウンタウンにある酒場へなんども訪れ、酔客相手に「どこの出身ですか」「郷里ではなんと表現するんですか」「職業は」などと質問を浴びせた。

たまに南方のロサンゼルスやサンディエゴにも足を伸ばし、英語表現と用語の取材活動を重ねた。その際、かならずキネトスコープ・パーラーに立ち寄り、ダメは承知で興行主に装置の売買交渉をもちかけたが、やはりすべて「ノー」の返答だった。

アメリカに滞在中、サンフランシスコを拠点にしてカリフォルニア州を中心に西海岸を巡った。そのうち店を仕切る安吉のことが心配になり、一か月余が経ったころに帰国した。最大の目的だったキネトスコープの購入が叶わず、無念の想いを抱いていたものの、アメリカ英語の収集には満足していた。


日本が日清戦争に勝利し、国中が沸きかえっていた翌明治二十八（一八九五）年の春、約束通り、和一はヤスと島之内教会で結婚式を挙げ、荒木家の婿養子になった。和一、二十三歳。互いに兄妹のように接してきた二人が夫婦となり、正直、戸惑いもあった。しかし、和一がアメリカ滞在中に書き留めた特殊な用語や表記を項目ごとにまとめる作業に没頭していると、ヤスが清書したり、綴りのまちがいを指摘したり、新たに項目を追加するほうがいいと忠言したりと内助の功を尽くすようになり、だんだん夫婦らしくなってきた。

監修を依頼した英語教師のヒッチコックに、フラナガン先生のひと言が原動力になったと伝えると、大いに喜んでくれた。

「これが刊行されたら、きっと社会に役立つよ」

太鼓判を押してもらい、この年の秋に編纂が終わると、出版業務にも手を広げていた近くの丸善書店へ原稿を持ち込んだ。

表題は英語で『THE NEW STANDARD VERBALIST』。「VERBALIST」は「言葉遣いの達人」の意味だが、大胆に意訳し、「英和俗語活法」と日本語で記されていた。その場で出版契約が交わされた。そして暮れも押し詰まった十二月二十七日に印刷、製本され、ポケットサイズの辞典が誕生した。百二十三ページの上製本（ハードカバー）だ。

『英和俗語活法』が印刷されていたころ、はるか彼方、ヨーロッパはフランスで大きな出来事が起きようとしていた。シネマトグラフ（Cinématographe）の映像が一般公開されたのだ。十二月二十八日、花の都パリの中心部、オペラ座近くのキャプシーヌ通り十四番地にあるグランカフェの地下「インドの間」で有料上映がおこなわれた。スクリーン投影式の映画、つまり今日の映画の世界初興行――。

シネマトグラフは、フランス中東部の産業都市リヨンで写真乾板と印画紙の製造工場を経営するオーギュストとルイのリュミエール兄弟が、エジソンのキネトスコープを参考に開発したもので、前年の二月十三日に特許を取得していた。

装置は四角い木箱のなかに収められていた。縦と横が約三十センチ、幅が約十五センチとコンパクトで、しかも重さが五キロと軽い。木箱に取りつけられたレンズを換え、クランクハンドル（回転ハンドル）を操作すれば、撮影もでき映写もできる。ハンドルを一秒間に二回転させ、毎秒十六コマのフィルムが流れる。光源は電極に炭素棒を使った炭素アーク灯。

パリでの一般公開を境にしてフランス全土でシネマトグラフの旋風が吹き荒れた。アメリカのエジソンも和一も、まだその動きを知ろうはずがない——。

年が明けた明治二十九（一八九六）年一月三日、『英和俗語活法』が丸善書店から刊行された。定価は四十銭。現在の価格にすると約八千円。高額とはいえ、アメリカへ出張する商社員、外交官、英語学者、英文学者、留学生らのあいだでたちまち評判となり、飛ぶように売れた。三月には早、再版されるに至った。全二編の予定だったが、その後、和一が海外渡航するたびに用語がどんどん増え、改訂・増補を重ねた。結局、明治三十八（一九〇五）年十月発行の第五編まで続き、この手の辞典ではまずあり得ないほどのベストセラーを維持した。その経験がベースになり、英語学をはじめ外国語の研究が後年の和一のライフワークとなる。

『英和俗語活法』刊行の翌月、凍えるほどに寒い二月十二日、安吉が静かに息を引き取った。享年、五十三。いまの安泰した暮らしぶり、そして夢にまで見ていたアメリカ行きを実現できたのは、すべて安吉のおかげだ。感謝してもしきれぬほどのありがたみを感じ、葬儀のときは「お父さん、おおきに、おおきに」と子どものように大声を発し、人目もはばからずに号泣した。

正真正銘、二代目店主となった和一は店員を新規募集し、新たに三人を採用した。これで六人になった。採用した店員のなかで一番、目をかけたのが青田隆三郎だった。大阪港に注ぐ安治川（あじがわ）べりで生まれ育った十三歳の小柄な少年。浅黒い丸顔で、がっしりした体格から、すぐに「豆タン」のあだ名がつけられた。豆タンは面談で「将来、なんになりたいんや」と和一から訊かれると、胸を張ってこう言ってのけた。

「世界を相手に商売したいんだす。せやからこの店で一生懸命、精進させてもらいまッ」

　こういう人物を和一は待っていたのだ。


　春先のある日、和一が銀行から店にもどってくると、粋な着物姿の中年男性がちょこんと店頭に坐っていた。中座の座主、三河彦治だ。見るからに人の好さそうな人物で、いつも笑みを浮かべているように和一には思えた。

「おや、三河はん、来てはりましたんかいな。オヤジの葬儀以来、ご無沙汰しております」

　三河は和一の顔を見上げた。

「あんさん、背が伸びたんとちゃいまっか」

「そんなアホな。もう二十四でっせ。打ち止めだすわ」

　二人は大笑いをし、和一が三河を二階の居間に案内した。安吉が貸衣装屋を営んでいたとき、一番の得意先が中座だった。舶来品雑貨商に転業してからも、三河はときどき店に立ち寄ってくれた。和一が荒木家に入ってからは、安吉よりもむしろ聡明な和一と喋りに来ているようだった。なにかしらの刺激を求めたかったからだろうか。女中がお茶を出して引き下がるや、三河が目をギラつかせて和一に話しかけた。

「和一はん、キネトスコープって知ってはりまっか」

　いきなりキネトスコープが出るとは……。和一は吃驚した。

「えぇ、知ってますが……。またなんでキネトスコープだすねん」

「先日、外国通のお方と喋ってたら、二年ほど前からメリケンはんでそのキネトスコープちゅうのがえらい人気やということで。なんでも写真が動くみたいだすな。発明王のエジソンはんがつくりはったとか」

和一はアメリカから帰国後、キネトスコープのことが片時も脳裏から消え去ることはなく、かならず再渡米して装置を購入してやるんやと心に決めていた。とはいえ、安吉の死去にともなう店の引き継ぎや事業拡大などで多忙をきわめ、昨今、キネトスコープの存在が遠ざかりつつあったのも事実だった。それがいま、三河の口からふいにその名が飛び出し、一気に至近距離にまで迫った。

和一は頭を覚醒させ、サンフランシスコのキネトスコープ・パーラーで〈動く写真〉を観たことからはじめ、装置を求めるもそれが叶わなかったことをかいつまんで三河に話した。実は帰国後、キネトスコープのことを知人や商売仲間、近所の仲のいい連中に説明していたのだが、みな反応が鈍く、「へぇー、そんな装置があるんだすなぁ」くらいしか返ってこず、拍子抜けしていた。しかし三河はよほど好奇心があるとみえ、食いついた。

「せやったんだすか。わてはてっきりあの辞典を出すためにメリケンはんへ行ってはったんやとばかり思うてましたわ。キネトスコープがどんな代物なんかわても観たかったたわ。持って帰られへんかったんは、ホンマに残念だしたなぁ」

和一はうんうんと頷き、いまだに未練があることを吐露した。

「ほんなら、もういっぺんメリケンはんに行ってきなはれ。いましばらくはお店のことで忙しいでっしゃろうけど、落ち着いたら再渡米しなはれ。ほんで、その装置を引っさげてきて、一時にぎょうさんの人に観てもらえるように改良したら、そら、大したもんになりまっせ」

たしかに三河の言う通りだった。キネトスコープはあくまでも一人でしか観ることができない。最初は〈動く写真〉にだれもが驚くだろうが、いかんせん玩具の領域を越えていない。そのうち飽きられるにきまっている。それを幻燈のように布に映して大勢の人が観られるようにすれば、三河の言う「大したもん」になるにちがいない。和一の心にポッと火が灯った。

〈よっしゃ、もういっぺんアメリカへ行ってきたろ。あれから二年近く経ってるんやさかい、キネトスコープの値段も下がってると思うわ〉

お茶をすすっていた三河に和一がきっぱり言った。

「三河はん、よくぞキネトスコープのことを言うてくれはりました。おおきに、ありがとさんだす！」

長身の若き店主がいきなり平身低頭したので、三河はなんのことかわからず、キョトンとしていた。

二回目の渡米～ヴァイタスコープとの出会い

明治二十九（一八九六）年五月初旬。三河の言葉を聞いてから二か月後、和一はふたたびカナダ・バンクーバー行きの船上にいた。今回はキネトスコープの購入だけでなく、神戸や大阪の外国人貿易商に頼らずに自分で直接、雑貨や書物を買いつけてくるのも大きな目的だった。家のいっさいのことはヤスに、店のほうは、安吉が営んでいた貸衣装屋から仕えている番頭格の木下にまかせた。

二回目の渡米とあって、少しも心細くはなかった。西海岸だけでなく、もっとほかの地域にも足を伸ばし、漫遊気分でアメリカをとことん見聞してこようと思っていた。もちろん、『英和俗語活法』の続編を念頭に置き、その調査も忘れぬようにと肝に銘じていた。

サンフランシスコに到着後、二年前に泊まったマツモト・ホテルへ向かったが、メキシコ人経営の雑貨屋に様変わりしていた。仕方なく近くの安宿に投宿し、前回訪れたキネトスコープ・パーラーへ足を運ぶと、そこは運送会社の倉庫になっていた。

〈ここもか！　なんでこんなに変わってしまうねん〉

近くの人に訊くと、半年前に店をたたんだという。サンフランシスコにはほかにも数軒のキネトスコープ・パーラーがあると聞いていたが、かろうじて一軒だけ営業を続けており、ほかの店はすべてもぬけの殻になっていたり、衣料品店やレストランなどべつの店に変わっていたりしていた。営業している店を覗くと、閑古鳥が鳴いている。

〈キネトスコープは飽きられたんや。あんだけ人気があったのに……〉

あまりにも速い時代の流れに和一は驚愕した。やはり一人でしか観られないのが致命的だったのだろう。

〈三河はんの言う通り、これはなんとしても改良せなあかんわ〉

営業している店のキネトスコープを安価で譲ってもらおうと店内に入ったが、どの装置も使い過ぎていて、見るからに寿命が尽きる寸前の状態とわかり、経営者に掛け合うまでもなく店から出た。ロサンゼルスでもよく似た状況だった。

〈キネトスコープはもう製造されてへんかもしれんな。ほんなら、なんのために再度アメリカへ渡ってきたんや……〉

前回の渡米時とおなじように無念と悔恨の情が芽生えてきた。いや、それ以上にへこたれた。なんでこうも運が悪いんやろ、と大きくため息をついたとき、あの老紳士の顔がふと脳裏に浮かんできた。英語教師ローシン・ヒッチコックの恩師、ジェリー・フラナガン。二年前、困ったときには訪ねるべしというヒッチコックの言葉を思い出し、フラナガンの元へ駆けつけたことで、アメリカ英語の探究という〈金鉱〉を掘り当てることができた。片手に『英和俗語活法』を携え、自然と足がノース・ベイにあるフラナガン邸へ向いていた。しかし白髪のジェントルマンは昨年秋、脳梗塞で黄泉（よみ）の国に旅立っていた。

ヒッチコックも一年前、大英帝国統治下のインドの実情を探りたいと日本を離れていた。もともとジャーナリスト志望と聞いていたので、和一には納得できたが、あまりにも突然のことだった。

和一はキネトスコープへの未練を断ち切れなかったが、頭と気持ちをなんとか切り換え、雑貨の仕入れとアメリカ英語の調査に取り組むべしと自分に言い聞かせた。いわば、開き直りだ。

サンフランシスコから鉄道を乗り継ぎ、フェニックス、エル・パソ、ダラス、オクラホマ・シティと南部をまわってから中西部をめざし、セントルイスなどを経て大都会のシカゴに到着した。すでに八月九日になっていた。

ここでもやはり、キネトスコープ・パーラーは下火になっていた。それでも、ひょっとしたら新品同然の装置があるやもしれない、明日にでも覗きに行こうと思いつつ、昼の腹ごしらえにミシガン大通りに面したバタ臭いレストランに入った。窓際の席に坐り、地元の新聞を見開いていると、いきなり日本語で声を張り上げた。

「なんや、これは！」

まわりの席に坐っていた客がいっせいに長身の東洋人に奇異の眼差しを向けた。隣の席で母親とランチを取っていた幼い娘が驚きのあまり、手にしていたフォークを床に落としてしまった。和一はよほど忘我の状態になっていたのか、周囲の状況が目に入らず、テーブルに広げた紙面の右下の広告に目を釘づけにしていた。最大のニュースはフランスによるマダガスカル島の植民地化宣言だったが、それを凌駕するほどの、四角い黒枠に収まった大きな広告が、和一に強烈なインパクトを与えた。そこには「Vitascope（ヴァイタスコープ）」の文字が躍り、エジソン社の名が添えられていた。

「エジソン社？　なになに、今夜八時からステート通りのスター劇場で公開……」

またも日本語でボソッとつぶやき、ロヒゲを軽く撫でてから、食べさしのホットドッグにかぶりついた。例の癖でなんどもなんども両目を擦っていたので、兎のような目つきになっていた。パンからはみ出たケチャップがズボンにぽたりぽたりと滴り落ちるのを気にも留めず、店の真んなかに置かれた巨大な氷柱に視線を流しながら、思案気な表情を浮かべた。

人の往来が激しい窓外の大通りから真夏の陽射しが容赦なく照りつけ、しかも湿気があるので、こぢんまりした店内はむせ返っていた。内陸地シカゴの夏はとびきり暑い。冷気を生み出すはずの氷柱が見るも無残にたらたらと溶けている。この調子だと、氷を取り換えるのは時間の問題だ。和一は額に汗をにじませ、もう一度、広告に視線を落としてひとり言ちた。

「ヴァイタスコープ……。ヴァイタ（vita）とは、ふつうの英語で言うたら、ライフ（life）のこっちゃ。つまり〈生命〉そのもの。スコープ（scope）は〈見ること〉〈鑑賞する〉という意味。つまりやなぁ、直訳すると、『見ることのできる生命』……」

うーんと唸った。残りのホットドッグを口に放り込み、すっかり冷めきっていたコーヒーで喉に流し込んだ。そして確信したように心のなかで手を打った。

「これはキネトスコープを改良したもんや。まちがいないわ！」

またしても大声を発してしまった。こんどはさすがにまわりの目が気になり、あわてて「ソーリー、ソーリー」と頭を下げて謝った。そして新聞を鷲づかみにして席を立ち、勘定を済ませ、近くの公園へ向かい、木陰のベンチに腰を下ろした。目の前の噴水で水遊びに興じる幼い子どもたちがキャッキャッ、キャッキャッと騒いでいる。その嬌声を耳から遮断し、日本語で気合を入れた。

「よっしゃ、今夜、劇場へ行ったろ！」


ヴァイタスコープはシネマトグラフとおなじスクリーン投影式の映写機だ。ただし撮影はできない。あくまでも映写のみの装置。エジソン自身が発明したと喧伝されてきた。実際、多くの人がそう信じていたし、和一もそうだった。ところがそうではなかった。首都ワシントンＤＣのブリス電気学校に通っていたチャールズ・フランシス・ジェンキンスと同級生のトーマス・アーマットが、キネトスコープをもとにして開発したのだ。

完成品はひと昔前のミシンのような代物で、手動式のシネマトグラフとは異なり、モーターによる電動式というのが最大の特徴だった。フィルムをたすきがけにし、モーターを駆動させれば、なんでも繰り返し上映でき、最長三百メートルのフィルムにも対応できた。光源はエジソンの白熱電球では照度が低いので、炭素アーク灯が使われた。

一八九五年八月二十八日、二人の名義で特許を取った。装置の名称は「Phantoscope（ファントスコープ）」。これを世に売り出そうとするも、資金力のない無名の若者になにができよう。そうだ、エジソンに託せば、この装置に光が当たるはずだ。そう考えてニューヨークにあるエジソン社の総代理店キネトスコープ社（ラフ・アンド・ガモン社）へ駆け込み、特許権を譲り渡したいと申し出た。

すぐさまエジソンの耳に入った。ビッグ・チャンスをもたらしてくれたキネトスコープの人気に翳りが出てきた時期とあって、迷うことなくファントスコープに飛びついた。電流戦争で敗北した汚名を映像事業でなんとしても晴らしたかったのだ。

翌年の一月十六日、エジソンは二千ドルで権利を買い取り、この装置に少し手を加えた。和一の『英和俗語活法』が出版されてから十三日目のことだった。

このときエジソンは条件をつけた。あくまでもエジソン本人が発明したことにし、キネトスコープ社の商品として売り出すというもの。装置の名称も「ヴァイタスコープ・エジソン」と変えられた。

シネマトグラフが前年の十二月二十八日にパリで一般公開され、世界初のスクリーン投影式映画の先駆けとなったことはすでにエジソンも知っており、遅かれ早かれアメリカにもシネマトグラフが押し寄せてくると読んでいた。ならばその前に、自国アメリカのヴァイタスコープを普及させなければならないと考えていた。いや、使命感といってもいい。

そして装置に少し改良を加え、四月二十三日、ニューヨーク・ブロードウエイにあるコスター・アンド・バイアル・ミュージック・ホールで一般公開に踏み切った。

シネマトグラフに遅れること百十七日——。とはいえ、アメリカで初のスクリーン投影式映画となって大成功を収め、ヴァイタスコープはまたたく間に全米に広まった。

その六十六日後の六月二十八日、案の定、シネマトグラフがアメリカに上陸、ニューヨークのキース・ユニオン・スクエア・シアターというミュージック・ホールでアメリカ初の上映がおこなわれた。ヴァイタスコープ対シネマトグラフという、米仏戦争の幕が切って落とされたのだ。シカゴのレストランで和一がヴァイタスコープのことをはじめて知ったのは、まさにそういう時期だった。

湿気を帯びたシカゴの熱い夏の夜。軽く夕食を取った和一が、午後七時すぎにダウンタウンにあるスター劇場へ駆けつけると、正面入り口のうえに掲げられた看板にセンセーショナルな宣伝文句が躍っていた。

「世紀のヴァイタスコープ」

「これぞ〈動く写真〉の極めつけ」

「エジソン氏の奇想天外な発明品」

場内は八百人を超える観客でびっしり埋まっており、熱気と人いきれで、息苦しく感じられた。観客席の通路に何本も立てられてある氷柱が、ひっきりなしに取り換えられていた。

和一が坐ったのは二階席の右端だった。ランチのあと劇場でチケットを確保しておいてよかったと安堵していた。となりの女性に訊くと、シカゴではすでに七月初旬にヴァイタスコープが初披露されており、今回は二度目の興行らしい。

今宵の催しはてっきりヴァイタスコープの上映会とばかり思っていた。しかし正規の演し物は、踊り、寸劇、コント、手品、漫談をまじえたヴォードビルだった。観客は和一とおなじようにヴァイタスコープがお目当てで、いまかいまかと上映を待ちかねていた。

やがて第一部のショーが終わり、幕間となった。それと同時に、縦三・六メートル、横六メートルの大きな白布がステージに垂らされ、場内の照明が消された。

〈いよいよはじまるんや！〉

和一の心がざわめいた。

アナウンスはいっさいなく、突然、ブォーという電気音とともに大海原の波浪の映像が白布に投影された。

「ワーッ!!」

「ウォーッ!!」

歓声がどよめき、場内が揺れ動いた。和一も驚嘆の声を上げた。それは大西洋に臨むアトランティック・シティに打ち寄せる大波だった。映像はやや不鮮明で赤っぽかった。それでも自分に波が襲ってくると錯覚して頭のうえに手をかざす人もおり、形容しがたい臨場感にだれもが圧倒されていた。

二年前、和一はこの映像をサンフランシスコのキネトスコープ・パーラーで目にしていた。そのときも驚いたが、比較にならないほど興奮していた。あまりにも気持ちが昂ぶりすぎたせいか、両目を擦る癖が出ないほどだった。

一人で小さな映像を観るのと、大勢で迫力満点の大きな映像を観るのとではまったく異なる。そのことを身をもって感じていた。もはやキネトスコープの時代は終わり、ヴァイタスコープの時代が到来したことを強く認識した。

波浪の映像から受けた衝撃はすさまじく、ほかに上映された五本の映像が記憶に残らないほどだった。いや、映像よりも和一の視線は暗い劇場内で煌々と光を放つ物体に向けられていた。それは自分が坐っている二階席の中央にあった。目を凝らすと、大きな映写機が置かれ、そのうしろで若い男がなにやら操作をしていた。映写技師だ。

〈あれがヴァイタスコープの装置か……。えらいごっついな〉

十数分間の上映が終わり、場内に照明がつくと、和一は席を離れ、その仰々しい装置に近づいた。フィルムを動かしていたモーターが熱を帯びているのがわかった。

〈電動式か。どえらい装置やがな〉

ヴォードビルの第二部がはじまっても、和一はステージに視線を移さず、天井を眺めながら、ヴァイタスコープのことばかり考えていた。

〈なんとしても装置を手に入れたい。どないしたらええねん……〉

ふたたび席を立つと、映写を終えて客席でステージの芸を観て大笑いしていた映写技師の青年に近づいた。そして、「少し話がある」と小声で伝え、通路に出てもらった。見ず知らずの東洋人に声をかけられ、怪訝な顔をするその青年の目を見据えて和一は言った。

「ヴァイタスコープの装置を買いたい。どうすればいいのか教えてほしい」

彼がエジソン社の社員なのか、シカゴの興行で雇われた者なのかはわからなかったが、はやる気持ちに突き動かされ、ストレートに気持ちを伝えた。いきなりのことで青年は驚き、口ごもった。

「あ、あ、あなたは？」

「日本のビジネスマンで、名はワイチ・アラキといいます」

映写技師に英語の名刺を渡した和一の目は血走っていた。

「日本人ですか。はて、どうしたものやら。一度ニューヨークのエジソン社のオフィスに行ってみたらどうですかね」

〈なるほど、その手があったか！〉

和一は納得した。直談判すればいいのだ。エジソン社の正式名称はエジソン製造会社といい、かつてはキネトスコープと撮影機のキネトグラフをつくっていた。このときは規模を拡張させ、ヴァイタスコープ、フィルム、キネトグラフ、蓄電池、通信機器などを製造していた。本社はニューヨークの南側、ニュージャージー州ウエストオレンジの研究所内に置いているが、ヴァイタスコープを販売してから、エジソンはニューヨークのオフィスにいるときが多かった。

和一は住所を教えてもらうと、第二部のショーを最後まで観ず、ホテルにもどった。興奮状態は続き、なかなか寝つけなかった。つい先ほど観た〈動く写真〉の数々で近い将来、大勢の日本の人たちを夢中にさせる情景を想像するだけで、胸がはち切れそうになった。

「よっしゃ、絶対に手に入れたんねん。あした、ニューヨークへ行ったる！」

叫び声が真夜中の部屋に響きわたった。


ちょうどそのころ、はるか彼方のヨーロッパ、フランス中東部リヨンの街中を一人の日本人男性が肩をいからせて闊歩していた。雲ひとつない快晴。陽光がさんさんと降り注いでいる。ヨーロッパの真夏も暑い。気温は三十度近くに達していた。男は薄手の背広を脱ぎ、ハンカチでなんども額と首の汗をぬぐった。背丈は百五十六センチ。中肉中背の小柄な体形とはいえ、威風堂々としており、人を懐に包み込んでしまう、そんな不思議な雰囲気を持っている。

首都パリの南東約四百キロに位置するリヨンは、中世から〈絹の町〉として知られる産業都市だ。ローヌ川とソーヌ川の二つの大河が街中で合流しており、西側のソーヌ川とその向こうに広がるフルヴィエールの丘にはさまれた旧市街には、優美なルネサンス様式の建物が林立し、見事な景観美をかもし出していた。

「いつ来ても、この街はよろしおすなぁ」

思わず京都弁でつぶやいた男は、街のほぼ真んなかにあるベルクール広場に立ち、フルヴィエールの丘にそびえ立つノートルダム・ド・フルヴィエール・バジリカ聖堂を遠望した。そして四囲の街並みを見渡し、しばし郷愁に浸ってから足を東に向けた。

水量豊かなローヌ川に架かるギヨティエール橋を渡り、ガンベッタ大通りを足早に進んでいった。しばらくして交差点を南へ折れたところが、閑静な住宅が建ち並ぶモンプレジールという地区。そのなかでまったく異質な空気を放っている大きな工場の前で、男は足を止めた。正門を一瞥してから隣接する邸宅へ向かい、ドアをノックした。なかから大柄のフランス人男性が出てきた。

「オーッ、カツタロウ！」

「オーギュスト！」

互いに大きな声で名前を呼び、抱き合った。

フランス語を流暢に操るこの日本人は、京都の実業家、稲畑勝太郎。フランス人はオーギュスト・リュミエール。シネマトグラフを発明したリュミエール兄弟の兄のほう。ともに三十三歳。荒木和一の十歳年上だ。二人は心から再会をよろこび合った。

京都・烏丸御池の南東角にある宮中御用達の和菓子店「亀屋正重」の長男として生まれた勝太郎は、十五歳のとき、染色技術を習得するため京都府留学生の一員としてフランスへ向かった。南仏マルセイユに到着後、リヨンの工業学校予備校で化学染色を学ぶ一方、「体で染色を覚えたい」とマルナス染工場の職工として実地研修に励んだ。

四年後、さらに深い化学の知識が必要と判断し、「ラ・マルティニエール」と呼ばれるリヨン科学工業技術学校の外国人自由聴講生となった。そのとき仲良くなったのがオーギュスト・リュミエールだった。二つ年下の弟ルイもここに通っていた。

オーギュストと一緒に机を並べたのはわずか一年間だが、二人は妙に気が合った。放課後、一緒に研究室でなにやら実験を重ねたり、カフェで化学談議に花を咲かせたり、リュミエール邸で夕食を招ばれたり……。いつしか深い友情が芽生えていた。

七年間の留学を終えて帰国した勝太郎は京都府に奉職し、京都染工講習所の講師を務めた。その後、府が全面的に支援する京都織物会社に染色技師長として入社するも、経営不振の責任を取らされ、クビを言い渡された。そのとき一念発起し、明治二十三（一八九〇）年十月、フランスの染料薬品製造会社の人造染料と工業薬品を直輸入する「稲畑染料店」を開業した。二十八歳での独り立ちだった。

事業を拡張させていくなかで、「唐ちりめん」と呼ばれるモスリンに目をつけ、国産化をはかるべく京都と大阪の有力者から協力を仰ぎ、明治二十八（一八九五）年の暮れ、モスリン紡織会社を設立した。本社を大阪府西成郡中津村（現在の大阪市北区中津）に置き、社長には南海電鉄や大阪紡績など数社を手中にしている関西財界の重鎮、松本重太郎を据え、自らは監査役に就いた。そしてモスリンの研究と製造機購入のため、翌年の三月、単身でフランスへ向かった。三度目の渡仏。九か月にもおよぶ長期の出張だった。

荒木和一がシカゴでヴァイタスコープの映像に驚愕したまさにその日、商用でリヨンに立ち寄った勝太郎は、オーギュストと十一年ぶりの再会を果たし、リュミエール工場の作業室でシネマトグラフの映像に観入っていた。当然ながら、勝太郎も和一とおなじように度肝を抜かれた。現地で大きな話題になっているシネマトグラフのことは新聞で知ってはいたが、まさか旧友がその開発者だとは思いもよらなかった。

オーギュストの弁によると――。前年の十二月二十八日、パリでシネマトグラフを一般公開したあと、装置を二百台製造し、いまや世紀の大発明品としてフランス国内だけでなく、ヨーロッパ各地で上映され、人気を博しているという。さらにアメリカに進出し、この年の六月二十八日、ニューヨークのミュージック・ホールで披露され、喝采を浴びたとのこと。

勝太郎は確固たる決意を抱いた。

「シネマトグラフをなんとしても日本に持って帰りたい。売ってくれないか」

勝太郎から単刀直入、胸の内を伝えられたオーギュストは、かいつまんで説明した。シネマトグラフは装置とフィルムを売るのではなく、見世物の興行権を売っており、そのためリュミエール社に代わって興行を実施する代理人を世界各地で募っているという。つまり、代理人に上映の権利を譲渡し、総売り上げの四〜六割をリュミエール社に納めるというもの。アジアにはまだ代理人がおらず、勝太郎がその第一号になってほしいとのことだった。

話し合いの結果、映写・撮影技師を同行させ、興行収入の六割をリュミエール社に納めることでまとまった。勝太郎にとっては一番、分の悪い条件だった。同窓のよしみなら、四割納付にすべきところだが、極東での市場がまったく未知数なだけに、あえて六割に設定したのだろう。

エジソンとの直談判

片や大西洋をはさんでアメリカ――。シカゴでヴァイタスコープの映像を観て、ニューヨークに駆けつけた荒木和一が、エジソン社のオフィスでエジソン本人と向き合っていた。

発明王にとってキネトスコープの失速は大きな痛手となったが、いつまでもマイナス面を引きずる人物ではなかった。映像の将来性を見抜き、スクリーン投影式の映写機ヴァイタスコープの売り込みに攻勢をかけようと腹をくくっていた。かつてのキネトスコープ社をヴァイタスコープ社と名を変え、装置とフィルムの販売、貸与を独占的に扱うようにしたので、ヴァイタスコープは全米に普及していった。そうはいっても、シネマトグラフの出現で、焦っていたのも事実だった。ちょうどそんなときに和一が現れたのだ。飛び込みで入ってきた青年が日本人だと知ったエジソンは親近感を抱いた。ましてや英語を母国語のように操るとあって、なおさら距離感を縮めた。

十七年前、京都・八幡男山の石清水八幡宮の境内に生えていた真竹を白熱電球のフィラメントに使い、長時間の連続点灯が可能となったことで電灯の事業化を推進させることができた。この一件からエジソンは日本に対してすこぶる好印象を持ち、まだ一度も訪れていないのに、日本の文化や風習にも興味を抱くようになっていた。

「社長、それでは本題に入らせていただきます」

和一はエジソンの目を見据え、言葉を選びながら、二年前にキネトスコープを求めてはじめてアメリカの土を踏んだものの、実現できずに未練の思いで帰国したこと、五日前にシカゴでヴァイタスコープの映像を目の当たりにし、言葉で尽くせぬほどの感動を覚えたことをとつとつと伝えた。

エジソンはコーヒーをすすり、カップをテーブルに置くと腕組みをした。和一が喋っているあいだ、この仕草をなんども繰り返した。この中年男が特許にかんして数多くの訴訟を起こしており、自社の利益のためなら反発を食らおうが、強引に事を進め、ときには姑息な手段を使う人物であることを和一は知らない。ヴァイタスコープも当然、エジソンの発明品と思い込んでおり、だからこそ、いま偉大な発明王として最大級の敬意を払っていた。和一が話し終えると、エジソンは飲み干したコーヒーカップを横にずらした。

「よほどわたしの発明品に感動してくれたのだね。すごくうれしいよ。ヴァイタスコープは大きな映像を大勢で観ることができ、いまや絶大な人気を誇っている。しかし、〈動く写真〉の原点はあくまでもキネトスコープなんだよ」

言葉の端々からキネトスコープへの愛着がにじみ出ていた。世界の発明王といま、こうして直に対話していることを、和一はあらためて感じ入り、急に武者震いがしてきた。

「で、先ほどヴァイタスコープと言っていたが、それはどういうことかな」

いよいよ本題に入った。

「ヴァイタスコープの装置とフィルムを買いたいんです」

和一の声が上ずっていた。

「なるほど。購入ねぇ」

エジソンは天井を仰ぎ見た。

「日本へ送るとなると、うーん、そうだな、総額でざっと五百五十ドルくらいになるかな」

「えっ、五百五十ドルですか……」

和一は一瞬、顔をしかめた。思っていた以上に高かったからだ。

〈持ち合わせの金から帰りの渡航費を引くと、なんとか払えるかな……〉

実は、せっかくアメリカ東部にまでやって来たのだから、この際、大西洋を渡ってイギリスへも足を伸ばそうと思っていたのだが、それを断念せざるを得ない。思案気な和一の顔をエジソンは穴が開くほど凝視した。

「正直に言うが、先日、イタリアのローマから商人がやって来てね、君とおなじことを話していたよ。わたしに直談判した外国人は君が二番目だ」

「えっ、イタリアからですか……。わたしはヨーロッパよりもさらに遠いアジアの地からはるばるやって来ました。どうかお願いします」

和一は深々と頭を垂れた。内心はエジソンの靴を舐めるのも厭わない覚悟だった。あまりに真剣な態度だったので、エジソンのほうが戸惑った。

「まあまあ、リラックスしなさい」

苦笑いしながら、発明王が意外なことを口にした。

「ヴァイタスコープの販売については、わたしにはなにも権限がないんだよ」

怪訝な顔をする和一に、エジソンはヴァイタスコープ社のことをわかりやすく説明した。

「ヴァイタスコープ社はヴァイタスコープ専門の代理店なのだが、まだ海外向けに取り引きをしたことがないんだよ。正確にいえば、アメリカとカナダだけ。イタリア人にもそのことを伝えたよ」

「それでは、どうすれば購入できるんですか。なんとしてもヴァイタスコープを手に入れたいんです。アメリカで発明された〈文明の利器〉を日本人に広く知らしめたいんです。そのために太平洋を渡ってきたんです。どうかわかってください」

口を尖がらせ、額から汗を流しながら懸命に熱弁する和一に、エジソンのほうが気圧されていた。

この日本人青年は本気だ。なんとか便宜をはかってやらないといけない。そんな思いが強まってきた。

「エジソン社には代理店がいろいろあるんだが……。そうだ、F・M・プレスコット社にまかせよう。そこはわが社の製品を外国に売っている代理店の一つでね。社長のプレスコットをわたしは輸出部長と呼んでいるんだ」

「プレスコット……」

「うん、そうだ。わたしが言うのもなんだが、プレスコットは信頼できる男だよ」

「そうなんですか。ありがとうございます。お取り次ぎのほど、どうかよろしくお願いします」

和一は先ほどよりも深く頭を下げた。


エジソンのはからいで翌日の昼前、和一はプレスコット社長と会うことになった。日本ではお盆の中日に当たる八月十五日。宿泊先のウエストミンスター・ホテルから四キロほど南、マンハッタンの先端にあるブロードストリート四十四番地のプレスコット社をめざした。そこには八階建てのエジソン・ビルディングが建っており、二階がプレスコット社の事務所で、四階がショールームになっていた。

ロヒゲを端正に整え、グレーの髪の毛をきちんと七三に分けたプレスコット社長は、四十歳前後のいかにも利発なビジネスマンといった風情だった。スリムな体形で、背丈は和一とほぼおなじくらい。

握手を交わし、硬い事務椅子に坐らされた和一は、グレーの簡素な机をはさんでプレスコットに自己紹介すると、エジソン社長からすべて伺っていると言われ、すぐに商談に入った。

「総額で五百五十ドルと聞いていますが……」

和一が先に口を切った。プレスコットはそれを聞き流し、デスクに置かれた紙にスラスラとペンを走らせた。

「これをご覧ください」

キネトスコープ、キネトフォン（キネトスコープと蓄音機を組み合わせた装置）、フィルム、蓄音機などの商品名と価格が一覧表のように書かれていた。和一が求めているヴァイタスコープは一番下に記されていた。ヴァイタスコープは装置とフィルムを合わせて三百六十五ドルとなっている。エジソンが提示した五百五十ドルより百八十五ドルも安い。

「ほかの商品はお考えですか」

「はい、蓄音機と蠟管レコードも買わせていただきます」

「わかりました。ではこれから日本へ運ぶための方策を考え、正式な金額を算出します。少し時間がかかるかもしれませんが、ご了承ください。きちんと算定できた時点で連絡させていただきます」

このあと仮契約を結んだ。まさかこんな迅速に事が運ぶとは想像すらしていなかった。エジソンが言うように、プレスコットは信頼できると和一は思った。商談が終わり、和一が立ち上がろうとすると、いままで見せたことのない笑顔でプレスコットが話しかけてきた。

「ミスター・アラキ、これまで約束なしにボスと直接、話ができた人はあなたしかいませんよ」

ボスというのはエジソンのこと。

「えっ、そうなんですか」

「ここだけの話ですが、ボスはひじょうに気分屋で、好き嫌いが激しいんですよ。ミスター・アラキはよほど気に入られたんですね。よくぞ飛び込みでボスに会いに来ました。わたしなら、そんな大それたこと、絶対にできません」

プレスコットは初対面の和一にある種、敬意を表しているようだった。

「それもこれも若気の至りです」

頭の毛を掻きながらそう答えたものの、すごいことをやってのけたのだと、いまになってはじめてわかった。

〈ついにヴァイタが自分の手に入るんや！〉

値段が気になるとはいえ、プレスコット社を出た和一は天にも昇る気分に浸っていた。シカゴではじめて目にしたヴァイタスコープの映像に感動し、すぐさまこの街に駆けつけ、あのエジソンに会えた。これは奇跡としか言いようがない。そしてきょう、とんとん拍子に商談が成立。まちがいなく追い風が吹いていると感じた。自然と目を擦りはじめ、目が真っ赤に染まっている。ニューヨークの青空を仰ぎ見て、二年前の初渡米時、船のデッキで耳にした留岡幸助の言葉を、あらためてかみしめた。

「エジソンに会えるよ」

留岡の予言は当たったのだ。直接、本人に会ってそのことを知らせたいと思った。彼はいま、ニューヨークから北西へ二百キロほど離れた、エルマイラの感化監獄で教誨師をしているはずだ。鉄道を利用すれば、日帰りで往復できるが、プレスコット社からいつ、どんな連絡が入るのかわからない。

なにせ一世一代の大仕事、細大漏らさずキャッチしておかなければならない。それを考えると、ニューヨークを離れる気にはなれなかった。

ホテルにもどる途中、エジソン社に立ち寄り、プレスコット社でのやりとりを簡単に記したメモを受付のマリリン嬢に手渡した。有頂天になっていた和一は、彼女にありったけの笑顔を浮かべ、「マリリン、すべてうまくいったよ！　社長にこのメモを渡しといてね」と大胆にもウインクした。

この年のニューヨークの夏はとびきり暑かった。昼間は気温が優に三十二度を超えていた。和一は散歩にも出かけず、開け放った窓から熱波が吹き込んでくるホテルの自室でずっと待機していた。二日後、ロビーのフロアで新聞をめくっていると、シネマトグラフの広告記事に目が留まった。フランス製の〈動く写真〉がアメリカに上陸してから四十八日経っていた。ヴァイタスコープとシネマトグラフ——。その興行合戦が繰り広げられているのを和一はまだ知らなかった。

〈シネマトグラフ？　名前からしてフランスのもんやな。これも《動く写真》かいな。ヴァイタスコープとどうちゃうんやろ〉

プレスコット社と商談を済ませた和一にとって、シネマトグラフは関心の埒外（らちがい）にあった。

十六日後、八月三十一日の昼下がり、ベルボーイが封書を届けに来た。差出人はF・M・プレスコット。

〈やっとこさ連絡が来よった。ホンマ、長いこと待たされたわ〉

タイプで打たれた文面にはこう記されていた。

「あす、都合のよいときで結構ですので、シッピング・ペーパー（船積み指令書）の受け取りと手形の決済をするために事務所に来てください。金額は五百十五・五ドルです。加えてニューヨークから神戸までの貨物運送料も必要です。支払先はわたしのほうでもかまいませんし、グレート・ノーザン鉄道会社でもいいです。金額はあすにならないとわかりません」

五百五十ドルよりも安くなっている。

「おーっ、三十四・五ドルも値引きしてくれはったんや。蓄音機の代金も込みで。プレスコットはん、おおきに、おおきに。せやけど貨物代金が要るんやなぁ。そのこと全然、考えてなかったわ。どれくらいかかるんやろ……」

翌朝、和一はプレスコット社に駆けつけ、しかるべき事務手続きをおこなった。日本への搬送は、ニューヨークからアメリカ北部を横断するグレート・ノーザン鉄道を利用して西海岸のシアトルへ運び、そこから日本郵船の北米航路でハワイのホノルル、横浜を経て神戸に至るというルートだった。

送料は鉄道と船を合わせて三十ドル。つまり総額五百四十五・五ドルとなる。

〈なんや、エジソン社長が言うてはった五百五十ドルと変わらへんがな〉

この件はひとまず落着したが、もう一つ懸案事項があった。サンフランシスコからダラス、オクラホマ・シティ、セントルイスなどを経由してシカゴへ来るまでに各都市で仕入れた時計、装飾品、置物、陶器、洋書、写真集などをそれぞれの店で預かってもらっていた。それらをいかにして日本へ運ぶか……。そのことをプレスコットに言うと、信じられない提案をしてくれた。各地で買い求めた商品をここプレスコット社の事務所に送るよう手配してくれたら、あとは梱包から船積みまですべて処理すると言ってくれたのだ。もちろんニューヨークまでの搬送費は和一が負担せねばならない。大型の搬送用木箱で一箱。そのくらいならプレスコット社の搬送品として扱えば、送料については「ノープロブレム」だという。ここまで親身になってくれるとは……。プレスコットの恩義に深謝した和一は、追い風がますます強くなってきていると実感していた。

一週間後には手形決済をし、各都市からの仕入れ品もF・M・プレスコット社に届いていた。やるべきことはすべて終えた。和一はニューヨークを去る前日、プレスコットに会って心から礼を述べ、その足でエジソン社のオフィスへ向かい、エジソン本人に別れを告げた。このときは事前に約束を取りつけていたので、御大は社長室で待っていた。エジソンは上機嫌だった。

「ヴァイタスコープは秋には到着するでしょう。日本でどんどん上映して、わが社の名前を広めてほしい」

「はい、よろこんでそうさせていただきます」

和一は発明王の目を見据え、言葉を紡いだ。

「エジソン社長、飛び込みでやって来た見ず知らずの外国人とよくぞお会いしてくださいました。ほんとうに感謝しています」

「ハハハ。あんなひたむきな姿を見せつけられたら、気分屋のわたしですら心が動くよ」

どう返答していいのかわからず、和一は困惑した。

「ミスター・アラキ、気をつけて日本へ帰りなさい」

「多大なご便宜をはかっていただき、ほんとうにありがとうございます」

二人はがっちり握手をした。エジソンの手の温かみを感じつつ、和一は受付で坐っているマリリンに折り紙でつくった鶴を手渡した。

「君は幸運の女神だ」

彼女は受け取った折り鶴をしげしげと興味深く眺め、愛らしい瞳のウインクで返した。

表に出ると、強い東風が吹いていた。その風を背にした和一は、日本の方向、西の空へ向かって叫んだ。

「これから日本でもっと追い風を吹かしたる！」

第二章　歓喜

ヴァイタスコープ到着

明治二十九（一八九六）年九月中旬、荒木和一が四か月ぶりに、残暑が厳しい大阪に帰ってきた。渡米のあいだ、箱入り娘のおとなしい妻ヤスが番頭格の木下の助力を得て、てきぱきと店を取り仕切り、〈御家（おえ）はん〉のトミはひと言も口出ししなかったと聞き、和一は耳を疑った。豆タンにウラを取るとその通りだとわかり、以降、内助の功を発揮してくれたヤスが無性にいとおしく思えてきた。

驚いたことがあった。実の両親、酒井亀蔵とカメが男の子を授かったのだ。生まれたのは渡米中、テキサスを巡っていた六月六日。和一にとっては実の弟。それも二十四歳年下の！　これを機に亀蔵とカメは正式に入籍し、世間的に晴れて夫婦となった。久しぶりに二人に会いに行った和一は入籍を祝い、義一と名づけられた赤ん坊を抱かせてもらった。

「おまえが酒井家の長男になるんやで。大きなったら、ちゃんとお父はんとお母はんの世話をしなはれや」

亀蔵とカメにはアメリカ帰りの息子がまばゆく感じられ、だんだん遠い存在になりつつあった。

和一は荒木商店の店主としてふたたび商い事に本腰を入れ、アメリカで採録した新たな用語や言いまわしを『英和俗語活法』に追補する作業にも取り組んだ。そして、「秋には届く」と言ったエジソンの言葉をひたすら信じ、一日千秋の思いでヴァイタスコープの到着を待った。しかし、生来のイラチな性格とあって、泰然自若とはいかず、常にせかせかしていた。

「おい、アメリカから電報届いてないか」

「神戸の税関から連絡ないか」

ヤスや店員になんどもせっつく日々が続いた。

そんなある日のこと。秋にしては生暖かい風が吹いていた。

ドーン！

「お城のドン」と大阪市民から呼ばれていた、正午を知らせる大阪城小天守台の大砲から発せられた空砲が、いつになく大きく聞こえた。

「きょうは火薬を入れすぎたんやろか」

「いや、まちごうて実弾を飛ばしたんとちゃうか」

店員たちが冗談を言い合っていると、思いもよらぬ人物が訪れた。牧野虎次だった。和一が来訪者を朋友と認識するまで少し時間がかかった。なにしろ九年半ぶりの再会。牧野を最後に見たのは、腸チフスに罹り、学校の寄宿舎でガリガリに痩せて床に伏せていたとき以来のこと。しかるに目の前の人物は精悍な顔つきで、たくましさが全身からあふれ出ている、健康そのものの二十四歳の男だった。

「おまえ、別人になったみたいやな」

「登山をやりはじめてなぁ。それが健康の源になってるんや。和一君も山登りしたらええと思うわ。気分爽快になるで」

「そら無理やわ。忙しゅうて、そんなヒマあらへんわ」

居間で向き合った二人はきのう会ったような感覚で、時の経つのを忘れて語り合った。このとき牧野は高知の土佐基督教会で牧師をしていた。京都で開かれる牧師の会議に出席するため、高知から船に乗って今朝、築港の天保山に到着し、所用を済ませてここにやって来たという。物腰の柔らかさといい、穏やかな喋り方といい、人に安心感を与える空気といい、どこをとってみても聖職者そのものだった。

そんな牧野が大いに喜んだのが、和一が編纂した『英和俗語活法』の出版と、発明王エジソンとの直談判から念願のヴァイタスコープを入手できるようになったことだった。

「遅ればせながら英語辞典の出版、おめでとうさん。わざわざ贈ってくれておおきに。いろいろ重宝させてもろうてるよ。それとアメリカでエジソンに会えたやなんて、ホンマにすごいことやわ。その映像、ぼくも観てみたいなぁ。事がうまく運んだんはすべて神の思し召しがあったからやよ」

かくも笑みを浮かべて語る牧野を、和一は見たことがなかった。

「せやせや、シカゴでヴァイタスコープの映像を観て感動してから、自分の背中がなんかに押され続けていたのをずっと感じてたんや。そこからとんとん拍子にいってなぁ。ニューヨークではそれこそ恐れることなく、自由に行動できたんやから不思議なもんや。それが神の力なんかなぁ」

そう言うや、和一はＦ・Ｍ・プレスコット社との契約書を持ってきた。牧野はそれを興味深く見入ったあと、突拍子もないことを言った。

「島之内教会へ行こ」

和一はもっとアメリカでの刺激的な体験談を語りたかったのだが、牧野の鋭い眼力に負け、二人は教会へ足を向けた。

平日の午後とあって、教会は静まり返っていた。二人は中央の席に並んで腰を下ろした。

「あのころ和一君とよぉここに来たなぁ。一緒に坐っていろいろ考え事をして……」

ぽつりとつぶやいた牧野の横顔を見ながら、和一も学生時代のことを思い出していた。牧野がこの教会へ連れて来てくれなかったら、養父の荒木安吉との邂逅はなく、いまの自分もないのだとあらためて思い知らされた。

〈牧野は恩人や。いつかかならず恩返しするさかい〉

学生時代とおなじように、二人は黙して語らずしばし佇んでいた。ヴァイタスコープに絡む雑念が頭のなかから消え去り、和一は久しぶりに心の平穏を取りもどしていた。

別れ際、牧野が放った「君はパイオニアになるよ」という言葉が胸に響いた。

「パイオニアちゅうたら、先駆者やないか」

あいつ、うれしいことを言うてくれるわと、気分よく店にもどってくると、アメリカから封書が届いていた。F・M・プレスコット社からだった。

「おっ、ヴァイタが届いたんや!」

小躍りした和一は豆タンから封書を奪い取り、英文のメッセージに目を通した。その直後、ため息をついてへたり込んでしまった。

「旦さん、どないしはりましたんや」

「アメリカから送った荷物が行方不明になってるらしいわ」

「えっ！」

店員が全員、驚きの声を上げた。ニューヨークから西海岸のシアトルまで鉄道で運び、そこで日本郵船の貨客船に積み込む段取りになっていたのだが、積み込まれていなかったという。理由は不明。目下、調査中とのこと。最後に「予期せぬ事態が発生し、日本到着が遅れる」と締めくくられていた。

〈ずっと行方不明のままやったらどないすんねん〉

涙顔になっていた和一は表に飛び出し、天を仰いで祈った。

「神さん、なんとかしてくださいな！」


そのころフランスでは、稲畑勝太郎がリヨンのリュミエール邸で、シネマトグラフの映写・撮影技師コンスタン・ジレルをオーギュストに紹介されていた。中肉中背の二十三歳の若者だが、立派すぎるほどのあごヒゲのせいか、かなり老けて見えた。ジレルは日本にすこぶる興味を持っており、各地の風景を撮影したいと切望していた。いや、当時、この青年のみならず、多くのフランス人が日本に多大な関心を寄せていた。ヨーロッパ全域で巻き起こっていたジャポニスムと呼ばれるブームがきっかけだった。日本がはじめて公式参加した一八六七年のパリ万国博覧会でジャポニスムに火がつき、十一年後にパリでまたも開催された万博で一気に開花した。リュミエール社もその流れに乗り、日本の映像をフィルムに収めて世界各地で上映したいと思っていた。そのパイプ役を勝太郎が担うことになったのだ。シネマトグラフを日本に紹介したい勝太郎、日本をアジア市場の先がけにと算段しているオーギュスト、憧れの日本で各地の情景を撮りたがっているジレル。三者の思惑が合致した。

早くも木枯らしが吹きはじめた十一月二十日の朝、居間で大阪朝日新聞の紙面を繰っていた和一がある記事に目を留めた。

「えっ！」

そこにはエジソンのキネトスコープが神戸で皇族のご高覧に供された記事が載っていた。アメリカで商品価値がなくなった〈覗きからくり〉が、いまごろになって日本、それも大阪からほど近い神戸で……。いったい、だれがキネトスコープを持ち込んだのか。

六日後、店に駆け込んできた中座の座主、三河彦治から、あっと驚く情報を知らされた。

「和一はん、エジソンのキネ、キネ……、えーと、せや、キネトスコープの興行が神戸で打たれたそうでっせ」

和一は吃驚した。

「これ、神戸の新聞広告だす。さっき向こうの知り合いが来て、見せてもらいましたんや」

それは前日の二十五日に発行された地方紙、神戸又新（ゆうしん）日報で、二十五日から十二月一日まで、花隈（はなくま）の神港倶楽部本部建物で有料実演することが報じられていた。

「二十五日ちゅうたら、きのうからだすな」

「さいな、新聞を持って来はった人が言うには、えらい評判らしいでっせ」

三河の言葉をうわの空で聞いていた和一は二年前、サンフランシスコで目にしたキネトスコープの映像を懐かしそうに思い浮かべていた。

「三河はん、もうじきこのキネトスコープとはくらべもんにならんほどのあったらもん（値打ちもの）が届きまっせ。あのヴァイタ、いや、ヴァイタスコープだす」

「そうだしたなぁ」

和一はアメリカから帰国したとき、真っ先に土産を持参して中座へ足を運び、三河にヴァイタスコープ入手の確約が取れたことをかいつまんで話していた。とはいうものの、シアトルで行方不明になっているヴァイタスコープの装置一式がその後、どうなっているのかさっぱりわからなかった。帰国してからもう二か月以上も経っている。

和一は再三、F・M・プレスコット社に問い合わせの手紙を送ったが、船便しかない時代とあって、いっこうに返信は届かなかった。果たして日本に搬送されてくるのかどうか、不安になってきた。運に見放されたか……。正直、弱気になりはじめていた。

翌日の昼下がり、荒木商店の店先に豆タンの声が響きわたった。

「旦さん、旦さん、電報だす！　電報だす！」

「どっからや」

帳簿を点検していた和一が、目をこすりながらキュッと顔を上げた。

「神戸税関だすわ」

「えっ！　神戸税関？」

電報を引ったくり、熱い視線を注いだ。

『ケサ　ベイコクノニモツトドク　アス　トリニクルベシ』

和一はその文字を口に出した。

「今朝、米国の荷物届く　明日、取りに来るべし」

事の顚末を知らせず、いきなり日本に届くとは……。

「どういうこっちゃ、いったい！」

まったく合点がいかなかった。しかし、まちがいなくヴァイタスコープは日本に到着したのだ。そう思うと、体がカッと熱くなった。予想外に遅れたとはいえ、これでわが物になる。例の癖が出て、目を擦り続けた。

「よっしゃ！」

和一はすぐ行動に移した。豆タンら三人の店員を率いて神戸へ向かったのだ。翌朝一番でもよかったのだが、はやる気持ちに突き動かされ、居ても立っても居られなかった。またもイラチな性格が顔を覗かせた。その夜は神戸・元町の宿屋に泊まり、翌朝、神戸税関へおもむいた。

多くの客船や貨物船が停泊しているメリケン波止場。外国人、船乗り、沖仲士（おきなかし）、水兵らが行き交い、いかにも港町といった風情。和一らを波止場の手前にある倉庫に案内した係官が、二つの大きな木箱を指さした。ともにF・M・プレスコット社の会社名を印字した紙が貼られていた。

〈おっ、これや！　まちがいない〉

「シアトルでなんか手ちがいがあったと聞いてます」

係官に説明を受け、和一は呆然とした。いったいどんな手ちがいなのか……。ますます釈然としなくなった。しかし荷積みを前にしたいま、その原因を追究する気は失せていた。

バールでこじ開けると、一つ目の箱には和一がアメリカで買い求めた雑貨類がびっしり詰まっていた。そしてもう一つの木箱には、緩衝用の藁に包まれたヴァイタスコープの装置一式、フィルムの缶、蓄音機、蠟管レコードが入っていた。

「おっ、これや、これや。おい、これが〈動く写真〉の装置やで」

店員たちがいっせいに覗き込んだ。豆タンが一番、目をぎらつかせている。

「旦さん、ふつうの機械みたいだすな」

「見た目はせやけど、これがすごい代物なんや」

輸入品を確認してから、税関でひと通りの手続きを済ませると、借りてきた大型の二台の大八車に木箱を載せ、四人で神戸停車場まで引っ張っていった。貨車はしかし、夕方の便しか空いていなかった。時間つぶしに和一は店員三人を引き連れ、神戸の街を散策した。洋館が建ち並ぶ居留地は彼らには異国のように見え、みな浮足立っていた。

「神戸は大阪とちゃうやろ。異人さんも多い。港町やさかいになぁ」

店員たちが大喜びする様を目にし、和一はさらに気分をよくした。

「よっしゃ、いまからええとこへ連れてったるわ。店では内緒やで」

笑みを浮かべ、元町の欧風料理店に入り、ビフカツを振る舞った。店員たちははじめて口にする洋食の味に酔いしれた。

「午後四時に神戸停車場で待ち合わせや。それまで神戸見物しとき。道に迷わんようにな。豆タン、おまえが大将や。みな豆タンから離れんように」

昼食後、和一は三人に自由行動を許し、一人で花隈の神港倶楽部へ足を向けた。キネトスコープがいかに神戸っ子を熱狂させているかを自分の目でたしかめておきたかったのだ。この日は十一月二十七日、一般公開の三日目だったが、板塀に囲まれた洋館の前には、大勢の人が群がっていた。

〈えらい人気やがな〉

塀の貼り紙にはこう大書してあった。

「午前九時～午後八時　見料：三十銭　この日の原図（映像）：西洋人旅館にてトランプ遊戯の図」

三十銭は現在の約六千円に相当する。

〈強気の商売やな。この映像はサンフランシスコで観たヤッちゃ〉

しげしげと貼り紙を眺めていると、近づいてきた小太りの中年男性からふいに声をかけられた。どことなく商売繁盛の神さん、えべっさん（戎＝恵比寿）に似ている。

「荒木はんでっしゃろ、心斎橋の」

一瞬、だれだかわからなかった。

「三木です、伏見町の。随分、ご無沙汰しております」

「あぁ、三木はん、こちらこそご無沙汰しております」

二人は同時に会釈し、そのあとまったくおなじ言葉が出た。

「なんで神戸へ？」

思わず顔を見合わせた。

この人物は淀屋橋の南側にある伏見町で、三木福時計店の屋号で経営している三木福輔。世間では「伏見町の三木時計店」で通っている。荒木商店と直接の取り引きはないが、外国製の時計を扱っていることから、互いに顔なじみになっていた。

愛想はいいが、どこか抜け目のないところがある三木に、和一は一目置いていた。それは自分がまだ幼かった明治十四（一八八一）年、外国時計の解説書『時計詳説　一名時計のわけ』という訳本を丸善書店から出版していたからだ。よほど英語に堪能で博学なのだろう。もちろん和一は商売柄、その本を所蔵している。三木のほうも、単身アメリカへ渡り、『英和俗語活法』を編んだ若い和一を高く評価していた。

三木から口を開いた。

「この興行、わてと高橋はんの二人で打ったんだすわ。高橋信治はん、知ってはりまっしゃろ」

高橋信治は、神戸停車場の前で銃砲・火薬類の輸入販売業「高橋銃砲店」を経営しているが、以前は時計商だった。和一は関西の時計商をほとんど把握していた。ましてや高橋は銃砲店に鞍替えした商売人だけに、ことさら印象に残っていた。

「荒木はん、あのお方とは時計商をやってはったときからの知り合いで、妙にウマが合うて、ほんで、今回、助力を求められましてなぁ」

「そうだすか。で、どういういきさつで装置を手に入れはったんだすか」

和一は一番知りたいことを率直に訊いた。

「神戸の居留地にリネン商会というユダヤ系の貿易商がありまっしゃろ。あそこから装置二台とフィルムを購入しはったんだす。それが九月のことだっせ。もっと早う公開したらええのに、なんかグズグズしてはりましてなぁ」

〈そういうことやったんか!〉

納得できた。このあと三木の漏らした言葉が和一を焦らせた。

「荒木はん、ここだけの話だすが、神戸が済んだら、つぎは大阪でやりまんねん」

和一はなんとか冷静に振る舞おうと努めた。

「へーっ、で、いつから、どこでやりはるんだすか」

「十二月三日から二十二日まで。場所はミナミの南地演舞場だす。高橋はんは大阪には縁がありまへんさかい、わてが中心になってやらなあきまへんねん。まぁ、地元の興行を仕切る大御所にも声をかけてますが……。それにしても、わては時計屋やのに、なんで見世物の世界に足を突っ込まなあかんのんやろか」

苦笑いしながらも、内心、楽しんでいるのが和一にはわかった。それよりも、「地元の興行を仕切る大御所」という言葉が気になった。

〈だれのこっちゃろ。ヴァイタを公開するとき、ちゃんと興行界にも手を打っとかなあかんな〉

果たして素人の自分に見世物興行ができるのか……。正直、不安になってきた。

「ほんで、荒木はんはキネトスコープを観にきはったんだすか」

三木の質問にハッとさせられた。キネトスコープを凌駕するヴァイタスコープの装置を取りに来たとは、口が裂けても言えない。

「いや、ちゃいまんねん。キネトスコープはアメリカでもう観てまっさかいに。きょうは神戸の貿易商にちょっと用事がありましたんで、立ち寄ってみただけだす」

「そうだすか。荒木はんは向こうで観てきはったんやな。もういっぺんご覧になりたいんやったら、特別料金で半額、いや十銭でよろしおます。まけときまっせ。せやせや、いま装置の横で高橋はんが一人ずつ説明してはりますわ」

こんどは「説明」の言葉に和一が敏感に反応した。

〈そか、説明せなあかんのや〉

アメリカでは映像を観せるだけで、説明する者はいなかった。しかし日本では異国の映像を観てもらうのだから、装置の仕組みやどんな内容なのかを客に理解してもらわなければならない。そのためには説明する者が必要なのだ。

〈ぎょうさんの人に観てもらうヴァイタやったら、なおさら説明する者が要るわ〉

三木福輔との偶然の出会いで、〈動く写真〉の興行に際して気づかなかったこと、そのなんたるかを教わった気がした。

「三木はん、もう行かなあきまへんので、このへんで失礼します。とにかく、おおきに、おおきに。助かりましたわ」

和一からいきなり深謝され、なんのことかさっぱりわからない三木はきょとんとしていた。

夕刻、神戸停車場で三人の店員と落ち合い、午後五時すぎの貨車に荷物と一緒に乗り込んだ。梅田停車場に到着後、駅前で借りた二台の大八車に木箱を載せ、またも四人で引っ張り、黙々と歩いた。

荒木商店に着くと、アメリカから届いた封書をヤスから渡された。そこにはこう書かれてあった。

「搬送した荷物がシアトルで国内船に積み込まれるという不手際があった。近々、到着予定。プレスコット」

〈そんな事情があったとは……。ヴァイタを受け取った日に返信が来るとはケッサクやわ、ハハハ〉

結果オーライ。もう笑い飛ばすしかなかった。しかるべき貿易商に依頼していたら、こんな苦労をせずに済んだのだが、すべて自前でやり遂げたことに和一は快感を覚えていた。

木箱を店内に運び入れると、表に出て、アメリカの方角、東の夜空を仰ぎ見た。

「エジソンはーん、プレスコットはーん、やっとこさ店に届きましたでぇ！」

実験試写

すぐにでもヴァイタスコープの装置を組み立てる予定だった。ところが、アメリカで仕入れた雑貨品の数々を、店頭に置く商品と奥の蔵に保管する商品とに仕分ける作業にことのほか時間がかかった。値段設定も慎重にせねばならない。なんといっても本業が第一だ。

気がつくと、もう師走になっていた。そろそろ組み立てるときがやって来た。とはいえ、重量が六十キロもある大きな装置で、しかもモーターで動く電動式。大枚をはたいて買った代物だけに、もしまちがって組み立てたら、身もふたもない。さすがにこれは素人では無理と考え、手を出さなかった。

そこで声をかけたのが、大阪電灯会社の長谷川延技師だった。延は「ただし」と読む。度のきつい銀縁眼鏡をかけた長谷川技師は、三十路を少し超えた東京出身の典型的な理科系人間で、独身貴族を通している。第三高等中学校で教鞭を取ってから大阪電灯へ転職した。

三年前、たまたま立ち寄った荒木商店で、アメリカの科学雑誌『サイエンティフィック・アメリカン』を読んでいた和一を見て、初対面なのに、「すみませんが、あとで貸してもらえませんか」と言ってのけた男だ。ときおり背広の内ポケットからイギリス製の懐中時計を取り出し、時刻を確認するのが癖だった。上ブタつきの銀製ハンターケース・タイプ。そのケースにはエナメルで施された赤と青の円盤状の模様があしらわれている。よほどその時計を気に入っているのだろう。

井のなかの蛙ではいけないと常々念頭に置いていた長谷川は、ときどき荒木商店に姿を見せては、和一から外国の雑誌や新聞を拝借していった。読むところはもっぱら科学技術の記事だった。まだ一度も商品を購入していないので、顧客とはいえない。しかし、こういう〈けったいな人物〉を和一は好み、いつしか同志のような絆が芽生えていた。

ヴァイタスコープの装置一式が梱包された木箱が、店舗の土間の端に置いてある。そのかたわらで白い手袋をはめた長谷川が深呼吸をし、「さぁ、はじめますよ」と声を出してバールで箱をこじ開けた。店員たちと一緒に箱のなかから部品をつぎつぎと取り出し、土間に敷かれた新聞紙のうえに並べていった。和一も自然とその輪に加わった。

映写機の本体、鉄脚（台座）、炭素アーク灯の投光器、電気コード、モーター、リール、見たこともない大小さまざまなネジ類……。それらをどう組み合わせればいいのかさっぱりわからない。

「荒木さん、どうしましょ」

長谷川が途方に暮れていた。

「おっ、木箱の底に紙があるわ」

和一の目に留まったのが、事細かく記された英語の説明書だった。それを日本語に訳し、大声で技師に伝え、一つずつ順々に部品を組み合わせていった。かれこれ一時間半ほど経ったころには、ヴァイタスコープの装置ができ上がっていた。シカゴで見たのと同じミシンのようなかたちだった。鉄脚のうえにはフィルムを巻くリールのついた映写機、斜めうしろにモーターがあり、一番うしろ側が炭素アーク灯の投光器。なんとも奇妙な装置だ。

「旦さん、完成だすな」

豆タンが和一に顔を向けた。若い店主は腕を組んでうんうんと頷き、満足気な表情を浮かべている。

「長谷川はん、ご苦労さんだした。おおきに」

和一がねぎらった直後、長谷川が奇声にも似た声を張り上げた。

「こ、こ、これはあきませーん！」

顔面が蒼白になっていた。

「どないしはりましたんや」

「動きません。無理です」

そう言ったまましゃがみ込んでしまった。完全に腑抜け状態だ。なんのことかさっぱりわからない和一はもう一度尋ねた。

「いったい、どないなってますんや」

長谷川がなんとか立ち上がり、声を絞り出して説明した。

「直流です。このモートル（モーター）は直流なんです」

「それがどないかしたんだすか」

「大阪の電気は交流なんですよ。このままだと動きません！」

「えーっ、そら、えらいこっちゃ！」

こんどは和一がへたれ込んでしまった。大阪市域に電気を供給している大阪電灯会社は、交流送電をおこなっていたのだ。世界の先進諸国では交流が一般的だったのに、エジソンはいまなお直流にこだわっていた。アメリカ国内でも交流のエリアが広がっていたので、ヴァイタスコープはスムーズに上映できなかった。それが大きな弱点だった。

たしかにこのままでは作動しない。つまり高価なヴァイタスコープは〈文明の利器〉どころか、ただの役立たずの重い鉄の塊でしかなくなってしまう。

「長谷川はん、どないしたらよろしおまんねん」

和一は藁にもすがる思いだった。

「大丈夫です。直流を生み出す発電機があれば、動きますよ。業界ではダイナモと呼んでいます」

「ダイナモでっか！　それを見つけたらよろしおますのやな」

「はい、そういうことです」

長谷川はすっかり冷静になっていた。

「で、大阪ではどこにありますんや」

「うーん、会社にもどって調べてみましょう。一つや二つダイナモを持っている工場がきっとあるはずです」

商売人には門外漢の領域だ。ここはすべて専門家にまかせるほかはない。

「ほんなら、どうかよろしゅうお頼み申し上げます」

和一は深々と頭を下げた。


一日、二日、三日……と日が過ぎても、長谷川からの吉報は届かなかった。まだかいな、まだかいな。和一が極度の焦燥感に襲われていたとき、稲畑勝太郎は南仏のマルセイユ港にいた。三月一日に日本を発ち、フランス滞在九か月目を迎えて、ようやく帰国の途に就こうとしていた。

十二月六日の昼下がり。ミストラルと呼ばれるアルプスから吹きつける冷たい北風で、勝太郎の鼻は真っ赤になっていた。真夏にはコバルトブルーに輝く地中海も、この時期はどんよりとした曇り空のもと、鈍色(にびいろ)に染まっている。

モスリンの製造方法を習得し、紡織機械を手に入れるという最大の目的は果たした。しかも、オーギュスト・リュミエールのはからいで、世界的に注目を浴びようとしているシネマトグラフの装置まで手に入れることができた。

〈こないに順調にいくとは思わなんだ〉

上機嫌の勝太郎はシネマトグラフの装置二台を風呂敷に包んで両手で提げ、フランスの大型客船ナタル号のタラップを上っていった。紡織機械やその他の品々は船底の倉庫、投光器は船室にすでに運んでもらっている。

映写・撮影技師のコンスタン・ジレルはシネマトグラフの装置一台を携え、この日早朝に出航したポリネシアン号に乗り、一足早くセイロン（現在のスリランカ）のコロンボへ向かっていた。べつの便になったのはナタル号が満室だったからで、コロンボで空席が出るナタル号に乗り換え、合流することになっていた。


十日後の十二月十六日、小春日和の昼下がり、荒木商店に長谷川技師が駆け込んできた。

「荒木さん！　荒木さん！　おられますか」

興奮しているのがわかった。きっとダイナモが見つかったのだと直感した豆タンが、二階にいる和一を呼んできた。

「長谷川はん、とうとう見つけはりましたんか」

階段を駆け下りてきた和一の声も上ずっていた。

「はい、難波（なんば）の工場にダイナモがありました。ここからそれほど遠くありません。電話をかけまくって、ようやく突き止めました。灯台下暗しでしたね」

「で、なんちゅうとこですか」

「福岡鐵工所です」

「えっ？」

その名を聞いてもピンとこなかった。長谷川に詳しく説明され、場所がわかった。阪堺鉄道難波停車場（現在の南海電鉄なんば駅）の西側を流れる新川運河に架かる遊連橋の、東詰め南側だった。

「そういえば、大きな工場があったような覚えがありますわ」

「荒木さん、その鉄工所にヴァイタスコープの装置を持って行って、きちんと映るかどうかを調べてみましょう」

長谷川の提案に和一が頷いた。

「なるほど、そうだすな。いきなり見世物というわけにはいきまへん。まずは実験試写。ほんなら、長谷川はん、いまから挨拶がてらに福岡鐵工所へ行きまひょか」

「えっ、いまからですか」

「はいな、ぐずぐずしてられまへんがな」

思い立ったら即行動に移す和一の迅速さに、技師は戸惑ったが、こうなれば従いていくしかない。

「わかりました。行きましょう。どんなダイナモなのかわたしも気になりますから」

荒木商店から福岡鐵工所までは直線距離で約一・八キロ。和一は長谷川技師と歩調を合わせ、まだ拡張されていない御堂筋を足早に南へ歩を進めた。

難波停車場に行き当たると、西側が黒っぽい川面の新川運河。流れているのかそうでないのかわからないほど澱んでいる。その左岸に沿って南下していくと、遊連橋の南側に鉄工所があった。向こうには大蔵省の葉煙草専売所と難波米倉庫の建物群が林立している。すぐ北側にはにぎにぎしい南地の花街があるのに、この辺りは民家や小さな町工場が点在しており、どこかうら寂しい佇まい。

ガシャン、ガシャン、キーン、グィーン、カチャカチャ……。けたたましい機械音が油臭をともなって鉄工所のなかから聞こえてきた。

「えらいごっつい工場やなぁ」

和一は入り口の看板を一瞥し、なかを覗いた。

「ほな、入りまひょ」

二人は薄暗い鉄工所のなかへ足を踏み入れた。その瞬間、さらに大きな機械音が津波のようにどっと押し寄せ、思わず両手で耳をふさいだ。

この鉄工所は福岡駒吉という人物が六年前に創業し、鉱山の採掘機、紡績機、製紙機械、鉄道車両、ポンプなどを製造している。のちに「駒吉機関車」と呼ばれる日本初の石油発動機関車を開発したことで名を馳せた。

近くで作業していた若い工員に和一が「工場主の福岡はんにお目にかかりたいんやが」と声を張り上げると、「あっち、あっち」とぞんざいに右のほうにある事務所を指さした。

室内では、茶色の作業着を身に着けた角刈り頭の中年男性が、事務机で帳簿をつけていた。福岡駒吉だ。和一のちょうど二十歳上、脂の乗り切った四十四歳の経営者。

「お初にお目にかかります。荒木和一と申します。このたびはお世話になります」

「長谷川です。きのう電話で説明させていただいた……」

「お二人さん、はじめまして。よぉきなさったなぁ。それにしてもひっで（かなり）せっかちやの。ハハハ。あんたら、メリケンの〈動く写真〉の装置を動かしたいんやの。あのエジソンの発明品とはえらいもんやの。うちのダイナモでよかったら、遠慮なしに使うてくだされ」

きのう長谷川が電話である程度、概要を説明していたので、駒吉はすべてを呑み込んでいた。この経営者は和一の肩までしか背丈がないのに、猛烈にエネルギッシュなオーラを発散させていた。そんな駒吉の話し方を耳にし、和一が訊いた。

「福岡はん、ひょっとしたら福井の生まれとちゃいますか」

「ほうや、九州の福岡やのうて、福井の武生（たけふ）や。ハハハ。なんでわかったんかの」

「生みの親が福井の勝山出身だす。喋ってはるときの言葉遣いと抑揚がよぉ似てましたさかいに」

「ほやの、勝山とはちょっこし（少し）ちゃうけど、どことのう似てるな」

この会話で一気に距離が縮まった。駒吉は「なんでも遠慮なしに言うてくだされ」と笑みを浮かべ、二人をダイナモのある場所へ案内した。鉄工所の一番奥まったところで、横では鉄道の車輪が製造されていた。換気が悪いのか、濃厚な油臭がこもっている。

「あれがダイナモや」

駒吉の視線の先に、どでかい機械が置かれていた。和一には巨大な黒牛が寝そべっているように見えた。長谷川技師は口をあんぐり開けている。とてもこんな大きなものを運び出せるはずがない。

「ハハハ。あのダイナモはでけえ（大きい）やつでの、ここでいろんな機械類をつくるときに使うとるんや。〈動く写真〉のほうはその横に置いたあるちんちぇー（小さい）のを使えばいいでの」

二本の筒が立ち、あいだに銅線を巻きつけた金属棒が横たわっている、まことに奇妙な装置だった。駒吉によると、二本の筒は永久磁石で、金属棒を回転させると、三十ボルトの直流電流が発生するという。これが小型のダイナモだ。科学好きな和一はだいたい理解できた。もちろん長谷川は十分すぎるほど納得していた。大きさは筒の高さと金属棒の長さがともに五十センチほどで、大人なら両手で持てる重さだった。これならどこへでも運べる。

「向こうのでけえやつは水蒸気で金属棒を回転させてるんやが、これは金属棒に取っ手を差し込んで、ほんで手でグルグルまわすと電気が生まれ、モートルが動くんやで」

なるほど、人力なのだ。でも、おかしい。シカゴでヴァイタスコープをはじめて目にしたとき、取っ手をまわしていなかった。そのことを和一が口にすると、長谷川技師がこう返した。

「おそらくシカゴの劇場は直流だったんでしょう。だからダイナモは要らなかったんですよ」

長谷川はさらに言葉を紡いだ。

「投光器は炭素アーク灯を使っています。これは電極の二本の炭素棒に電気を帯びさせて発光させるものです。通電は直流でも交流でもどちらでもいけますが、二十ボルトから三十ボルトの低電圧でないと負荷がかかりすぎて、炭素棒が破裂する危険があります。大阪の電圧は百ボルト。そのまま使えませんが、さいわいダイナモが三十ボルトなので、この投光器にも応用できます。シカゴの劇場では、おそらく変圧器を使っていたと思われます」

いきなり電気の難しい話になったが、これもなんとなく和一にはわかった。駒吉が思い出したように言った。

「ほやほや、ダイナモの取っ手はちかっぺ（力一杯）まわさなあかんでな」

駒吉は電気系の担当者を呼び、ダイナモに鉄製の大きな取っ手を取りつけさせ、和一にまわすよう言った。和一は上衣を脱ぎ、シャツをひじまでまくり上げ、両手を取っ手に添え、渾身の力を入れた。すると、少しずつ動き出し、あとは比較的、楽にまわせるようになった。

「最初だけかなり力が要りますな。せやけど大丈夫ですわ。うちには怪力の持ち主がいますよってに」

力自慢を豪語している豆タンこと青田隆三郎の顔が、和一の脳裏によぎった。

実験試写は四日後におこなうことになった。和一は翌日を望んだが、鉄工所で大きな仕事を受注しており、深夜までフル稼働するらしい。致し方ない。午後七時半にヴァイタスコープの装置を運んでくることで話がまとまった。

「写真が動くとは想像でけんなぁ。どんな代物なんか楽しみやでな」

終始、上機嫌な駒吉に別れを告げ、和一と長谷川技師は鉄工所をあとにした。


あっという間に四日が過ぎた。明治二十九（一八九六）年十二月二十日。ときおり小雪の舞う寒い日だった。和一はしかし、そんな天候とは逆に早朝から体を火照らせ、夜の実験試写をいまかいまかと待ち遠しく思っていた。

ようやく夜の帳が下り、出発する時間になった。雪雲は一掃されて星空が広がり、肌を刺す鋭い冷気が大阪の街をすっぽり覆っていた。そんななか、組み立てられたヴァイタスコープの装置一式を店員たちが慎重に大八車に載せ、三つぞろえの背広に身を包んだ和一の「よっしゃ、行くでぇ！」の合図で福岡鐵工所をめざした。

大八車には映像を投影する白い大きな布が巻かれて載せてある。和一と長谷川技師が先頭を歩き、そのあとに豆タンら三人の店員が引っ張る大八車、さらに二人の店員がぞろぞろと続いた。番頭格の木下を除いてすべての店員を連れてきたのは、これから日本を支える若い世代に世紀の発明品をしかと目に焼きつけてもらいたかったからだ。

午後七時半かっきり、福岡鐵工所に着いた。入り口で厚手のインバネスを羽織った福岡駒吉が待っていた。

「こんばんは。えらい寒いの。さぁさぁ、なかに入りーや」

「福岡はん、よろしゅうお頼み申し上げます」

和一はあらためて深々と頭を下げた。そのかたわらで長谷川技師もお辞儀をした。

営業を終え、機械を止めた鉄工所のなかは不気味なほど静謐な空気に包まれていた。眠りについたおびただしい数の機械が白熱灯で赤っぽく照らされているのが、なんとも幻想的にすら感じられた。

ダイナモの置かれた一番奥に大八車を引っ張っていくと、作業服姿の工員だけでなく、近所の住民も立っていた。工員が三十人ほど、住民が二十人ほど。せっかくの機会だからと駒吉が声をかけていたのだ。屋内とはいえ、しんしんと底冷えしており、みなドテラや厚めの上衣を着込んでいた。

「あのエジソンが発明したらしいで」

「それにしても、けったいな機械やな」

「ホンマに写真が動くんやろか」

「どんなからくりになってるんやろ」

だれもが興味津々だ。

〈実験試写やのに、えらいぎょうさん人が来てくれはったなぁ。まぁ、予行演習にもってこいや〉

ふくみ笑いを見せた和一は店員たちに、装置を大八車から下ろし、白布を壁にかけるようてきぱきと指示を与えた。駒吉のほうはダイナモを鉄工所が用意した台のうえに載せるよう工員に命じた。

そのとき、「えらい遅れてすんまへん」と中年男が駆け込んできた。中座の座主、三河彦治だった。この人物に二回目の渡米を促されたからこそ、ヴァイタスコープを入手できたので、恩義に報いるために招待していた。

長谷川はすぐさまヴァイタスコープの説明書通りに映写機、投光器を台座のうえに順々に設置し、長さ五十尺（約十五メートル）のフィルムを取り出して、二つのリールにたすきがけした。最後にダイナモの電線をモーターと投光器に接続させると、フーッとため息を漏らした。すべて一人で、それも迅速にやり終えた。

「準備が整いました」

長谷川技師が和一に目配せした。

「よっしゃ。おい、豆タン、頼むでぇ！」

取っ手がはめ込まれたダイナモの横で、鉢巻を締めた豆タンが眉間にしわを寄せて仁王立ちしている。

「へーっ！」

甲高い大きな声が鉄工所内に響きわたった。

〈アメリカで観たようにちゃんと映ってくれよ。神さん、頼んまっせ！〉

和一は首を垂れ、胸もとで十字を切った。装置のまわりを取り囲んでいる観客たちは、みな息を呑んで五メートル先の白布に視線を注いでいる。

「みなさん、えらいさぶいなか、足を運んでくれはりまして、おおきに、ありがとさんだす。これはちゃんと映るかどうかを調べる実験です。どうかその点をおふくみ置きください。それでは、はじめまっさかい。福岡はん、よろしゅうに！」

「だんね（了解）！」

駒吉が大声でこたえると、照明が落とされ、漆黒の闇に包まれた。

「豆タン、いまや。まわせ！　まわせ！」

ダイナモの取っ手を豆タンがまわしはじめた。しばらくすると、直流の電気が生み出され、ジージーという音が聞こえてきた。その後、ブーッという鈍い電気音をともない、投光器のなかの二つの炭素電極のあいだから青白い光が発生し、白布が輝き出した。アーク放電による発光だ。

その光が正確に布に当たるよう長谷川技師が投光器の位置を調整している。同時にモーターの作動によってフィルムが勝手に動きはじめた。不思議なことにチカチカと青白く光っていた布が淡いセピア色に変色している。広々とした鉄工所の一角だけが光芒でぼんやり浮き上がり、なんとも妖艶な光景が現出していた。

「おーっ！」

いきなり異国の街並みが映し出され、ドッと歓声が巻き起こった。少しぼやけていたので、長谷川技師が鉄脚を少し前に移動させると、鮮明に映った。技師はその後、フィルムの流れ具合を点検しながら、映像、モーター、投光器にずっと目を配らせていた。

白布に映し出されたのは、石づくりの建物に囲まれた広場で、大勢の通行人が往来し、馬車や路面電車が頻繁に行き交っている賑やかな情景だった。

「動いとる、動いとる、動いとるがな！」

「ホンマや、写真が動いとるわ！」

「異人さんが歩いとおる」

映像に見入っていた人たちが興奮しながら、口々に言葉を発した。まるでその広場にいるような錯覚におちいり、みな圧倒的な臨場感に気圧されていた。路面電車が目の前を通り過ぎ、向こうからもべつの路面電車が向かってくる。

「わっ、こっちに来よるわ！」

「えらいこっちゃ！」

一番前で観ていた男の子はあわてて逃げ出し、ほかの人も身をすくめたり、目をそらせたり。長谷川技師も、中座の三河も、荒木商店の店員も、鉄工所の工員も、福岡駒吉も驚嘆の表情を浮かべている。豆タンはダイナモの取っ手を必死にまわしながら、目を血走らせて映像に観入っている。

その様子を、映写機の横で腕を組み、得も言われぬ表情で立っている和一が、じっと眺めていた。

どことなく忘我状態で、目にはうっすらと涙が浮かんでいる。赤目になっているのは、知らず知らずのうちに目を擦ったのだろう。

「荒木さん、これ、どこの街なんがや」

駒吉から訊かれ、ハッとわれに返った。せや、説明せなあかんわ。和一は咳払いをし、全員に聞こえるように大きな声で説明した。

「いま、みなさんが観てはるのはアメリカ、もといメリケンはんの随一の大都会、ニューヨークのヘラルド・スクエアちゅう繁華街だす。大阪でいうたら、そこの難波みたいなとこだすわ。手前の制服を着た人物は交通局の職員と思われます」

これは五月にエジソン社が撮影したもので、真夏のシカゴで和一がはじめてヴァイタスコープの映像を観たときに映されていた。それをいま、日本で、しかも生まれ故郷の大阪で、大勢の人と一緒に観ているのだ。

〈やっとこさ、夢が叶うたわ〉

そう思うと、感激もひとしおだった。

「メリケンはんの街は日本とえらいちゃいますなぁ」

「木造のうちなんかあらへんわ」

「異人さんはやっぱし背が高い」

またまた見物人が口々に喋り出した。

映像は一分足らずで終わったが、しばらくすると、またおなじ映像が映し出された。それが数回繰り返された。フィルムをたすきがけしているので、なんども連続して上映できるのがヴァイタスコープの特徴だ。

「豆タン、もうええわ」

額から汗を流していた豆タンがダイナモの取っ手から手を離すと、モーターが止まり、フィルムの回転が収まった。その直後、投光器の光も消え、鉄工所に電灯がつけられた。

「みなさん、ちゃんと映りました。これで終わりだす」

どっと拍手が沸き起こった。これまで味わったことのない快感に浸っていた和一の横に、三河がすり寄ってきた。

「和一はん、肝をつぶしましたがな。こら、すごいわ！　正真正銘のあったらもん、、、、、(値打ちもの)をメリケンはんからよぉ輸入しはりましたな。大したもんや」

「いやいや、それもこれも三河はんがアメリカ行きを押してくれはったからだすわ」

二人のかたわらで駒吉が満足しきっていた。

「荒木さん、ええもん観せてくれたの。うまく映ってよかったの、よかったの。〈動く写真〉はいいもんや」

「社長はんのご協力があったからこそだす。ホンマにおおきに、ありがとさんでございます。これから各地でお披露目しようと思うとりますんで、すんませんが、このダイナモをお借りできまへんやろか」

「だんね、いいでの。当分、使う予定はないんで。遠慮なしに持っていきなされ」

ありがたい。和一は思わず駒吉の両手を握りしめた。長谷川技師は緊張状態から解放され、肩で息をしながらハンカチで額の汗をぬぐっていた。

「長谷川はん、おおきに。向こうで観たのんより、ずっときれいに映ってましたで。あんさんのおかげだすわ」

「いやいや、すべて機械が勝手に動いてくれました。意外と操作が簡単だったので、驚きました」

店員たちが「旦さん、旦さん、すごい！　すごい！」と和一に寄り添ってきた。顔を真っ赤にした豆タンは、目からポロポロ涙をこぼしている。実験試写が成功裏に終わり、しかと手ごたえを感じ取っていた和一に、長谷川が耳もとでささやいた。

「荒木さん、大勢で観る〈動く写真〉が日本で上映されたのは、これがはじめてですよ。あなたは先駆者です。パイオニアです！」

「えっ！」

和一の顔が紅潮した。いつぞや旧友の牧野虎次もそんなことを言っていたのを思い出した。

「ほんなら、長谷川はんが日本で最初の映写技師だっせ！」

荒木商店に帰って一段落すると、しんしんと冷え込む屋外に出た和一は東の空を仰ぎ、心のなかで思いっきり叫んだ。

〈エジソンはーん、日本でもちゃんと映りましたで！〉

第三章　落胆

キネトスコープの視察

ヴァイタスコープの実験試写翌日の明治二十九（一八九六）年十二月二十一日。和一は夕刻、店から南へ一・七キロほどのところにある南地演舞場へ足を運んだ。

阪堺鉄道難波停車場の真向かい、木造三階建ての豪勢な日本家屋。この演舞場は、宗右衛門町、九郎衛門町、阪町、櫓町、難波新地の五つの色街からなる「南地五花街」が明治二十一（一八八八）年、芸妓の技芸向上のために建造した。こけら落としに南地の芸妓が総出で演舞場の舞台に立ち、「芦辺踊り」が艶やかに披露され、それが大阪の春の風物詩として全国にも知られるようになった。

いたって生真面目な和一は、ゆめゆめ花街などへ繰り出すような男ではない。では、なぜそこへ向かったのか――。エジソン発明のキネトスコープが、南地演舞場で一般公開されていたのだ。一人でしか観ることのできないキネトスコープは、アメリカではすっかり時代遅れの遺物となっていたが、日本では〈動く写真〉の初公開とあって、神戸の神港倶楽部での実演が好評を博し、その流れで大阪でも興行が打たれた。このことは先日、神港倶楽部で偶然会った、時計商でありながら、興行師に変貌していた三木福輔から聞いていたし、新聞の広告にも載っていた。

前夜、ヴァイタスコープの装置を福岡鐵工所に運んでいく途中、この演舞場の横を通り過ぎたとき、入り口に多くの人がたむろしている情景を和一はまぶたに焼きつけていた。十二月三日から一般公開されており、この日が前楽（千秋楽の前日）だった。神戸では観る機会を逸していたので、キネトスコープの映像をどのように客に観せているのかが気になっていた。とりわけ装置を何台も並べたアメリカのキネトスコープ・パーラーとのちがいを知りたかったのだ。

入場券を買う人の列に加わった。貼り紙を見ると、「キネルスコップ」となっている。神戸では「ニーテスコップ」と表記されていたのに……。少しずつ英語の原名に近づいてきたなと和一は笑いをこらえていた。

神戸では所有者の高橋信治と三木福輔の共同興行だったが、ここは三木がいっさいを仕切っている。またも出くわすのはどうも気まずい。和一は顔が障さないように背中を極度に丸め、襟巻きであごまでくるみ、店から持ってきた新聞紙で顔を隠し、三十銭の木戸銭を払ってなかへ入った。その直前、場内から出てきた三木とすれちがったが、気づかれなかった。

案内されたところが二階の広間だった。ふだんは芸事の稽古場。そこが待合室になっていた。なにせ一人ずつ覗き見するので、大勢の客が坐って順番を待っている。お茶の提供があり、みな湯呑茶碗を手にしている。和一もお茶子の娘から受け取った。

〈なるほど、こういうことか〉

床の間には立派な松が生けてある。退屈しのぎの配慮なのか、電気仕掛けの模型の汽車をだれもが楽しそうに眺めている。

三十分ほど経ったころ、奥の間に呼ばれた。座敷の真んなかに懐かしのキネトスコープが置かれてあった。装置の横に立つ、緩めのカラーを襟につけたフロックコート姿の中年男がいきなり声を発した。

「本日はご来場をたまわりまして、おおきに、ありがとさんだす。厚ーく厚ーく御礼申し上げるしだいであります。さて、いまからエジソン大博士の世紀の大発明品をお目にかけまひょ。さぁさぁ、こっちへ、こっちへ」

たった一人の客に向かってにぎにぎしく口上を述べる男。その仰々しいフロックコートの男を目にとらえた瞬間、和一は突拍子もない声を上げた。

「おっ！　布袋（ほてい）はーん！」

男が驚いて和一の顔を見るや、急に顔をくずした。

「なんや、和一はんだすか」

二人は知り合いだった。和一が十代半ば、荒木家へ養子に入る前に一時、新町で暮らしていたとき、この小柄な男は新町遊郭に出入りして小間物の行商を営んでいた。ある日、新町演舞場の近くにある公園のベンチに坐って英語の本を読んでいた和一に「兄ちゃん、異国の言葉がわかるんかぇ」と声をかけてきたのがこの男だった。

名は上田布袋軒という。本名は恒（つね）次郎。二十三歳年下の和一から、いつも「布袋はん」と呼ばれていた。笑うと〝ひょっとこ〟のような表情になり、それが実に愛想よく映った。

南船場の大商家（おおだな）の跡取り息子として生を授かった布袋軒は、根っからの道楽者とあって放蕩三昧、家業を継いでからも遊び癖が治らなかった。そのうち興行の世界に魅せられ、口達者なことから曲芸や曲馬を宣伝する御披露目屋の口上を務めるようになった。御披露目屋というのはチンドン屋のこと。その後、素人義太夫の虜になった。本人いわく、七代目竹本綱大夫（つなたゆう）から弟子入りを勧められ、そのときに布袋軒の名を授かったという。

そんなこんなで家業をつぶすも、新町南通り一丁目で小間物商をはじめた孝行息子に食わせてもらいながら、なおも道楽を究め続け、気が向いたときに小間物の行商に出るというなんとも能天気な男。大阪弁で言うところのイチビリ（お調子者）丸出しだ。

そんな布袋軒と和一はまったく対照的な性格ゆえか、妙にウマが合った。荒木家に養子に入ってからもときどき新町の小間物屋へ出向き、布袋軒から興行や義太夫の裏話を聞き、逆に和一が英語の基礎知識や海外事情を教えたりしていた。二回目の渡米前にたまたま街なかで会って以来のことで、ひさしぶりだった。

「布袋はん、なんでまたこないなとこにいてはるんだすか」

和一が訊くと、布袋軒が声をひそめて説明した。

「以前、欧州から巡業に来た曲芸や曲馬の見世物で口上を務めさせてもろうたとき、興行主の奥田弁次郎はんとご縁ができたちゅう話は、たしかお話ししたはずだす。奥田はん、知ってまっしゃろ」

奥田弁次郎（本名は伊兵衛）とは、大阪屈指の繁華街、千日前を築いたミナミの興行界の大御所だ。

江戸時代、刑場と墓場が広がっていた千日前一帯は、明治六（一八七三）年に刑場が廃止され、翌年、墓場が阿倍野へ移されてからは人骨の混じる灰山だけが残されていた。大阪でもっとも陰鬱なその場所を、生地の丹波から妻になる女性と大阪へ駆け落ちしてきた弁次郎が、破格の安値で買い取り、まずは茶店を開き、ついで見世物小屋を開設したところ、娯楽に飢えていた大阪の庶民がどっと押し寄せた。こうして、すぐ北側にある芝居小屋の連なる道頓堀界隈とはまた異なった大衆の繁華街、千日前が誕生した。

「もちろん奥田弁次郎はんのことは知ってまっせ。そら、大阪でえろう有名なお人でっさかいに。その話、布袋はんから聞いたことありますわ」

布袋軒によると、キネトスコープの興行を仕切る三木福輔とは、弁次郎が時計店に客として訪れて以来、懇意になったそうで、今回の興行に際しては、装置の所有者である神戸の高橋信治から弁次郎を紹介してくれと頼まれたという。ゆえに興行の名義は高橋信治、三木福輔、奥田弁次郎の三者になっている。

「なるほど、そういうことだすか」

「さいな、そうだんねん。ほんで、三木はんから『あんさん、口達者やさかい、装置の横でもっともらしゅう口上を述べてくれまへんか』と言われたわけですわ。神戸の口上は不評やったらしい……」

神戸の興行では高橋信治が自ら説明役を買って出ていたが、所詮は素人、観客を満足させるに至らなかったのだろう。この上田布袋軒こそが、職業として映像を解説した活動弁士の祖といわれている。このとき着ていたフロックコートがのちに活動弁士の制服となったらしい。

和一が初渡米時にキネトスコープの映像を観てきたことを、布袋軒は聞かされていた。

「あんさんこそ、なんでここにいてはるんや。もういっぺん観とうなりはったんかぇ」

和一は訪れた理由を説明したが、ヴァイタスコープのことはいっさい漏らさなかった。

「まぁ、そういうことだすわ。ほんで、布袋はん、千秋楽はあしたでしたな。あさって辺り、新町の店にお邪魔させてもらいまッ。ちょっとお話ししたいことがおますねん。お頼み事だすわ」

「ほーっ、いったいなんでっしゃろ。気になりまんなぁ」

「ここでは言えまへん」

「そうだすか、わかりました」

喋り込んでいる二人のもとにお茶子が近寄ってきた。

「あのぉ、待ってはるお客さんが、えらい長いなぁと文句言うてはります」

布袋軒は動じなかった。

「装置の調子がちょっと悪ぅなったんや。もうすぐ直るからと言うときなはれ」

このあと和一は装置を覗き込み、『西洋人スペンサー銃を以て射撃の図』と題されたこの日の演し物を目にした。

「本日のキネルスコップのはじまり、はじまり。この西洋人、名をスペンサーって名前でさぁ。いきなりペストルを取り出すや、的に向かってバキューン、バキューンと撃ちまくる。ひと昔前のこちとら日本では侍に刀というのに、メリケン国といやぁ、ガンマンがペストルを持っていやした。このスペンサーって男、射撃の腕前は……」

浪花男の布袋軒が大阪弁ではなく、大阪弁訛りの東京言葉でまくし立てたのには驚かされた。和一が観終わってから布袋軒に訊くと、平然と言ってのけた。

「和一はん、西洋のモンにはやっぱり江戸っ子弁だっせ。まったりした大阪弁は似合いまへんさかい。毎回、適当に喋ってるだけだす。ワッハハ」

思わず和一も笑った。

「布袋はん、わてがここに来たのは三木はんには内緒だっせ」

「へーっ、合点承知の助だッ」

「あっ、せやせや、これ、キネルスコップやのうて、キネトスコープと発音するほうがよろしおまっせ」

「そうだっか、これも合点承知の助。英語博士の和一はんが言うからには太鼓判だすな！」

南地演舞場を出たとき、和一はあらためて思った。一日も早くヴァイタスコープを公開しなければならない——。

布袋軒との密約

明後日の十二月二十三日、和一は薄暮のなか、西方の新町へ向かっていた。西横堀川に架かる新町橋を渡ると、妖しい雰囲気をかもし出すぼんぼりが灯され、芸妓がいそいそとお茶屋へ足を運ぶ姿が目に飛び込んできた。

和一はそういう艶っぽい情景を無視し、上田布袋軒の息子が営む小間物屋へ入った。奥から出てきた和服姿の布袋軒が「ここではなんやさかい、ちょっとそとに出まひょ」と和一を近くの一膳飯屋へ引っ張って行った。布袋軒はコップ酒を、アルコールを嗜まない和一はソーダ水を注文した。用件を伝える前に和一はどうしても訊いておきたいことがあった。

「布袋はん、ちょっと教えてくれまへんか。キネトスコープの仕組みだす。あれ、電気仕掛けですわな。引き込みの電線がなかったんで、不思議に思うてますねん、どんなからくりでフィルムがまわるんでっしゃろか」

ヴァイタスコープの実験試写の際、電源でさんざん苦労したので、どうしてもその辺りのことが気になっていた。和一は元来、理科系の頭脳の持ち主。科学的にきちんと理解しないと気が済まなかった。

「あぁ、あれはバチェリーとかなんとかちゅうモンがなかに入ってまんのんや。直流の電気を溜める四角い箱だすわ」

「バチェリー？　あぁ、バッテリーのことだすな。日本語で言うたら、電池のことやわ」

「そうだっか。その電池にエレキテル（電気）を入れるのに丸一日かかりますんや。発電機を使うて、結構、大変だっせ。そのあいだにもう一台の装置で実演してますんや」

なるほど、二台所有している理由がわかった。つまり一台は実演、もう一台は充電。それを繰り返していたのだ。

「ところで、和一はん、この前言うてはった話とはなんだすねん」

口のまわりについた酒をぺろりとなめて布袋軒が訊いた。いよいよ本題だ。和一はヴァイタスコープの説明からはじめ、それをアメリカから個人輸入した経緯、さらにすでに実験試写を終えており、近々、一般公開したい旨をかいつまんで話した。

「へーっ！　ぎょうさん人が一緒に観れるとは、そらすごいでんな。キネルスコップ、もといキネトスコープどころやおまへんがな」

「そうでっしゃろ、アメリカではキネトスコープはすでに見放されてますんやで」

「そうだっか。日本におったらなーんもわかりまへんな。和一はん、そのヴァイタなんとかちゅうやつを、あの発明王のエジソンはんに直談判して持ってきはったとはたいしたもんだすな。あんさん、ただモンやおまへんな」

おだてられ、喜んでいる場合ではない。

「布袋はん、ヴァイタをお披露目するとき、ひと役買うてくれまへんか。なんせ興行の世界には疎うおますんで、よろしゅうお頼み申し上げます」

公開時、キネトスコープのように装置と映像を説明する者が必要だということを、和一は痛感していた。それには目の前の布袋軒が適任というか、この人物しかいなかった。

「合点承知の助だッ。和一はんとの仲やおまへんか。不肖、布袋軒でよろしおましたら、なんでもやらせてもらいまっせ。ぎょうさん人が観てて、ごっつい画面のほうが喋りがいがあるっちゅうもんだすわ」

快諾を得て和一は安堵した。直後、布袋軒が真顔になった。

「で、和一はん、いつやりはりますねん」

「それがまだ決めてまへんねん。まぁ、ぼちぼちと……」

「なにを悠長なこと言うてはりまんねん。もう暮れも押し詰まってまっせ。年明けはどの小屋も元日から新春興行が目白押し。早ぅ小屋を押さえとかなあきまへん」

イラチな和一が布袋軒に尻をたたかれた。

「たしかにその通りでんな」

「キネトスコープも元日から南地演舞場で二回目の興行があるんだっせ」

「えっ！　そうだっか」

和一は焦ってきた。

「よっしゃ、ここは布袋軒にまかせとくんなはれ。なんとか探しときまっさ」

「布袋はん、おおきに、おおきに」

コップ酒を傾ける布袋軒が神サンのように見えてきた。そして、思い出したようにクギを刺した。

「このことまだ口外まかりならん。それでよろしゅうお願いします」

「極秘事項だんな。わかってまんがな」

布袋軒は上機嫌だった。勝手に高価なビールを注文し、和一のグラスに注いだ。

「ほんなら、乾杯しまひょ！」

和一は無理やり喉に流し込んだ。飲めないはずのビールなのに、妙においしく感じられた。

そのころ東京で大きな動きがあった。

京橋区三十間堀(さんじっけんぼり)三丁目九番地（現在の中央区銀座七丁目）にある貿易会社、新居商会にヴァイタスコープが届いていたのだ。それも二台！　送り主は、和一が世話になったF・M・プレスコット社のようなエジソン社の関連会社ではなく、フィラデルフィアにあるルービン社というところ。まったくべつのルートだった。

装置とともに新居商会にやって来たダニエル・クロースという二十二歳のアメリカ人青年が、実験試写をすべく、倉庫のなかで店員たちの協力を得て装置を組み立てた。しかしダイナモが必要ということがわかり、年内の試写は見送った。

翌日はクリスマス・イヴ。荒木家のようなクリスチャンには特別な日だが、大半の日本人にとってはあわただしい年の瀬の一日にすぎなかった。

しかるに稲畑勝太郎を乗せたフランスの客船ナタル号の船上では、フランス人やイギリス人、ドイツ人らの外国人客がシャンパンを開けて祝杯を挙げていた。リュミエール社の映写・撮影技師コンスタン・ジレルと合流し、セイロンのコロンボ港を出た船は、つぎの寄港地であるフランス領インドシナのサイゴンをめざし、インド洋を航行していた。

外国人のはしゃぐ様子を見た勝太郎が妙案を思いつき、二人の重要人物に会いに行った。横浜正金銀行頭取の園田孝吉と日本銀行営業局長の山本達雄だ。両人とも男爵で、山本はのちに日銀総裁に就任し、大蔵大臣や内務大臣も務めることになる。二人は日清戦争終結後の下関条約で取り決められた清国からの賠償金を受け取るために、日本政府からロンドンへ派遣され、その帰国途上にあった。勝太郎が乗船時からときどき話しかけ、顔なじみになっていた園田と山本に、シネマトグラフの装置とフィルムを持ち帰っていることを明かしたうえで、上映会の開催を打診した。すると二人のＶＩＰから「ぜひとも観たい」と言われ、その場で話がまとまった。

会場のレストランに大勢の乗客が詰めかけた。いよいよ船上試写会のはじまり。勝太郎にとってはシネマトグラフと直接かかわる初の大舞台だった。照明が消され、投光器に電気が流れた、その瞬間、強烈な光が放たれ、バーンという爆発音が鳴り響いた。投光器のなかの炭素電極が破裂したのだ。さいわい投光器自体は破損せず、電極の破片がそとに飛び散ることもなかった。船上試写会はあっ気なく幻となり、せっかくのクリスマス・イヴの余興が台なしになってしまった。

そのころ、島之内教会へ妻ヤスと義母トミと一緒にクリスマスのミサに出かけていた和一が、荒木商店にもどってくると、端正な背広姿の中年男がちょこんと座敷の端に腰をかけていた。豆タンが三人を出迎えた。

「みなさん、お帰りやす。こちら、上田さんというお方だす。旦さんにお目にかかりたいと言うてはります」

その男性があまりにも紳士然としていたので、和一は一瞬、だれだかわからなかった。

〈わっ、布袋はんや！〉

浮世離れした服装では和一と店に迷惑がかかると忖度(そんたく)し、一張羅の洋服に身を包んでいたのだ。和一は笑いをこらえながら、妻と義母に布袋軒を紹介した。

「こちら、上田はんや。日ごろからお世話になっているお方や」

「奥様とご母堂様ですか、お初にお目にかかります。上田恒次郎と申します。荒木様には常々、わたくしどものほうがお世話になっております。どうかお見知りおきのほど、よろしくお願い申し上げます」

大阪弁ではなく、標準語による丁寧すぎるほどの挨拶としなやかな身のこなしに、母娘は恐縮していたが、和一はいまにも吹き出しそうだった。

「まぁ、まぁ、ご丁寧に恐れ入ります。どうぞ居間にお上がりくださいな」

妻から手招きされた和一は「いや、ちょっと出てくるわ」と布袋軒に目配せした。

ここに来た理由はわかっていた。ヴァイタスコープ興行の件だ。そのことはまだ家人には知らせていなかった。なまじ興行界の連中とつき合っていることがわかると、清廉潔白を地でいくヤスとトミが嫌悪感を抱くにちがいないと踏んでおり、布袋軒を近くの一膳飯屋へ連れ出した。

座敷に腰をおろした和一はソーダ水を注文。布袋軒はコップ酒を頼んだが、売り切れたと言われ、しかたなく牛乳をちびちび口にし、さっそく要件に入った。

「で、見つかりましたんかいな」

「へぇ、ありましたで。稲荷彦六座だす。運よく年明けの一月八日から一週間、空いてましたさかい、一応、仮押さえしときましたで」

稲荷彦六座は、荒木商店の目と鼻の先、御堂筋をほんの少し南へ下がった難波神社境内に設けられた文楽専門の小屋だ。

「ほーっ、まぁーねき（すぐ近く）だすがな」

「さいな、そこの小屋だすわ。大阪市中の小屋という小屋をぜんぶ当たりましたんやが、新春に興行できるんはそこしかありまへん。灯台下暗しとはこのこってすな。ハハハ。道頓堀や千日前にくらべると、場所がちと悪うおますが……」

たしかに繁華街からはずれているが、店からは近いので、ヴァイタスコープの装置搬入にはうってつけだ。

「難波神社の宮司はんとは顔なじみだす。話がとんとん拍子に進みそうでんな」

「和一はん、あんさんクリスチャンでっしゃろ。お宮さんにお詣りしはるんでっか」

「いやいや、ご近所さんでっさかい、そのよしみですわ」

「そうだっか。ええ塩梅だすな。それはそうと、ちょっと言いにくいことがありまんねんけど……」

口のまわりに牛乳をつけた布袋軒が神妙な顔つきになった。

「いったいなんだんねん」

「その難波神社での興行だすが、わてヴァイタの説明がでけまへんねん」

「でけへんって……。キネトスコープとおんなじように語ってくれはったらそれでよろしおますんや」

「いや、せやおまへんねん」

布袋軒はこう説明した――。元日から二十日間、南地演舞場で二回目のキネトスコープの興行が打たれるのだが、その口上を務めなければならないので、日程的に無理だというのだ。

「和一はん、なんでもやりまっさと約束したのに、ホンマに申しわけないこってす」

布袋軒はテーブルに頭をつけて謝った。これは痛い。初のお披露目興行で布袋軒の口上は欠かせないからだ。

「うーん、なんとかなりまへんか」

「ホンマは和一はんのとこでお役に立ちたいと思うてますんや。せやけど、三木はんと取り決めしてもうてるさかい、どうにもなりまへんわ。先日、そのことをうっかり忘れてて、調子のええことばっかりつらつら喋った不肖、布袋軒をどうかお許しくだされ」

こんどは座卓に頭をゴシゴシこすりつけた。

「まぁまぁ、そこまで謝らんでも。布袋はんの気持ちは痛いほどわかってますがな」

顔を上げた布袋軒の額が赤くにじんでいた。

「和一はん、わての代役を考えときまっさかいに、ご心配なきように。義太夫の仲間で口達者な連中が何人かおりますよってに」

一膳飯屋を出た二人は難波神社へ向かった。まずは宮司に挨拶し、そのあと稲荷彦六座の座主と具体的に打ち合わせをした。その結果、年明けの一月八日から一週間、貸し切りでヴァイタスコープを上映することに決まり、これで本邦初興行の段取りが整った。

年が明け、明治三十（一八九七）年になった。元日の朝、和一は二階の自室でコーヒーカップを手にしながら、去年一年間をしみじみと振り返っていた。

『英和俗語活法』の出版にはじまり、義父安吉の死去にともなう店主への就任、二回目の渡米、その道中でのエジソンとの直談判、念願のヴァイタスコープ売買契約、装置の到着、福岡鐵工所での実験試写……。こんな目まぐるしい年はこれまでになかった。

〈さぁ、今年が勝負や！〉

気合を入れ、コーヒーを飲み干すと、一週間後に迫った稲荷彦六座での興行に向け、そろそろ新聞広告を出しておこうと思った。はてどんな表題にすべきか。あれこれと思案した末に浮かんだのが……。

「蓄動射影会」——。「蓄動」とは和一の造語だ。意味は動きを蓄えたフィルムのこと。「射影」は、そのフィルムに光を当てて投影すること。ヴァイタスコープの本質をつかんだ言葉だと思った。さらにその映像を的確に表現する言葉もひらめいた。白布に映し出された動画はまさに写真が動いている。

ならば、「活動写真」——。

〈こら、ええ言葉や！　気に入った！〉

すこぶる気分がよくなった。年始ということで、思いきって妻のヤスにヴァイタスコープの興行のことを口にした。てっきり苦言を浴びせられると覚悟を決めていたのだが、あにはからんや、意外な言葉が返ってきた。

「アメリカまで行って買うてきた高価な機械やし、実験試写でも苦労したんやさかい、人様にちゃんと観てもらうようにしなはれや。ただし本業をほったらかしたらあきまへんで」

あまりにもすんなりと受け入れられ、和一は拍子抜けした。

〈なにはともあれ、新年早々、揉めんと済んでめでたいこっちゃ〉

新年の挨拶にやって来た長谷川技師には、興行がはじまる八日から一週間、会社に特別休暇を許可してもらうことを確認し、操作の段取りを再点検してもらった。ダイナモの取っ手をまわす豆タンは正月休みを返上し、腕の筋力を鍛えていた。懸案の口上言い（解説者）も布袋軒が義太夫仲間を紹介してくれていた。

準備万端――。元日から南地演舞場ではキネトスコープの二回目の興行がはじまっていたが、和一はまったく動じなかった。ヴァイタスコープを使った大勢で観られる〈動く写真〉の興行でパイオニアになるのだという気概が、めらめらと芽生えていた。名誉欲ではない。使命感に近かった。

興行を順延

翌一月二日、和一が新聞を見開いていると、小さいながらも気になる記事が載っていた。

〈おっ、これは！〉

そこには明治天皇の嫡母（ちゃくぼ）である皇太后の容体が悪化していることが報じられていた。病名にはいっさい触れられていない。皇太后はひじょうに聡明な女性で、明治天皇の皇后（のちの昭憲皇太后）をともない群馬県の富岡製糸場へ行啓するなど、積極的にその世界へ足を運び、宮廷の近代化にも尽力された。なによりも国民から深く慕われていた。

〈うーん……〉

和一は冷静になって事態の行く末を考えた。万が一、皇太后が崩御されるとなれば、見世物などの興行はいっさいご法度となる。

〈よくよく慎重にならんとあかんわ〉

翌三日の記事は「依然、回復の見込みが望まれない」。四日は「やや持ち直された」。五日は「小康状態」。六日は「高熱に苦しまれておられる」。そしてヴァイタスコープ一般公開前日の七日は「やや熱を下げられた」。

まったく先が読めない……。新聞に広告を載せるには、きょう七日の午前中に新聞社へ文面案を持っていかなければならない。あと四時間しかない。むろん皇太后が回復されんことを心より望んでいるのだが、予断を許さない状況が続いている以上、ここは稲荷彦六座との使用契約をいったん解約するのが妥当ではないかと自分に言い聞かせた。布袋軒に相談したかったが、キネトスコープの興行で会えなかった。

〈よっしゃ、見合わそう〉

和一は独断で決め、すぐさま稲荷彦六座の座主に伝えた。状況が状況だけに、座主はすんなり納得してくれた。しかも近い将来、小屋を使用すると確約してくれれば、解約料は不要と言ってくれたので、助かった。こうして日本初の映画興行はお預けになった。

曇り空の一月九日、南仏マルセイユから稲畑勝太郎を乗せたフランスの客船ナタル号が、神戸港のメリケン波止場に接岸した。前年の三月一日に日本を発ってから、きょうで丸々十か月と九日目。勝太郎のふるさと京都へのホームシックはひとしおだった。

映写・撮影技師のコンスタン・ジレルをともなって桟橋に降り立った勝太郎が、神戸税関に足を向けると、そこにフランス留学仲間の一人、佐藤友太郎が待ち構えていた。フランスで製磁法を習得してきた佐藤は帰国後、京都陶器会社の技師長に就任し、製陶の近代化に尽力するも、経営不振から会社が解散と相成り、その後、まったく畑ちがいの税関吏となり、神戸税関に配属されていたのだ。

そんな佐藤に勝太郎が両腕に抱えているシネマトグラフの装置を誇らしげに見せ、入手したいきさつを説明すると、驚きの表情で聞き入っていた佐藤が思い出したように口を開いた。

「そやそや、去年の十一月の下旬やったと思うんやけど、そのシネマトグラフとおんなじような装置がアメリカから届いていたよ」

「えっ！　アメリカから？」

「そう、エジソンが発明したとかで、たしかヴァイタスコープという名前やったわ」

「ヴァイタスコープ？」

「そうや」

ヴァイタスコープの名を勝太郎はこのときはじめて耳にした。フランス滞在中、ヨーロッパはシネマトグラフ一色で、ヴァイタスコープはまだ上陸していなかったからだ。かたわらにいるジレルにヴァイタスコープのことを訊くと、「まったく知らない」と首を横に振った。

「で、だれが取りに来たんや」

「たしか……、大阪の心斎橋の舶来品雑貨商やったわ。名前は忘れてしもうたけど」

「ふーん」

ヴァイタスコープ……。それがいかなる代物なのか勝太郎は想像すらつかなかった。

〈いずれにせよ、悠長にしてられへんわ。早うちゃんと映せるようにしとかなあかん〉

京都市の上京区智恵光院中筋角にある自宅兼店舗に帰ってきた勝太郎は、〈動く写真〉が大阪の南地演舞場で公開されていることを、東京出身の妻トミ（登美子）から聞かされ、吃驚した。

「えっ！ ヴァイタスコープというやつか」

「ちがいますよ。ニーテスコップとかキネルステップとか……、元日の新聞広告には写真人物活動機と日本語になっていましたけど。名前がころころ変わっていますね」

リヨンでオーギュストから聞かされたキネトスコープのことだと勝太郎は思った。一人でしか観られず、シネマトグラフの登場によって、フランス国内ではすっかり人気がなくなったことを知っていた。それがいまごろになって日本で見世物になっているとは……。勝太郎は、荒木和一とおなじ反応を示した。


あっという間に一月十三日になっていた。その日の朝——。

「わっ、お亡くなりになりはった！」

新聞を手にした大阪の荒木和一と京都の稲畑勝太郎は、またもおなじ反応を示した。

「皇太后陛下、一昨日の十一日、帝都で崩御」

享年六十四。数え年なので、実際は六十二歳になる。死因は公表されていない。英照皇太后の称号を授けられた亡き皇太后の大葬は、生誕地の京都で執りおこなわれると報じられた。同時に、芝居小屋、見世物小屋、寄席小屋、遊郭などの娯楽・演芸・遊興施設に対し、宮内省からこんな通達が出された。

「一月十二日から二月十日までの三十日間、国民は喪に服し、歌舞音曲を自粛する」

つまり、丸々一か月間、日本全土から華やいだ世界が消えてしまうことを意味しており、南地演舞場でのキネトスコープの興行も十二日の午前中をもって打ち止めになっていた。

〈こら、あかん。なんにもでけへんぞ。本業に精を出すしかしゃあないな〉

和一は稲荷彦六座の興行を解約してよかったと心底、思いつつ、喪が明けるまで静観するしかないと腹をくくった。おなじヴァイタスコープを持つ東京の新居商会は年明けに実験試写を済ませていたが、やはり興行へ向けた動きをすべて止めた。

一方、いまだシネマトグラフがきちんと映るかどうか確認できていない勝太郎は困惑していた。一番気がかりなのは地元京都で大葬が執りおこなわれることだった。他所(よそ)にくらべて自粛ムードが強まるのは目に見えており、容易に実験試写をおこなえそうにはなかったからだ。そうはいっても、手ぐすねを引いているわけにはいかない。はて、どうすべきか……と思案に暮れていると、ジレルから「どこで興行を打つのですか」と訊かれ、ハッとした。このひと言が勝太郎の心に火をつけた。

〈そや、喪が明けたときにすぐにでも公開できるよう会場を押さえとかなあかん〉

このときの判断が後々、日本映画史に確固たる足跡を残すことになった。勝太郎はしかし、和一と同様、興行の世界にはとんと疎かった。そこでフランス留学仲間の一人で、日本各地の製麻会社の技師長を務めている横田万寿之助を頼り、神戸の商社で働いている弟の永之助を紹介してもらった。

この永之助、勝太郎の十歳下、和一とおない年の二十四歳。学生時代になんども放校処分を食らい、十九歳のとき無一文で貨物船にもぐり込んでアメリカへ密航するなど、破天荒な生き方を貫いてきた。帰国後、京阪神でアセチレンガスによる幻燈の見世物興行に手を染めていたことがあり、その経験を勝太郎は活かそうと考えたわけだ。永之助は、のちに日本初の大手映画会社、日本活動写真株式会社、略して日活の創業にかかわり、のちに社長に就任したやり手の男だけあって、頼りがいがあった。

さて、どこで興行すべきか、勝太郎は迷っていた。地元の京都か大阪か……。シネマトグラフで京都人をあっと驚かせたいという気持ちはあったものの、なじみ深い土地ゆえ、実業家として顔が障すかもしれない。西洋ではかくも科学技術が発展しているのだと、日本人に広く知ってもらいたいという使命感はあったのだが、内心では所詮、見世物にすぎないとも思っていた。

胸の内を永之助に吐露すると――。

「大阪でやるほうがええんちゃいますやろか。大阪人は初モン食いどすぇ。シネマトグラフが受け入れられるかどうかはっきりするし。大阪で当たったら、ここ京都でやりはったらどうどすか。凱旋興行どすな」

この言葉で大阪に決まった。大阪で興行を打つとなると、やはりミナミしかない。永之助は、幻燈の興行時に大御所の奥田弁次郎の世話になり、その弁次郎から紹介された三木福輔とは懇意になっていた。これでパイプができた。

数日後、勝太郎は朝早くから大阪へ出向き、伏見町の三木福時計店の店主、三木福輔に挨拶し、その足で三木と一緒に人力車に乗り、ミナミのど真んなか、南区難波新地五番町十五番地にある弁次郎の居宅へと向かった。きちんと筋を通し、会場を押さえるためだ。

御堂筋を南下する途中、南久宝寺町四丁目に差しかかった。荒木商店の前を通り過ぎようとしたとき、得意先から店に帰ってきた和一を三木が見届けた。

「荒木はーん、ご機嫌さん」

三木が人力車から声をかけた。少し驚いた表情で和一が人力車のほうに顔を向けた。

「あっ、三木はん！　お達者ですかいな」

ひと声発し、反射的に深々とお辞儀をした。なんともしなやかに応対した長身の男に、勝太郎が視線を注いでいた。

「三木さん、あの背の高いお方、どなたどすぇ」

「舶来品の雑貨を扱うてはる荒木はんだす。まだお若いのに店を繁盛させ、そのうえ英語が堪能で、『英和俗語活法』という辞典を出しはりましたんやで」

「ほーっ、そうどすか。えらいお人どすな」

このとき勝太郎は、神戸税関で留学仲間の佐藤友太郎から聞いた「心斎橋の舶来品雑貨商」が和一とは夢にも思わず、移動する人力車から、店に入っていく青年店主をずっと眺めていた。

奥田邸での三者会談で、シネマトグラフの興行は二月十五日から二十八日まで南地演舞場で打つことが決まった。

板ばさみの布袋軒

明治三十（一八九七）年二月三日。京都随一の繁華街、新京極通は人通りが途絶え、火の消えたように静まり返っていた。この日、英照皇太后の遺体が帝都、東京から鉄道で京都に運ばれ、七条停車場（現在のJR京都駅）から霊柩の大行列が都大路を北上し、二時間がかりで大宮御所に到着した。

四日後の大葬を前に京の街は一段と自粛ムードに包まれていたが、大阪でもふだんの活気はどこへやら、街はゴーストタウンと化していた。そんななか、和一はヴァイタスコープの興行のことで気を揉んでいた。あと一週間で服喪期間が終わる。上映場所をなんとしても押さえておきたかったからだ。

〈よっしゃ、布袋はんに相談してみよ〉

夕刻、上田布袋軒に会いに行こうと新町橋を渡ろうとした、まさにそのとき、向こうから原色をふんだんに使った派手な着物を身に着け、鼻歌まじりで歩いてくる中年男がいた。

「おっ、和一はん、どこへ行きはりまんねん」

相変わらずの愛嬌ある表情に、和一の気持ちが和らいだ。

「布袋はんに話があって、会いに行こうと思うてましたんや」

「えっ、そうだっか。わても、こんな格好やけど、和一はんに話があってお店に行くとこやったんです。気持ちが通じてまんな」

布袋軒がいたずらっぽく笑い、和一の尻をつねった。

「往来でなにしまんねん」

「かんにん、かんにん。ちょっと酔うてまんねん」

まだ昼過ぎというのに、しかも亡き皇太后の大葬を控えているというのに、なんとも不埒といおうか、能天気な男だ。二人は近くの一膳飯屋に入り、まだ飲み足りない布袋軒はコップ酒、和一はソーダ水を頼んだ。

「和一はん、ここだけの話だすが、こんな暗い世のなかあきまへんな。体にカビが生えてしまいそうで、ドンならん。あぁ、あと一週間でもと通り。そのときはパッといきまひょな」

心底、服喪による自粛の風潮を忌み嫌っていた。

「布袋はん、そうだすな。で、そろそろ小屋を押さえとくほうがええような気がしましてなぁ」

「さいな、そうだんねん。わても気になってましたさかい、そのことを和一はんに伝えたかったんだす」

布袋軒によると、服喪明けからミナミの小屋は軒並み詰まっており、難波神社の稲荷彦六座も文楽の興行ですでに押さえられていた。

「しもた、もっと早う動くべきやった。肝心なときにイラチにならへんとは情けない」

「まぁまぁ、そないに自分を責めなはんな。せや、ミナミの大御所、奥田弁次郎はんにお願いしまひょか。というても、わての力ではあきまへん。三木はん、三木福輔はんに口添えしてもろうたら南地演舞場を使えるかもしれまへんで」

「三木はんだすか。それも南地演舞場だすか！」

その三木福輔と奥田弁次郎は稲畑勝太郎と組んでおり、シネマトグラフを南地演舞場で一般公開することがすでに決まっていたとはつゆ知らず……。

二日間、布袋軒からはなにも知らせがなかった。和一は焦り、親しくしている中座の座主、三河彦治に小屋の状況を訊きに行ったが、布袋軒が言っていた通り、道頓堀の芝居小屋もびっしり予定が入っていることがわかった。

「和一はんのためにひと肌、脱ぎたいんやが、うちは歌舞伎専門でっしゃろ。どうにもできまへんねん」

三河が申しわけなさそうに返答し、こう忠言してくれた。

「ミナミで興行やるんやったら、奥田はんに頼まなあきまへん」

やはり奥田弁次郎なのだ。


和一が悶々としているあいだ、布袋軒は伏見町の三木福時計店になんども顔を出していたが、いつも不在で埒が明かなかった。当の三木福輔はずっと京都に出向いており、稲畑家で勝太郎、永之助と顔を突き合わせ、興行時の段取りや新聞広告のことなどいろんな打ち合わせをしていたのだ。

勝太郎が一番、気にしていたのは、なんといってもシネマトグラフの実験試写だった。フランスから帰国の船上で上映に失敗していただけに、きちんと映るのかどうか懸念していた。永之助と三木もおなじだった。

「稲畑はん、本番の南地演舞場で機材が破裂したらシャレになりまへんで」

そんな言葉にも突き動かされ、実験試写をすぐにでも敢行したかったが、服喪中はしかし、世間体があるので、やはり控えるほうがいい。服喪明けとなると、二月の十一、十二、十三、十四日の四日間しかない。十五日から大阪で興行を打つからだ。

実験試写に加え、解説者も決めなければならなかったが、その件については三木がまかせてくれと手を挙げた。

「稲畑はん、適任者がいてまッ。キネトスコープを南地演舞場でやったときに雇うた上田布袋軒という男だす。あの男ほど口達者で器用な人間、見たことおまへん」

翌日、三木福輔は人力車に乗って新町をめざしていた。そのはずれにある小間物店で降りると、「布袋はん、いてはりまっか」と丁稚に伝えた。すぐに奥から上田布袋軒があくびをしながら出てきた。

「なんと三木はんでんがな。わて、ずっと探してましたんやで。伏見町の店に行ったら、いつもお留守で。どこに雲隠れしたはったんだす。わかった、これだすか」

布袋軒がニヤけた顔つきで小指を立てた。

「アホなこと言いなはんな。実は布袋はんに頼み事がありますんや」

「えっ、わてもそうだすねん」

三木は近くの小料理屋へ布袋軒を連れて行き、二人は座敷で向かい合った。黒い座卓のうえには熱燗の徳利、おちょこ、酢の物。布袋軒が三木に酒を注ぎ、それから自分で手酌して口を開いた。

「わてから言いまひょか、それとも三木はんから言いはりまっか」

「よっしゃ、わしから言わせてもらいまひょ」

三木はシネマトグラフのこと、それを京都の実業家、稲畑勝太郎がフランスから持ち帰ってきたこと、喪が明ける十五日から二十八日にかけて南地演舞場で興行を打つことを順序立てて説明した。

そのことを耳にした布袋軒は驚天動地の心境におちいり、わなわなと手が震え、熱燗をちびちびやるどころではなかった。

〈えらいこっちゃ！　えらいこっちゃ！〉

大勢で観られる〈動く写真〉が、荒木和一によってアメリカから輸入されたエジソン社のヴァイタスコープ以外にもあるとは夢にも思わなかった。

「そこでや、布袋はん、頼みというのはな、キネトスコープでやってもろうたように口上をお願いしたいんや。映像の解説や。大きな布に映るんやさかい、そら、喋りがいがありまっせ」

布袋軒の顔が火照り、真っ赤になってきた。ヴァイタスコープのことは、和一からきつく口止めされているから口が裂けても言えない。ならば、どう返答すればいいのか……。布袋軒はおちょこに残っている酒を飲み干し、さらにもう一杯、手酌で注いで喉に流し込んだ。

「三木はん、そのシネマなんとかちゅうのんはフランスの映像でっしゃろ。わて、フランス語はちんぷんかんぷんでっさかい、無理だすわ」

「なにを言うてまんねん。あんさん、英語もちんぷんかんぷんやのに。シネマトグラフというてもキネトスコープとおんなじですがな。風景や人物が映るだけだす」

「三木はん、観はったんですか」

「いや、それがまだ試写をしてないんだッ。いっぺん失敗してまんねん。ちゃんと映らんことにはとんでもないことになりますねん。まぁ、なんとかなると思うんやけんど」

こうなれば、ウソをつくしかないと布袋軒は思った。

「へーっ、そうだすか。で、三木はん、お声がけはうれしゅう思うとります。ありがとさんだす。ただ、その期間中、大阪を離れて巡業せなあきまへんねん。せやさかい、どうしても無理だす。かんにんでっせ。すんまへん、すんまへん」

布袋軒は正座して畳に頭をこすりつけた。

「まあまあ、そこまでせんでもよろしおますがな」

そうは言ったものの、三木の顔には翳りが出ていた。布袋軒が快諾すると思っていただけに落胆が大きすぎた。ここは気持ちを切り換え、横田永之助に京都で解説者を探してもらうしかない。

「そうだすか……。しゃあありまへんな。ほんで、あんさんの用件とはなんでっしゃろ」

この言葉を聞き、布袋軒の顔が苦渋の表情に変わった。ヴァイタスコープの上映会場として南地演舞場を使えるように奥田弁次郎に口添えしてほしいなど、これまた口が裂けても言えない。はて、どう言えばいいのか……。

〈三木はんとこんなかたちで絡むやなんて。ホンマ殺生やなぁ……。これまで放蕩を繰り返してきた

バチやろか〉

またも出まかせを言うつもりだった。というか、言わざるを得なかった。

「三木はん、知ってまっしゃろ、小間物屋をやってるわてのせがれ。一人息子だッ。あいつ、ホンマに親孝行なヤツだす。てて親のわてがこんなええかげんな男やのに、文句一つ言わんと商いに精出して、あいつのお母ちゃん、つまりわての家内が病気で昇天してからも、わてを養うてくれてる。それも嫁はんがおりながらでっせ。そのせがれにお礼をせなあかんと常々、思うてましてなぁ。ほんで三木はんのお店で時計を買うてやろうかと。そんなに高価な時計は無理でおますけど」

喋っているうちに、布袋軒は自分の本心であることに気づいた。だから虚言ではない。

「そういう話だすか。あんさんの息子はん、ホンマによぉでけたお人だすな。よろしおまッ、値段はぎりぎりまで勉強させてもらいまッ。いつでも来なはれ」

小料理屋を出て別れ際に、三木が思い出したように言った。

「布袋はん、シネマトグラフのことは絶対、口外したらあきまへんで。頼んまっせ」

布袋軒はズシリと鉛を抱え込んだような気持ちになった。あと一週間でヴァイタスコープとおなじ世紀の発明品が南地演舞場で一般公開される。そのことを和一に伝えたいところだが、三木から口封じをされた以上、やはり言えない。和一との約束を守り、三木にヴァイタスコープのことを言わなかったのだから、ここは公平にせねばならない。布袋軒は浮わついてはいるが、根は律義な男なのだ。

とはいうものの、本心は――。シネマトグラフに先んじて和一にヴァイタスコープの興行を打ってほしかった。アメリカであのエジソンに直談判してヴァイタスコープをわが物にした和一の心意気を、なんとかかたちにさせたかったのだ。すでに実験試写も済ませていることだし。

家に帰った布袋軒が自室でごろんと横になったとき、奥田弁次郎と南地演舞場が構想から完全に消えてしまったことがわかり、またも顔が火照ってきた。知らぬ間に、和一の癖が移ったのか、両目を拳でごしごしと……。

〈えらいこっちゃ、えらいこっちゃ。どないしょ。弁次郎はんも南地演舞場もあかんようになったし。えらいこっちゃ。まぁ、当面やることは、和一はんのために空いてる小屋を探すこっちゃ。どこぞないやろか〉

大阪市中を走りまわるも、芝居小屋はどこも空いていなかった。


あっという間に大葬が終わり、服喪明けの二月十一日を迎えた。寒さはひとしお厳しかったが、この一か月間の陰鬱とした空気を吹き飛ばすかのように、大阪も京都も街に明るさと活気を取りもどした。

そんななか、一人暗鬱な気分に包まれていた布袋軒が荒木商店にやって来た。和一は布袋軒の顔を見るなり、驚いた。

「どないしはったんだす。病気だすか。顔色がえろう悪うおまっせ」

「へぇ、ちょっと腹を下しましてなぁ」

仮病を使うしかなかった。

「そら、大変や。ぼくも幼いころ、寿司を食べて死ぬ思いをしましたんや。お腹は大事にしなはれや」

「おおきに、たいしたことおまへんさかい」

「それはそうと、布袋はん、小屋のほうはどんな具合でっしゃろか。そこの一膳飯屋に行きまひょか」

和一は吉報を聞きたくてうずうずしていた。布袋軒はしかし、そんな店へ行く気分ではなかった。

「腹の調子が悪うおまっさかい、なーんも飲めまへんねん。立ち話で要件だけ言わせてもらいまッ」

和一を近くの路地へ連れて行った布袋軒が、三木福輔と会えたものの、奥田弁次郎の口添えと南地演舞場の使用が無理であることを淡々と伝えた。

「そうだっか……。うーん、難儀だすなぁ。ミナミで公開するんはしんどいかもしれまへんな」

「いやいや、まだ諦めたらあきまへんで。もうちょっと当たってみますわ」


その二日後、二月十三日の夜、底冷えのする京都は小雪が舞っていた。

巨大なレンガ煙突がひときわ威容を誇る高瀬川沿いにある京都電灯会社の中庭で、シネマトグラフの実験試写がおこなわれようとしていた。船上で投光器が破裂したのは電圧のためだとわかり、島津製作所で変圧器をつくってもらった。

そのお膳立てをしたのが、勝太郎と懇意にしている長谷川純(じゅん)という京都電灯会社の発電所支配人だった。荒木和一を助けたのが大阪電灯会社の長谷川延(ただし)、こちらは京都電灯会社の長谷川純。まったくの赤の他人とはいえ、おなじ長谷川姓の男性というのもまことに奇遇だ。

実験試写は服喪明けの十一日に実施するはずだったが、悪天候のために中止。十二日は変圧器が不具合になり、この日に順延されていた。

中庭には、勝太郎、三木福輔、横田永之助と永之助が連れて来た面々、さらに稲畑染料店の従業員と京都電灯会社の社員も数人来ていた。永之助が声をかけた者のなかには、大阪生まれだが、京都で浮世絵師をしながら芝居小屋の看板を描いている野村芳圀(よしくに)と、のちに映画監督になるその十六歳の息子の芳亭(ほうてい)がいた。この芳亭は名匠、野村芳太郎監督の父親だ。

投光器に電気が通されて青白く光ると、コンスタン・ジレルがすばやく映写機のクランクハンドルをまわした。その途端、白布に映像が映った。

成功だ！　勝太郎が小躍りした。その場にいる者みなが驚愕の表情を見せ、やんやの喝采が巻き起こった。一番、興奮していたのが永之助だった。

「稲畑さん、これは金になりまっせ！」

そのかたわらで興行の実務を担う三木は心底、安堵していた。

「こら、キネトスコープどころやおまへんな。奥田弁次郎はんにちゃんと報告しときまっさかい。南地演舞場が楽しみでおます」

翌二月十四日の日曜日。休店日とあって、物音一つしない荒木商店に豆タンの声が響きわたった。

「旦さん、旦さん、これ見ておくんなはれ！」

島之内教会でのミサから帰り、二階の自室で読書をしていた和一がなに事かと階段を駆け下り、豆タンが握っていた引き札（チラシ）を奪い取った。その瞬間、和一の手がガタガタと震えた。そこにはこう記されていた。

「仏国自動写真シネマトグラフ　十五日から二十八日、南地演舞場でお披露目　毎日午後五時より十一時まで　自動写真協会」

シネマトグラフ！　ニューヨークに滞在中、新聞でその名を知っていたが、まさか日本に持ち込まれていたとは……。

〈十五日いうたら、あしたやないか！　南地演舞場があかんと布袋はんが言うてたんは、このことやったんやな〉

和一の顔が紅潮してきて、両目を強く擦りはじめた。福岡鐵工所で本邦初のスクリーン投影式映画の上映に成功し、その流れで興行（一般公開）も先駆者（パイオニア）になるはずだったのに……。それがうかうかしているあいだに先を越されてしまった。

〈なんで服喪の期間中になんもせえへんかったんや。時間がたんとあったのに……。アホや、アホや、どうしょうもないほどのアホや〉

和一は床にうずくまり、嗚咽した。豆タンがそばにいるにもかかわらず、目からとめどもなく湧き出てくる涙を拭わなかった。悔しさと自らの愚かさに打ちのめされていた。こんな経験はかつてなかった。

「旦さん、大丈夫だすか、大丈夫だすか」

豆タンの心配する声すら聞こえなかった。

どれだけ時間が経っただろうか、目を真っ赤にはらした和一がムクッと立ち上がった。

「おい、豆タン、この引き札、どこでもろたんや」

「へぇ、ちょっと難波へ遊びに行ったら、お披露目屋が配ってましたんや。それをぎょうさんの人が奪うようにして取ってはったんで、いったいなんやろと思うて、わても一枚取ってきたんだす。おんなじ文句の貼り紙が電柱や壁に貼られてましたわ」

引き札と貼り紙は、前日の十三日夜、京都電灯会社の中庭でシネマトグラフの実験試写を観て、すぐさま大阪へもどった三木福輔から事の顚末を聞いた、千日前の奥田弁次郎が印刷屋に依頼して徹夜でつくらせたものだった。

世紀の発明品とあって、弁次郎はなんとしても南地演舞場を連日、大入りにしたかった。さっそくお披露目屋を手配し、けさから宣伝活動をはじめていた。同時に、引き札を持参して大阪朝日新聞社と大阪毎日新聞社へ駆けつけ、「なんとか記事にしてもらえまへんか」と強引に売り込んでいたのだ。

「旦さん、こんなモンがついてましたで」

豆タンから手渡されたのは「シネマトグラフ優待券　十五日と十六日限り」と印字された紙だった。

〈優待券？　なんやろ。これを持って行ったら、まけてくれるんやろか〉

ヴァイタスコープは基本、自分一人で背負っているが、シネマトグラフは大がかりな組織で動いている……。そんな気がしてきた。すると、急に脱力感に襲われ、へなへなと坐り込んだ。豆タンがまたも心配そうに見つめている。

「旦さん、布袋はんを呼んできまひょか」

機転の利く豆タンが新町へひとっ走りし、上田布袋軒を連れてきた。派手などてらを羽織っていたが、そんなことにかまっているときではなかった。二階から下りてきたヤスも事のしだいを知った。陰鬱な空気がただよう店舗で和一と布袋軒が向き合った。布袋軒は引き札を見た途端、観念した顔つきになった。

〈とうとうこの日が来よったか……。シネマトグラフがちゃんと映ったんやな。ほんで、弁次郎はんが動きはったんや〉

あまりにも冷静な布袋軒の様子に和一が不思議がった。

「布袋はん、びっくりしまへんのんか」

すべて事情を知っているとはゆめゆめ言えず、ごまかした。

「いや、さいぜんせがれからその引き札を見せてもろうて、腰を抜かさんばかりに驚いたとこでんねん。二回もびっくりできまへんがな」

「そういうことだすか。布袋はん、先を越されてしもた。まさかフランスからよぉ似たモンが入ってきてたとは……。ぐずぐずしてたさかいなぁ。脇が甘すぎた。あかん、あかん、どうしょうもなくアホやわ、ぼくは」

「まぁまぁ、和一はん、そんなこと言うても詮ないこってす」

「布袋はん、こっちよりも早ぅ輸入してたんやろか、そのシネマトグラフ。自動写真協会ってなんだすねん。そもそも、だれがフランスから持って帰ってきたんやろ。まさか奥田弁次郎はん……」

稲畑勝太郎という京都の実業家だとは言えない。とにかく言えない尽くしで、布袋軒の胃はキㇼキリ痛んだ。

「いや、弁次郎はんというのはないと思いまっせ。いっぺん三木福輔はんに訊いときますわ。和一はん、先に公開されるのはシャクでっけど、とにかくヴァイタの上映場所を見つけることが先決だす」

あゝ、なんとしてもシネマトグラフの前に興行を打ちたかった。せめて十五日に同時公開できるようにしておきたかった。それが叶わず、布袋軒は慚愧の念にたえなかった。

「で、布袋はん、小屋はどんな具合だすか」

「へぇ、九条や天満にも足を伸ばしましたんやが、やっぱしふつうの芝居小屋はみな押さえられてましたわ。ほんで、頭を切り換えましたんや。まだ確証はありまへんねんけど、わてのお膝元、新町の演舞場を貸してもらわれへんかなと思うてますねん」

「新町演舞場でっか!」

和一にはその発想がなかった。しかしよくよく考えると、シネマトグラフが南地演舞場で上映されるのだから、少しもおかしくはなかった。

新町は江戸期、京都の島原、江戸の吉原と並ぶ日本三大遊郭の一つだった。明治の世になると、規模が縮小したとはいえ、なおも格式高い花街として隆盛を誇っていた。新町演舞場は、七年前の「新町焼け」と呼ばれる大火で全焼した芝居小屋の跡地に新築され、本館は木造檜皮葺きの純日本家屋で、五百人収容できた。そこで催される「浪花踊り」は、南地の「芦辺踊り」と並び、大阪の春の風物詩として知られていた。

そんな新町の演舞場には、遊郭と関係者以外には貸さないという不文律があった。それが最大の難点だったのに、布袋軒は「抜け道」を見つけたという。

「布袋はん、どうやって貸してもらえまんねん」

「もうちょっと待っとくれやす。なんとかうまぁいくと思いまっさかい」

第四章　攻防

シネマトグラフの視察

明治三十（一八九七）年二月十五日。いよいよシネマトグラフを一般にお披露目する日を迎えた。午前中、稲畑勝太郎と映写・撮影技師コンスタン・ジレル、稲畑染料店の数人の従業員がシネマトグラフの装置、投光器、変圧器を携え、京都から列車と人力車を使って南地演舞場へやって来た。しばらくしてから、横田永之助が歌舞伎役者の片岡才槌（さいづち）を連れて演舞場に姿を見せた。この人物が解説を務める。

さっそくジレルが装置を設営し、試験的に上映しようとしたが、投光器がうまく光らず、点滅を繰り返した。その場にいた全員の顔が蒼ざめ、勝太郎は頭を抱えた。

「またか！　なんでちゃんといかんのんや！」

思わず怒鳴って、ジレルを委縮させた。長い電気コードを使い、演舞場の事務所から変圧器を介して投光器に接続していたのだが、どこかに不具合が生じたのだろう。こういうときに電気に強い京都電灯会社の長谷川純がいないのは痛い。みなが動揺するなか、奥田弁次郎がおもむろに言った。

「ええ機械がありますわ。以前、幻燈の見世物をしたときにもよぅ似たことがありましてな。それでちゃんといけましたさかい」

弁次郎はお付きの者になにやら耳打ちした。二十分も経たないうちに、油にまみれた機械が運ばれてきた。近所の町工場から借りてきた石油発動発電機だった。灯油を燃料にした内燃機関(エンジン)で電気を生み出す装置だが、猛烈に油臭を放っていた。

ジレルがそれを使って試行すると、投光器の炭素アーク灯が発火し、白布が輝きはじめた。すばやく映写機のクランクハンドルをまわすや、白布が大きな建物に化けた。

ニューヨークの街の映像だった。はじめて〈動く写真〉を目にした弁次郎は驚嘆の表情になり、なんども手を打った。

「稲畑はん、これはまちがいのぅ人気沸騰になりまっせ!」

「そうどすか。なにはともあれ、ちゃんと映ってよかったどす」

本番直前まで冷や汗をかかされていた勝太郎はホッと安堵の息をついた。

夕方、南地演舞場の前は黒山の人だかりだった。午後五時からの開演だが、新聞記事、引き札、貼り紙、口コミの効果は絶大で、すでに一時間前から長蛇の列ができていた。そんな演舞場の、戎橋筋(えびすばし)をはさんで東側にある精華尋常小学校の塀に、隠れるようにして長身の男が立っていた。

荒木和一だった。視線の先は混雑する演舞場。シネマトグラフのことがどうにも気になり、前日は一睡もできず、目をしょぼしょぼさせていた。どんな代物かどうしてもこの目でたしかめたい。その思いに突き動かされ、仕事を抜けてここまで来たのだ。来る途中、新町に寄って上田布袋軒を誘ったが、「きょうは用事がありまんねん。すんまへんなぁ」とすげなく断られた。

布袋軒は心底、シネマトグラフの映像を観たいと思っていたし、だれが口上をやっているのかも知りたかった。しかし三木に「大阪から離れている」と言った手前、演舞場にいるはずの三木と顔を合わせるなどできるものではなかった。

布袋軒と別れ際、シネマトグラフをフランスから持って帰ってきたのが稲畑勝太郎という京都の実業家であることを、和一は知らされた。

「三木はんがそう教えてくれはりましたんや」

「稲畑勝太郎……」

はじめて聞いたその名前を脳裏に焼きつけた和一は、人でごった返す演舞場を眺めていた。「自動写真会会場」と大書された看板が正面入り口にデンと立てられていた。そこには「仏国リヨンのリュミエール氏発明のシネマトグラフ　リュミエール会社特派技師ジヱレール」という説明文に加え、「世界開始以来の発明」「空前絶後の珍機」「文明進歩の要具」というセンセーショナルな文字も添えられていた。

〈フランスから技師を連れて来てるんや。なんか本格的やないか。それにしても、えらいたいそうな宣伝文句やな〉

木戸銭は一般席が十銭、特別席が二十銭。正月に催されたキネトスコープが三十銭だったのにくらべると、ずいぶんと安い。興行を仕切る奥田弁次郎と三木福輔はキネトスコープよりも格段に迫力があるのだからと三十五銭にしたかったのだが、勝太郎が頑として首を縦に振らなかった。

「こけら落としやさかい、金儲けは二の次。ぎょうさん人に観に来てもらいたいんどす。できるだけ値段は抑えたいんどす」

弁次郎と三木がなんとか説得しようと努めるも、勝太郎の固い意志をくずせず、妥協の末、この値段に落ち着いた。シネマトグラフを単なる見世物と考える二人に対し、高度な西洋文化の象徴ととらえる勝太郎。両者のあいだには早くも溝が生じつつあった。

前年暮れの十二月二十一日、まさにこの南地演舞場でキネトスコープを視察したときとおなじように、和一は背広姿で背中を丸め、襟巻きをあごまで引き上げ、新聞紙で顔を覆って列に加わった。

〈なんかアホみたいやな〉

自分でも滑稽に思え、ひとりクスクス笑っていた。列はどんどん伸びていく。入り口のほうで三木福輔が声を張り上げていた。

「この列は優待券を持ってはる人だけだす。持ってはれへん人は入れまへーん。優待券はきょうとあすの両日、使えます。それ以降は優待券なしでも観れまっさかい、どうかご了承ください」

〈優待券ってそういうことなんか。なかなか賢いやり方やな〉

これは奥田弁次郎が考案したものだった。だれだって引き札に添付された「優待券」を見れば、観に行かなければ損だと思ってしまう。そんな心理をたくみに突いていた。しかし優待券を配りすぎたのか、人がどんどん押し寄せてきている。三十分ほど経ち、ようやく和一は窓口に到達できた。三木に見つからないよう、またも新聞紙で顔を覆った。

一般席の十銭を払うと、「仏国リュミエール会社　シネマトグラフ　通券」と印字された小さな紙を受け取った。これが入場券だ。上がり口でその入場券を係の者に示し、和一は背中を押されるようにして演舞場に入った。

座敷は見物客であふれ返っていた。なにか異様な臭いがただよっており、手ぬぐいで鼻を押さえている人もいる。

〈なんやこれは……。油臭いな〉

和一はうしろのほうで立ったまま舞台正面に視線を向けた。そこには赤いビロードで縁取りされた白い布が一枚かかっていた。大きさは縦一・八メートル、横二・五メートル。ヴァイタスコープで使う白布よりもはるかに小さい。座敷の前方に台座が置かれ、そのうえに映写機と投光器が載せられていた。かたわらには立派なあごヒゲを生やした外国人が装置を点検している。

〈えらい小さいなぁ。ヴァイタとえらいちがいや。ほーっ、あの男がフランス人技師やな〉

よくよく見ると、台座の右下に木箱と薄汚れた機械が置かれていた。木箱は京都の島津製作所でつくられた変圧器、機械は石油発動発電機だった。油臭さの原因はその機械だとすぐにわかった。和一が苦労して探したダイナモ（直流発電機）はなかった。

〈シネマトグラフはモーターを使わへんのや。どうやってフィルムをまわすんやろ〉

演舞場内を見わたしていると、「おい、背の高いお兄さん、坐ってくれへんか。見えへんぞ」と言われ、あわててしゃがみ込んだ。こんどは正座したまま、背筋を伸ばして場内を観察した。ピシッと背広で決めた小柄な男性がフランス人技師のところに行ったかと思えば、事務所へ入ったりとせわしなく動きまわっている。

〈あれが稲畑勝太郎という人なんやろか〉

そのうち燕尾服で着飾った楽団員が前方右手にぞろぞろと入ってきた。これも弁次郎が差配したものだった。ラッパ、クラリネット、太鼓によるにぎやかな演奏がはじまり、見物客は知らぬ間に観劇気分に浸ってきた。

〈えらい大がかりやなぁ〉

ヴァイタスコープの興行ではここまででけへんと和一は思った。演奏が終わると、三木福輔が舞台の下手に現れた。勝太郎はあくまでも黒子に徹しているようだ。

「みなさま方、ご来場ありがとうございます。ただいまより、フランスから持ち帰ってまいりました世紀の発明品、シネマトグラフをご覧いただきます。きっと驚かれることでしょう。存分にお楽しみください」

大阪弁ならぬ、標準語で短い挨拶をしたあと、三木と入れ替わった片岡才槌がシネマトグラフの装置について簡単に説明した。この男は歌舞伎役者とあって、紋付袴の和装での登壇を望んでいた。しかしキネトスコープの実演時、フロックコートに身を包んだ上田布袋軒の姿が強烈にまぶたに焼きついている三木から、解説者はフロックコートでないといけないと言われ、しぶしぶ着慣れない洋服に袖を通していた。その才槌が鈴を鳴らすと、場内が真っ暗になり、突然、舞台の白布が光りはじめた。映し出されたのはニューヨークのバッテリー・プレイス駅に到着する列車の映像だった。

見物客の反応は、前年の夏、和一がシカゴの劇場で観たヴァイタスコープの一般公開のときとまったくおなじだった。いっせいにどよめきが起き、場内が揺れ動いた。子どもは「ヒェーッ！」と素っ頓狂な声を上げ、大人は「動いとる、動いとる！」と目を血走らせた。だれもが驚き、興奮していた。そんななか、ひとり和一だけが冷静だった。

〈そうか、手動式か。電気を使うんは投光器だけなんや。映像はヴァイタよりも鮮明やけど、小さいなぁ。ここからやとよぉ観えへんわ〉

和一が口のなかでぶつぶつ言っていると、解説者の甲高い声が響きわたった。

「メリケン国はニューヨーク。五階建ての層楼がずずいーと連なっております。木造の建物なんぞはありません。わが国では見られない光景であります。そんななか煙をもうもうと吹き上げて陸蒸気が停車場に到着いたしました。扉が開き、乗客が降りてきます。みな紳士淑女です。シルクハットをかぶった紳士がこちらを向いております……」

上映時間は四十五秒程度。終わると、ジレルが必死になってフィルムを入れ替えている。その間、才槌がふたたびシネマトグラフの素晴らしさとニューヨークの情景をしつこく説明していた。

しばらくしてジレルが手を上げたのを見て、才槌が鈴を鳴らした。パリの舞踏会場で円舞を楽しむ紳士淑女たちの優雅な姿が白布に映し出された。このあと、ロシア帝国の帝都サンクトペテルブルクの街中で光り輝くムチと王冠を掲げる皇帝ニコライ二世の雄姿、穏やかな陽光のもとテムズ川でボート遊びに興じるイギリスの子どもたち、北海の岸壁に打ち寄せる波浪、南フランスの農園で耕作する農夫たちの映像がおなじような手順で投影された。

計六本の映像が披露され、見物客はみな陶酔した表情になっていた。フィルムの入れ替え時間を入れて、ざっと三十分程度だったが、それでも満足しきっていた。場内が明るくなり、舞台に登場した三木が客席に向かって、またも標準語でお礼の言葉を発した。

「いかがでしたでしょうか。これが〈動く写真〉、すなわち自動写真のシネマトグラフです。これで終わりです。みなさま方、ゆるりゆるりとご退場をお願いします。本日はまことにありがとうございました」

入れ替え制だ。最後まで演舞場に留まっていた和一が舞台下手の奥に視線を走らせると、三木と小柄な背広姿の男、大柄な若者、そしていかにも風格のある年配男性が満面の笑みを浮かべてなにやら話していた。

〈やっぱし背広の男性が稲畑勝太郎という人やな。貫録のあるお方が奥田弁次郎はん……〉

残る一人は横田永之助だが、和一が知ろうはずはない。背広の男がフランス人技師を呼び、ねぎらっていた。フランス語が堪能なのがよくわかった。三木がふいに客席のほうに視線を向けたので、和一はあわてて新聞紙で顔を隠し、退出した。

そとに出ると、先ほどよりも多くの人が群がっていた。和一はその様子をまじまじと眺めた。

〈これがヴァイタやったらなぁ……〉

またまた悔しさがこみ上げてきた。場内では二回目の上映がはじまろうとしていた。

翌二月十六日の朝、荒木商店に大阪電灯会社の技師、長谷川延(ただし)が血相を変えてやって来た。前日の南地演舞場での盛況ぶりに気圧された和一は、まだ動揺を抑えることができなかったが、それでもなんとか平静を装っていた。長谷川は挨拶もそこそこにいきなり早口で喋り出した。

「荒木さん、南地演舞場へ行かれましたか。シネマトグラフというフランス製の映像が公開されていますよ。わたしはきのうの夜遅く観に行きました。先を越されましたね」

和一は技師を二階の自室へ招き、きのうこっそり一回目の上映を観に行き、敗北感にも似た気持ちに包まれたことを正直に伝えた。

「荒木さんもご覧になったんですか。わたしは三木福輔さんから招待されたんです」

「あんた、三木さんと知り合いでしたんか。それは知らなんだ」

長谷川は背広の内ポケットからイギリス製の懐中時計を取り出した。

「これ、大阪電灯に入社したとき、父親が就職祝いにと三木さんの時計店で買ってくれたものなんです。以来、懐中時計に興味を持ちまして、ときどき三木さんのお店にお邪魔していたんです。といっても薄給ですので、自分で時計を買ったことはありませんが……」

上田布袋軒といい、長谷川延といい、三木福輔とかかわりがあるとはなんと世間の狭いことか……。

きのうの朝方、半年ぶりに三木福時計店を訪ねた長谷川技師は、シネマトグラフのことを告げられ、それがヴァイタスコープと類似の映写機と知って驚き、南地演舞場へ駆けつけたという。

「上映終了後、シネマトグラフをフランスから持って帰ってきた稲畑勝太郎さんを紹介されました」

「えっ、稲畑さんと会いはったんだすか。どんなお人だしたんや」

「一本芯の通ったジェントルマンでした」

「ジェントルマンだすか！」

南地演舞場でチラッと見たとき、立ち居振る舞いからそんな人物だとうかがえた。律儀な長谷川は和一の目を見据えてきっぱり言い切った。

「荒木さん、ヴァイタスコープのことは三木さんにも稲畑さんにもひと言も漏らさなかったですよ。言う必要がありませんでしたし、なによりも荒木さんと約束していましたから」

そうは言うものの、二人のあいだにはなんとなく気まずい空気がただよっていた。和一は咳払いをし、うつむいている技師に声をかけた。

「そもそも、稲畑さんというお方、いつシネマトグラフを日本に持って帰ってきはったんやろか」

「一月九日と聞きました。その後、皇太后さんの崩御があったので、実験試写は服喪明けの二月十一日以降と思われます。京都のしかるべきところでおこなわれたのでしょう」

「えっ！」

和一はまたも吃驚した。日本へ導入した日も、実験試写をおこなった日も、ヴァイタスコープのほうがはるかに早かったのだ！　言い知れぬほどの無念さがこみ上げてきた。悔しい、悔しい。感情が昂ぶり、拳で両目を擦りはじめた。そんな和一の心中が長谷川にびんびん伝わってきた。

「荒木さん、日本で最初に映像を白布に投影したのはあなたです。荒木さんがパイオニアです。それはまちがいありません」

思いやりに満ちた言葉に和一は思わず涙した。

「おおきに、おおきに。そう言うてくれはるだけでもう十分だすわ。せやけど、肝心なとこでヘタ打ってしまいましたわ。ホンマに脇が甘かった」

「荒木さん、あんまり卑下したらあきません。皇太后さんのこととかいろいろありましたから、仕方がないことです。精一杯やってこられましたよ。いま取り組むべきことは上映できる場所を押さえることです」

たしかにその通りだった。

ヴァイタスコープのお披露目

長谷川技師が懐中時計に視線を落とし、「そろそろ会社にもどらないといけません」と店を出たところで、駆け込んできた上田布袋軒と鉢合わせをした。派手などてらを羽織った布袋軒は「すんまへん、すんまへん。大丈夫でっか。ちょっと急いでまっさかい」と店内へ入り込んだ。長谷川は路上に坐り込んだまま呆気にとられていた。

「和一はん！　和一はん！」

布袋軒が、二階へ上がろうとしていた和一に声をかけ、二言三言喋ってから、近くの一膳飯屋へ引っ張り出した。いつもながら和一はソーダ水、布袋軒はコップ酒を注文した。

「目が充血してまっせ。兎みたいでんな。なんぞあったんだすか」

和一は咄嗟にごまかした。

「いや、目にゴミが入って、ごしごし擦ってましたんや」

布袋軒はシネマトグラフのことが気になって仕方がなかった。和一があらましを説明すると、フムフムと頷いた。

「ほんで、口上言いはどんな男だしやんや」

そのことが一番気がかりとみえる。和一が風貌を伝えると、「たぶん片岡才槌やな」とひとり言ちた。狭い業界とみえ、すぐに特定できるらしい。しかし、才槌はなんらかの理由で途中降板し、千秋楽が近づいたころには、口上なしで上映された。

「口上言いは布袋はんのほうが断然、上手でっせ。ぼくが太鼓判を押しまっさかい。で、布袋はん、用件ってなんだすんや。例の新町演舞場の件だすか」

「さいな、うまいことといけましたで。二十一日から二十四日までだす」

新町演舞場は外部の者には使わせない不文律があるのに、どんな経緯で貸してもらえるようになったのか。

布袋軒が言うには――。大阪朝日新聞社に知り合いの販売部員がいるという。仕事柄、新町遊郭事務所とつき合いがあり、布袋軒がその社員に相談したところ、慈善事業なら借りられるというのだ。

その慈善事業とは、十二日前の二月四日未明に起きた痛ましい海難事故の義援金集め。瀬戸内海の西部、愛媛県の風早郡大浦（現在の松山市大浦）に突き出た波妻ノ鼻という岬の沖合約二・二キロの斎灘で、大阪商船の三光丸が日本郵船の尾張丸と衝突し、乗客と乗員九十三人のうち六十三人が犠牲になった。大阪の築港大桟橋から松山の三津浜港へ向かっていた三光丸の乗客の大半が大阪人だったので、こちらでは新聞で大きく報じられ、和一も重々、知っていた。

「あの海難事故で亡くなりはった犠牲者のご遺族への義援金集めだすかいな」

「そうだす。これなら演舞場の賃料が要りまへんのんや」

布袋軒が勢いづいてきた。

「せやせや、本番は二十二日から三日間だすが、二十一日は共遊会があり、余興でヴァイタを上映してほしいと頼まれてますんや」

共遊会というのは、遊郭で働く女性たちを慰労する目的で定期的に催されている集いのこと。今回は三光丸海難事故の義援金集めのため、「慈善演芸共遊会」という名称で開催されるという。当日の午後一時から関西と東京の芸人を招き、落語、手品、狂言、剣舞、浄瑠璃、にわか踊りなどの上演があり、最後にヴァイタスコープの上映で締めるということだった。

「それはありがたいでんな。長いあいだ、ヴァイタを動かしてへんかったさかい、ええ予行演習になりますわ」

だんだん和一の気分が高揚してきた。懸案の上映場所を確保することができた。このあと二人は新町遊郭事務所に挨拶方々、お礼を言いに行き、共遊会でのヴァイタスコープ上映を承諾した。


あっという間に二日が過ぎ、二月十八日の朝を迎えた。

ヴァイタスコープの興行が近づいており、和一はいかに宣伝すべきかを考えていた。シネマトグラフのようにお披露目屋を雇って優待券付きの引き札をバラまこうと思ったが、真似しているようで気が乗らなかった。はて、どうすべきかと腕組みしていると、階下から豆タンの声が聞こえた。

「旦さん、中座の三河はんが来てはります」

下りると、三河が挨拶もせずに一枚の引き札を見せた。

「和一はん、エジソンのあれ、ちゃんと場所と日程が決まったんだすな。よろしおましたな」

その引き札を受け取った和一は目を疑った。「蓄動射影会」と大書された文字に続き、こんな文言が筆で書かれていた。

「義捐（ぎえん）　三光丸遭難者遺族　二十二日から三日間　午後六時より　電気王米国エヂソン氏最新発明のヴァイタスコープ　新町演舞場にて　入場券は会場にて渡す　二十一日は共遊会でも披露」

これはまちがいなく上田布袋軒の字だった。和一の了承なしに、手書きの引き札を勝手に作成していたのだ。しかも以前、ぽつりと漏らした「蓄動射影会」の演題をちゃっかり使っている。前夜、三河が用事で新町界隈に足を向けたとき、お披露目屋がこの引き札を配っていたらしい。和一はそれを手にして布袋軒のもとへ駆けつけた。

「布袋はん、これ、どういうことだすねん。ぼくに相談もなしに」

布袋軒は謝るどころか、まったく意に介していなかった。

「この文言、よろしおまっしゃろ。絶対に惹きつけられまっせ。この引き札を手にしたモンが口伝に広めてくれはりますわ。これで大入りまちがいなしや」

たしかに魅力的な文言だ。文句のつけようがなかった。

「そら、ありがたいことだす。せやけど、ひと言、ぼくに声をかけてくださいな」

「そら、えらいすんまへん。和一はんを驚かしたろと思うて……」

ペロッと舌を出し、いたずらっぽく笑う布袋軒を見ると、もはや怒る気も失せてきた。訊けば、徹夜して一人で百枚ほど引き札を手書きしたという。お披露目屋はみな布袋軒の仲間で、無償で配ってくれたらしい。さすがに貼り紙までつくるゆとりはなかったが、それもこれも、シネマトグラフのことを知っていながら、和一にそのことを言えなかった罪滅ぼしと、お詫びの気持ちの表れにほかならなかった。そんな事情を知ろうはずもない和一は「とにかく、おおきに、ありがとさん」と布袋軒をねぎらった。

慈善演芸共遊会が新町演舞場で開催される二月二十一日は日曜日だった。つまり安息日。心斎橋界隈で荒木商店だけが玄関戸を閉ざしている。

部屋にこもって聖書を精読している信仰心の厚いヤスとトミとは対照的に、和一は朝からそわそわしていた。妻と義母は新町演舞場でヴァイタスコープが上映されることに異を唱えていた。たとえ慈善事業とはいえ、主催が世俗の極致ともいえる遊郭の事務所であり、その本丸ともいえる演舞場で催されるからだ。妻から辞退を促された和一は、いつになくきつい口調で言い返した。

「なにを言うてるんや。いまさら止めることはでけへん。それにチャリティーなんや。わかるか、日本語で言うたら慈善事業や。場所なんか関係あらへんわ」

夫の険しい顔に圧倒され、ヤスは黙りこくった。

「ほんなら、行こか」

午前十一時すぎ、和一は六人の店員をすべて引き連れて新町演舞場へ向かった。日ごろ精一杯、働いてくれている彼らの慰労を兼ねて、共遊会で楽しんでもらおうという腹だった。

店員たちが引っ張る大八車には、大風呂敷に覆われたヴァイタスコープの装置一式、ダイナモ、白布が載せられている。番頭格の木下も大八車をうしろから押していた。和一が先頭に立ち、店員たちが隊列を組んで闊歩する様は、まるで大砲を運ぶ歩兵隊のようにも見え、はた目には異様な光景に映った。新町演舞場の入り口では上田布袋軒が待ち構えていた。

「和一はん、えらいぎょうさん兵隊を連れてきはりましたなぁ。陸軍はんも真っ青やわ、ハハッ。えっ、これが例のヴァイタでっか」

ヴァイタスコープの装置を見たことのない布袋軒が反射的に風呂敷を取りはずし、奇妙な装置をしげしげと眺めていると、大阪電灯会社の技師、長谷川が飄然と姿を見せた。

まだ開場時間には早かったが、閉まっていた演舞場の玄関戸を布袋軒が勝手に開け、一行を場内に入れた。応対した係の者に和一は総勢九人で一円八十銭を払った。一人頭、二十銭という勘定。寄付の額は各自の判断に委ねられていた。和一らは出演者であり、いわば関係者なのだが、生真面目な性格が顔を覗かせ、当初から寄付するつもりでいた。

演舞場の観客席は豪壮な大広間といった佇まいだった。和一の指示で舞台中央から十メートルほど離れたところへ映写機を置き、そのかたわらにダイナモを据えた。長谷川技師がすばやく電線をつなぎ、フィルムをたすきがけにし、すべて終えると、大風呂敷でさっと覆い隠した。ちょうど昼飯時。和一は近くのうどん屋に全員を連れて行き、気前よくきつねうどんを振る舞った。

開場時間の正午になり、大勢の見物人が演舞場に押しかけ、どんどん席が埋まっていった。綺麗どころもいれば家族連れもいるという、なんとも奇妙な空間が現出した。朝、新聞に慈善演芸共遊会の記事が載ったのが功を奏したようだ。

午後一時かっきり、演芸がはじまった。荒木商店の店員たちはこの手の演し物を見たことがなく、みな心底、楽しんでいた。なかでも感性豊かな豆タンは目をうっとりとさせ、もはや陶酔気味だった。新町遊郭の名うての芸妓十人による艶やかな踊りが終わり、いよいよ出陣だ――。

座敷にいた和一がすっくと立ち上がると、長谷川も続いた。豆タンはすでにダイナモの横で待機しており、いつの間にかフロックコートに着替えていた布袋軒も用意万端だった。舞台には大きな白布が垂らされていた。観客に交じって中座の三河彦治と実験試写で世話になった福岡鐵工所の福岡駒吉がいる。

場内がざわつきはじめたとき、和一が登壇し、簡単に自己紹介したあと、興行師になり切ったかのようにいささか緊張した面持ちで、大阪弁ではない標準語で挨拶した。

「いよいよ最後の余興と相成ります。アメリカ、もといメリケン国のエジソン博士が発明したヴァイタ、もといヴァイタスコープの〈動く写真〉をいまからお披露目いたします。世紀の発明品です。南地演舞場で公開されておりますフランスのシネマトグラフとはまた趣が異なろうかと思います。存分にお楽しみくださいませ」

和一が舞台の下手へ引き下がると、布袋軒、三河、店員たちが手分けをし、翌日からの本興行を告知する引き札を見物人に配っていった。ありがたいことに駒吉も手伝ってくれた。この引き札は前日、布袋軒とその仲間、荒木商店の店員らが五百枚ほど手書きしてくれたものだった。

配っているあいだに和一と長谷川が映写機を覆っていた大風呂敷を取りはずした。その途端、「おっ！」という驚きの声が場内に沸き起こった。あまりに仰々しい装置なので、見物客はみな不思議そうに眺めている。

「けったいな機械でんな」

「メリケンはんはすごいモンつくりはりますわ」

「どうやって写真を動かしますねん」

みな口々にささやき合っている。

「シネマトグラフとえらいちゃいますなぁ」

南地演舞場でシネマトグラフの映像をすでに観た人も見受けられた。

用意が整い、和一が合図すると、こんどは布袋軒が登壇し、場内の照明が消された。それと同時にダイナモに差し込まれた取っ手を豆タンが力いっぱいまわしはじめた。すぐにブーという電気音とともに、ニューヨークの雑踏が白布に映し出された。福岡鐵工所で実験試写したときのヘラルド・スクエアの映像だ。

「わーっ！」

場内に揺れ動くどよめきは、和一の予想通りだった。すでに出番を終えた芸人や綺麗どころも食い入るように映像を見つめている。その映像に布袋軒の声がかぶさった。

「とざい、とーざい。これは大阪の難波ではございやせん。メリケン国のニューヨークでございやす。馬車が、人が、あらゆるものが行き交い、これぞにぎやかな大都会といった光景。あちらの人はみな洋服を着飾っておりやす。背も日本人よりずーっと高い。おっと、向こうから大きな車が迫ってきやす。人がいっぱい乗っておりやす。汽車ではねぇ。電気で動く車でございやす。京都でも走ってるやつでさぁ」

大阪弁訛りの江戸弁でまくし立てる布袋軒の解説は絶好調。初見の映像なのに、即興でここまでやるとは、なんとも器用な男だ。和一はほくそ笑んだ。

〈やっぱし布袋はんはすごいわ！〉

目の前で繰り広げられている光景をどれほど見たかったことか。すべて自力で日本にもたらしたヴァイタスコープをいま、生まれ故郷の大阪の地でお披露目しているのだ。興行でシネマトグラフに出し抜かれたことが頭のなかから吹っ飛び、和一の胸のなかはグツグツと沸騰していた。こんな経験をしたことはかつてなかった。ニューヨークでエジソンと対面したときとも、福岡鐵工所で実験試写に成功したときとも、また異なった感激だった。あらゆる辛苦を乗り越え、遠まわりしながらも、ようやく目標の山の頂に到達した、そのときに味わうような感慨に浸っていたのだ。気がつくと、目をごしごしと擦っていた。

つぎの『出火の惨状』のフィルムを入れ換えるとき、布袋軒が行ったこともないアメリカの様子をまるでこの目で見たことがあるかのように説明しはじめた。

「広い広い太平洋の向こう、メリケン国といやぁ、背の高い、肌の白い異人さんがいるかと思えば、色の黒い者も、褐色の肌の者もいるって具合で、そりゃ、いろんな人種が暮らしておりやす。幼い子からご老人までみなエゲレス語を喋っていやす。それが早口でペラペラと。こちとらはよほど耳を集中させないと聞き取れねぇ。そのエゲレス語が本場エゲレスの言葉とはちと異なっているのもややこしい。世のなかおもしれぃねぇ」

和一から聞きかじった知識をうまくひけらかし、見物客を飽きさせなかった。

きょうはあくまでも予行演習なので、和一は上映を二本だけで締めるつもりだった。しかし、見物客のほうはそうはいかず、座敷から「もっと観させろや」という声が飛び交った。それを聞くや、布袋軒が壇上から声を張り上げた。

「あしたからここ新町演舞場で本上映をおこないまっせー。きょうの演しモンのほかにもいろいろご覧に入れる予定でっさかい。さっきお配りしましたお手元の引き札をまわりの方々に見せてくれはりましたら、ホンマにありがたい。どうぞ、ご家族、ご友人、お知り合いを連れてご参集のほどよろしゅうお願い申し上げます」

こんどは完璧な大阪弁。見物客がどっと笑った。

この日の共遊会で一番、観客の心をつかんだのはまちがいなくヴァイタスコープによる〈動く写真〉だった。

〈よっしゃ、これであしたからの本番はいけるわ〉

目を真っ赤にしていた和一は、しかと手ごたえを感じた。

新町演舞場でのヴァイタスコープ上映の情報は、すぐにシネマトグラフを興行中の南地演舞場にも伝わり、激震が走った。とりわけ奥田弁次郎を狼狽させた。

「えっ、そないにでかい映像とは。それに電動式とは……。もっとこっちを宣伝せな、客を取られてまうがな。よっしゃ、わてにまかせとくんなはれ」

弁次郎は、最終日の二十八日まで引き札をばらまき続け、同時に新聞広告を出していくべしと腹積もりした。三木福輔にとってはヴァイタスコープの主宰者が顔なじみの荒木和一だとわかり、計り知れないほど動揺していた。

「あ、あ、あの荒木はんがアメリカからヴァイタスコープを……、そんなアホな」

すかさず勝太郎が訊いた。

「荒木さんってどなたどすか」

「心斎橋の荒木商店ちゅう舶来雑貨商の荒木和一はんだす」

「いつぞや三木さんとご一緒に弁次郎さんにご挨拶しに行ったとき、人力車からお見受けしたあのお人どすな」

「そうだッ」

さらに、解説者が上田布袋軒だとわかり、三木は激昂した。

「布袋軒めが、あいつ、こっちを断って向こう側に付いとおる。どういう魂胆や。キネトスコープでえろう儲けさせたったのに、ホンマに不義理なヤッちゃ」

さらにさらに、ヴァイタスコープの映写技師が大阪電灯の長谷川延技師だったことが、三木を大いに驚かせた。

「あの長谷川さんがなんでや⁉」

勝太郎も先日、挨拶したところだったので首をひねっていた。そんな二人の横で、弁次郎は頭のなかでソロバンを弾いていた。

「〈動く写真〉は絶対に金になるんや。そのことがよぉわかった。フランスとアメリカの代理戦争でんな。こら、おもろなってきたわ」

弁次郎の言葉に勝太郎は違和感を覚えていた。もちろんヴァイタスコープを凌駕したいとは思っていたし、赤字を出すわけにもいかなかった。とはいえ、商売としてはひじょうに難しいという印象を持っていた。理由は——。一日の興行が終わると毎夜、南地演舞場の事務所を使わせてもらい、京都から連れて来た数字に強い従業員と入場料の総額を勘定していたのだが、そのうちの六割をリュミエール社に納めるという取り決めだった。映写・撮影技師のジレルがそれを厳密にチェックしていた。そんな事情なので、なんとしても満席にしなければならなかった。しかし儲けだけが目的ではないという考えが、勝太郎にはしっかり根づいていた。そこが興行界の人間との大きなちがいだった。

翌二月二十二日の朝、和一は自室で大阪朝日新聞を手に取り、自分が出したヴァイタスコープ興行の広告記事に、紙面に穴が開くほどなんどもなんども目を通していた。上田布袋軒が作成した引き札の文言とほぼおなじ内容だが、「日本未曾有」と横書きの見出しがつけられ、あくまでも三光丸遭難者遺族のための義援金集めであることが強調されていた。さらに、「入場券は会場で渡す」と、あえて入場料を明記しなかった。

そのなかで「活動写真」の文字が使われた。

「このヴァイタスコープ機なるものは活動写真を十有余尺に映し出し――」

シネマトグラフには「自動写真」という呼称がつけられていたので、対抗上、なにかべつの日本語名が必要となった。そこで、和一は元日にひらめいた「活動写真」の呼称を長谷川技師に相談してみた。すると、「まさに言い得て妙です！」。以後、「活動写真」の呼び名が日本各地で定着していくことになる。

定説では、この五日後の二月二十七日、東京の歌舞伎座における新居商会のヴァイタスコープ特別試写会に招かれた、ジャーナリスト、作家、劇作家、政治家と、いくつも肩書を持つ福地源一郎が命名したとされているが……。

引き札と新聞広告で十分、告知できると和一は踏んでいた。ここまできたら、まな板のうえの鯉。あとは新町演舞場で見物客を待ち受けるだけだ。そう思うと、気負いがなくなってきた。

午後三時すぎまでふだん通りに荒木商店で仕事をこなした和一は、「ほな、行ってくるわ」とヤスと店員たちに声をかけ、豆タンをともなって新町へと歩を進めた。ヴァイタスコープの装置一式とフィルムは演舞場に置かせてもらっていたので、手ぶらだ。

演舞場に来ると、寒風が吹きつけるなか大勢の人がたむろしていた。開演時間の午後六時までまだ二時間半もあるというのに、ヴァイタスコープ観たさに大阪市内はもとより、京都、神戸、奈良など各地から人が詰めかけており、なかには生駒山の麓からわらじ草履で歩いてやって来た農家の家族もいた。やはり今朝の新聞を見て知った人が多かったようだ。

「みなさん、早うから来てくれはりまして、おおきに、ありがとさんだす。さぶいさかい、早目に入ってもらうようにしますわ」

入り口で声を張り上げた和一に、小太りの男が近づいてきた。

「南地演舞場でシネマトグラフを二回観ましたんやが、エジソンの発明品がどんなもんか興味津々ですわ」

この人のように両者を比較するために観に来た人も少なくなかった。

和一は開場を早めてもらい、入り口に「木戸銭は五銭　うち二銭を義援金に充当」と大書した紙を貼り出した。慈善事業を銘打っているので、料金設定をシネマトグラフの一般席の半額にした。しばらくすると、長谷川と布袋軒が姿を見せた。前日の予行演習でうまくいったことが余裕を持たせていた。

開演前に満席となり、入り口に「満員札止」の紙が貼られた。

興行バトル

明治三十（一八九七）年二月二十二日午後六時、いよいよヴァイタスコープの興行の幕が切って落とされた。最初に映し出されたのは『ニューヨーク・ヘラルド・スクエアの雑踏』だった。ちょうどそのとき、南東へ一・四キロ離れた南地演舞場では、『蒸気船の到着、船積み』の映像がシネマトグラフで上映されていた。大阪市中の、しかもさほど離れていない二つの場所で、アメリカとフランスの〈動く写真〉が同時刻に映写されていたのだ。

熾烈なバトルのはじまり――。

新町演舞場では、ほかに『出火の惨状』『大西洋に打ち寄せる波浪』『インド人の踊り』『スイカの早食い競争』の五巻のフィルムが上映された。ひと通り映写を終えると観客を入れ替え、毎回満席だった。驚嘆の表情で食い入るように映像に観入る大勢の客の姿を目にし、和一は演舞場の天井に視線を向け、心のなかで叫んだ。

「エジソンはん、プレスコットはん、日本でちゃんと公開できましたで！」

一方、南地演舞場のほうも相変わらず大入りだった。稲畑勝太郎にとって、荒木和一はいまや最大のライバルとなったが、まだひと言も言葉を交わしたことのない十歳年下の若者に、なにかしら共感を覚えていたのも事実だった。だからこそ、三木福輔や横田永之助らがヴァイタスコープをけなすと、

「まぁ、まぁ、向こうさんも気張ってはるんやさかい」と無下に批判する気にはなれなかった。

そうはいうものの、興行は戦だ。おなじモノを扱っているだけに、絶対に負けられない。和一も、勝太郎も、活動写真に、自動写真に、全身全霊の力を注いだ。


ヴァイタスコープの千秋楽となった二月二十四日、東京の読売新聞にこんな記事が出た。

「稲畑勝太郎のシネマトグラフが大阪で大好評を得ており、近々、関東圏でも公開される」

勝太郎から東京での地ならしをまかされていた横田永之助が、知人の記者をたきつけて書かせたものので、東京人をざわつかせた。荒木和一とはべつのルートでヴァイタスコープを入手し、実験試写を済ませていた東京の新居商会はさすがに焦り、興行へ向けて本格的に動きはじめた。

そんな東京の動向を知らない和一は夕刻になり、新町演舞場へ向かった。入り口に三日続きの「満員札止」の紙が貼られると、最終回に入り切れない大勢の人たちが騒ぎ出した。

〈わっ、ここまで混雑するとは……〉

完全に想定外の事態だった。あわてて事務所へ入った和一は厚紙を一枚もらい、それを円錐形に丸めて拡声器をつくり、入り口の前で声を絞り上げた。

「みなさん、わたくしが興行主の荒木和一と申します。なにぶん収容人員がかぎられております。どうかご理解のほどよろしゅうお願い申し上げます。かならず、かならず大阪でふたたびヴァイタスコープを上映いたします。どうか、どうかお引き取りいただけないでしょうか。お願い申し上げます」

和一は必死で訴え、なんとか場を収めることができた。やれやれとため息をつき、場内へ入ろうとしたら、猛然とこちらへ走ってくる男がいた。

「和一君、和一君！」

懐かしい声が聞こえた。

「おーっ、牧野やないか」

高知の土佐基督教会で牧師を務めている牧野は、所用で滋賀の実家へ出向き、二泊してから、京都での研修会に出席していたのだが、おととい大阪朝日新聞の記事を見て、最終日のきょう、なんとか大阪へ馳せ参じたのだという。

「そうか、おおきに、おおきに。元気そうで、よかった、よかった」

握手してから、係の者に関係者と告げて牧野を場内に引き入れた。びっしり埋まった客席を見て、牧野は目を白黒させた。

「すごいな。いっぱしの興行主やないか」

「いや、本業は雑貨商やで。ハハハ。まぁ、存分にエジソンの発明品を楽しんでくれ。ここが特等席や」

和一は映写機の右横に牧野を坐らせた。


上映が終わり、見物人が引けてから、興奮していた牧野が和一に話しかけた。

「これがヴァイタスコープなんやな。いゃー、まいった、まいった。波がこっちに向かってきよったときは思わず身をかがませたよ」

牧野はシネマトグラフに出遅れたことをすでに新聞で知っていた。

「皇太后陛下のことがあったし、まぁ、しゃあないよ。興行の一番乗りとちごうてもええやないか。君はパイオニアや。ぼくが太鼓判押したる。こないにぎょうさん人を喜ばせてるんやさかい、それで十分やないか」

正直いえば、まだ悔しい思いが心の片隅に残っていたが、「パイオニア」の言葉がそれをかき消してくれた。このあと和一は布袋軒にしか言っていないことを牧野にこっそり教えた。

「実はなぁ……、こないに盛況やさかい、あと一週間ほどここで上映したかったんやけど、きのう名古屋の大きな小屋から電報が届いたんや。三月一日からうちでやってほしいと言われてなぁ。ほんでやむなく断念したんや」

「そうか、えらい人気やな。絶対、引っ張りだこになるよ。これから各地を巡業することになるんやろなぁ。本業との兼ね合いが難しいと思うけど、あくまでも興行は脇役やで。わかってると思うけど」

牧野は鋭いところを突いてきた。

勝太郎はシネマトグラフの興行を組織的な分担で遂行する計画を立てていたが、和一は基本、なにもかも一人でこなさなければならなかった。当分、舶来品雑貨商のほうはヤスと番頭格の木下にまかせるしかなかった。

「あくまでも興行は脇役やで」

牧野のこの言葉を、肝に銘じておかねばならないと思った。

あと片づけをしていると、あろうことか三木福輔が鬼のような形相でやって来て、上田布袋軒に詰め寄った。まだ憤りが収まっていなかった。布袋軒はなんとか平静を装い、虚言をまじえて懸命に弁明した。

「三木はん、ホンマに巡業で大阪を離れてましたんや。それが……、法事があって大阪にもどってきたとき、偶然、荒木はんと出会うてしまいましてなぁ。荒木はんとは古うからの仲だすねん。『布袋はん、頼むさかいにヴァイタスコープの口上をしてほしい』と土下座までしはったんだす。そこまでされたら、男として引き受けんわけにはいきまへん。三木はん、わかりまっしゃろ、その心意気。ほんで、なんとか地方の仕事を切り上げ、新町演舞場の舞台に立たせてもろうたわけですねん」

ここまで言われたら三木も反論できなかった。しかしこのときをもって二人は絶縁状態となった。

ヴァイタスコープの一般公開はわずか三日間とはいえ、大成功に終わった。

妻ヤスと義母トミも重い腰を上げて新町演舞場に足を運んでくれた。和一の実の両親、酒井亀蔵とカメ、ほかに学生時代の同窓生や商売仲間らもこぞって観に来てくれた。みな想像していた以上の感動を得たようだった。

三日間にわたったヴァイタスコープ対シネマトグラフの「大阪の陣」――。はたしてどちらに軍配が上がったのかはわからない。ただ、〈動く写真〉が日本人に多大な衝撃を与えたことはたしかだった。

シネマトグラフはこのあとまだ四日間、南地演舞場での興行が残っており、集客に力を注がなければならなかった。懸案だった投光器は、石油発動発電機に頼らずとも順調に作動したので、臭いの心配はなくなっていた。

勝太郎は、淀川沿いの豊崎村に建設中の染色工場と京都の稲畑染料店のことが気になり、この日をもって、うしろ髪を引かれる思いで南地演舞場から離れた。

東京へ移動していた横田永之助は上映館を必死で探しており、大阪と関西の興行をまかされた奥田弁次郎はつぎの上映場所として道頓堀の角座(かどざ)に目をつけていた。京都は、浮世絵師の野村芳圀に一任するつもりでいた。つまりシネマトグラフは当面、三台をフル稼働させる計画だった。のちにジレルが永之助をサポートし、さらにリュミエール社から装置を二台取り寄せたので、最終的に五台で巡業することになる。

ヴァイタスコープの興行が名古屋の末広座で三月一日から二週間、打たれることになった。お膝元の大阪がわずか三日間で終了し、和一にとって縁もゆかりもない名古屋で二週間というのがなんとも意外だった。この話は中座の三河彦治の仲介で実現に至った。

興行日程が決まったことを三河に報告しようと和一が心斎橋筋を南へ歩いていると、道頓堀川に架かる戎橋の手前、宗右衛門町通りと交差するところに大勢の人が群がっていた。なにかを取り巻いているようだ。やじ馬根性旺盛の和一が長身をかがませてそのなかに入ると、立派なあごヒゲを生やした外国人青年が群衆の視線を一斉に集めていた。コンスタン・ジレルだ。なにやら三脚を立て装置をいじくっている。それはまさしくシネマトグラフだった。

「あのフランス人の映写技師やないか！　こんなとこで映写する気かいな。まさか……」

和一の口から思わず声がもれた。白昼であり、映像を投影する白布がないのに、取っ手をまわしている。いったいなにをしようとしているのか……。そのうち警官が数人やって来て、押し問答となった。互いに言葉が通じず、埒が明かない。耳をそばだてると、間諜（スパイ）ではないかと警官たちが言っている。

それを聞いた和一がつかつかと年長の巡査に近寄り、この人物はフランス人で、自分は多少フランス語が話せると伝えた。語学に興味のある和一は、学校を卒業後も時間を見つけては独学で、英語のみならず、フランス語、ドイツ語、ロシア語を習得していた。言語中枢がよほど発達しているとみえ、フランス語もふつうの会話なら難なく話せるようになっていた。巡査は「そら、ありがたい」と和一と入れ替わった。

「君はここでなにをしているんですか」

いきなりフランス語で訊かれ、ジレルは吃驚した。稲畑勝太郎のほかにフランス語を話す日本人と会ったのがはじめてだったからだ。

「えっ、フランス語、わかるんですか」

「ええ、少しは……。たしかシネマトグラフの映写技師さんですね。初日に南地演舞場へ観に行きました」

「そうですか。開演まで時間があるので、ここで撮影していたのです」

「撮影!? これは映写機ではないんですか」

ジレルからシネマトグラフの機能を説明されると、こんどは和一が吃驚した。映写だけでなく撮影もできるとは……。まったく思いもよらぬことだった。目の前にある装置は南地演舞場のものとはべつで、ジレルがフランスから持ってきたものだ。

「日本の風景や暮らしぶりをシネマトグラフで撮りたいのです。ここ大阪の繁華街も格好の被写体ですから」

和一の通訳に巡査は首をかしげながら、命令口調で言った。

「とにかく誤解を招くので、さっさと引き上げるように」

ジレルは肩をすくめ、しぶしぶ立ち去ろうとしたが、いまにも警察署に連行されそうになっていたのを、見ず知らずの日本人男性に助けられ、心底、ホッとしていた。

「通訳していただき、ありがとうございます。わたしはコンスタン・ジレルと申します。あなたの名前を教えてください」

ライバルでもあるシネマトグラフの映写技師に身もとをばらすわけにはいかない。

「いや、名乗るほどの者ではありません。わたしは用事があるので、ここで失敬します」

和一はジレルと警官にちょこんと頭を下げ、足早に去っていった。

このときジレルが撮影した心斎橋筋の情景が、大阪を活写したはじめての映像になるはずだった。ところが後日、現像するためにフィルムを船便でリヨンのリュミエール社に届けたところ、感光してしまっていたので、「幻の映像」となった。


シネマトグラフの興行は二月二十八日に千秋楽を迎え、二週間連続の満員御礼となった。前日には、〈動く写真〉が東京ではじめて披露された。新居商会が京橋木挽町(こびきちょう)の歌舞伎座で、政財界の重鎮や外国の大使らを招き、大々的にヴァイタスコープの特別試写会を催したのだ。活動写真を取り巻く状況は、激化の気配を見せはじめていた。

天国の名古屋

荒木和一はおなじヴァイタスコープが東京で初公開されていたとはつゆ知らず、この日、上田布袋軒と豆タンを引き連れ、小雪が舞う名古屋に乗り込んでいた。前夜、仕事を終えてから、大八車に装置一式とダイナモを載せ、店員総出で荒木商店から梅田停車場まで引っ張っていった。そして待合室で豆タンが寝ずの番で見張り、早朝、和一、布袋軒と合流して朝一番の汽車で名古屋へ向かったのだ。

車中、大風呂敷に覆われた装置とダイナモを便所の横に置かせてもらい、そのかたわらに豆タンが盗まれたら一大事やとばかり眠い目をこすりながら坐った。重さが六十キロもある大がかりなヴァイタスコープは、とにかく搬送が大変だった。映写技師役の長谷川延は会社を休むことができず、同行できなかった。そのため和一自身が映写を担当せざるを得なくなった。

昼すぎに名古屋停車場に着くと、見るからに風体よからぬ連中が和一らを迎えに来ていた。地元の興行師、樋口虎澄とその手下だった。年齢のころは四十手前、半開きの右目がなんとも不気味で、口ヒゲを生やしたネズミ顔の小男だ。

「荒木さんがや。わしは樋口だがや」

「お初にお目にかかります。大阪の荒木和一と申します。いろいろお世話になると思います。よろしゅうお頼み申し上げます」

和一は丁重に挨拶した。

「まぁまぁ、あんびゃあよう」

妙に愛想はよかったが、抜け目がなさそうで、この男は用心しなければならないと和一は直感した。

樋口は和一に今朝の地元紙、扶桑新聞の広告記事を見せた。そこにはあすの午後六時から末広座で興行が催され、試写をきょう二十八日の夜におこなうことが書かれてあった。ヴァイタスコープの名称は「西洋奇術幻燈蓄電器」となっている。さらに五日前の扶桑新聞を手渡し、「まーはい（すでに）紹介済みだがや」と言った。その記事では「写真幻燈蓄動機」の名だった。すべて樋口が考えたものらしいが、勝手に名称をつけられ、和一は苦笑した。

「引き札もようけばらまいといたでよ。どえりゃあ反響があるわ」

大阪よりも名古屋のほうが宣伝と告知が行き届いているとは……。やはり見世物には興行師を絡ませるのが鉄則だと素人の和一にもわかってきた。

和一と樋口のやり取りに布袋軒が遠慮なく割り込んできた。布袋軒はかねて義太夫の名古屋巡業で樋口と知り合っていた。

「樋口はん、ご無沙汰しとります。長いこと会わんうちにえらい男前が上がってはりますな」

「おーっ、布袋軒、たーけたことをこいて。ハハハ。やっとかめ（久しぶり）だがや」

布袋軒は樋口よりも年長だが、まるで手下になったように振る舞っている。こういうところがこの男の人たらし術なのだろう。それに二人はどことなくよく似た空気を放っていた。

樋口が駅前の一膳飯屋へ全員を連れて行き、きしめんで腹ごしらえ。そして、「はよ行こまい」と人力車に分乗して末広座へ向かった。装置とダイナモは手下の連中が大八車で運んでくれた。

末広座は、名古屋随一の繁華街、大須の北側に位置する若宮八幡社の広大な境内にあった。ここで午後八時から特別試写会をおこなうことになっており、すでに舞台上に大きな白布が垂れ下がっていた。これも樋口が差配していた。

千五百人収容の大きな芝居小屋で、新町演舞場の三倍の収容を誇る。まさかこんな大きな小屋とは思いもよらず、和一、布袋軒、豆タンは腰を抜かさんばかりに驚いた。なにもかも大阪を上まわっている。支配人の応対も申し分なかった。

和一が手際よく映写機とダイナモに電線を接続し、豆タンがダイナモを駆動させた。映写機のモーターはすんなり動いたが、どういうわけか投光器が作動しない。故障したのか。

「えらいこっちゃ！」

動揺している和一に樋口が声をかけた。

「荒木さん、光らせるもんやったらちゃんとあるがや。幻燈の興行で使ってたもんだけども」

小屋の倉庫から見たこともない機械が出てきた。酸水素（オキシハイドロ）ガスによる発光装置だった。ガスの噴出するところに棒状になった石灰をくっつければ、白色光が生じるのだという。さっそく試してみると、白く発光した。これで十分いける。

特別試写会には百人ばかりの招待者がやって来た。名古屋市長も招いているのかと和一が樋口に訊くと、「そんなもんありゃあすか」と笑われた。それでも新聞記者、地元商店街組合や興行組合の幹部連中、名古屋各地にある芝居小屋の支配人、役者や裏方、そして軍関係者の姿があった。道理で軍服が目立っていた。

和一は舞台の真んなかで直立不動のまま、自己紹介にはじまって渡米してからのヴァイタスコープ入手のいきさつを簡単に説明し、大阪で大成功を収めたことを報告した。記者連中はメモ書きに余念がなかった。

四本上映した。どれもうまく映り、招待者からやんやの喝采を受けた。これが名古屋ではじめて活動写真が披露された瞬間だった。

翌三月一日、末広座には大勢の人が詰めかけ、新町演舞場とおなじ光景が再現された。千五百人の観客でびっしりと埋まった芝居小屋はまぎれもなく壮観だった。和一はしたり顔になっていた。
〈これが興行の醍醐味なんやなぁ〉
いつも以上に気分を高揚させていた布袋軒は、腹の底から声を絞り上げて熱弁。大阪弁の抑揚がある奇妙な江戸弁が大受けし、場内は笑いに包まれた。

この日をもってヴァイタスコープとシネマトグラフの興行合戦はいっそう熱を帯びてきた。荒木和一と稲畑勝太郎の関西対決だけでなく、東京勢が加わり、混沌たる状況となった。とりわけ東京とその近辺が激戦地となった。

勝太郎のシネマトグラフに先んじて、新居商会が神田の錦輝館で三月六日から十七日間、「活動大写真」の名称を前面に出し、ヴァイタスコープの興行を打った。特別席が一円、一等席が五十銭、二等席が三十銭、三等席が二十銭と入場料を高めに設定した。一円は現在の二万円に相当する。

横田永之助とコンスタン・ジレルは二日後の三月八日、錦輝館からほど近い川上座で、一律八銭という低料金でシネマトグラフを公開、対抗意識をむき出しにした。上映期間は二十一日間。さらに、京橋区南金六町（現在の中央区銀座八丁目）で美術品の販売と幻燈機の製造販売をおこなっていた吉沢商店が、シネマトグラフをもって参戦。これは二月、店主の河浦謙一がジョヴァンニ・ブラッチャリーニというイタリア人から購入したものだった。吉沢商店は横浜の居留地にある山手のパブリックホールで、外国人を対象に先行上映をおこない、三月九日から当地の湊座に移った。

三月九日の時点で、和一のヴァイタスコープが名古屋で、勝太郎のシネマトグラフが京都、東京、大阪で、新居商会のヴァイタスコープが東京で、吉沢商店のシネマトグラフが横浜でそれぞれ上映されていた。つまり、日本の五つの大都市で、活動写真が同時に公開されていたことになる。各地で熱狂のうずが巻き起こり、確実に新しい時代が来ていた。

当時は地域発行の新聞が唯一のマスメディアだったので、今日のように事前に情報を察知できなかった。当然、近くで興行がぶつかり合うというニアミスもあり、思いのほかスリリングな展開となっていた。

名古屋の末広座で大入りを続けていたヴァイタスコープ興行の三日目、和一のもとに東京・浅草座の支配人がふいに訪れた。たまたま名古屋に出張中にヴァイタスコープの映像を目の当たりにし、「ぜひ帝都で興行を打ってほしい」と和一に直談判したのだ。

とにもかくにも、「帝都」の言葉に和一はぐらついた。日本の首都で上映できる、しかも日本一の興行街といわれる浅草の芝居小屋だから、二つ返事で了承した。興行初日は名古屋の千秋楽の翌日、三月十五日の夕方ということで話がまとまった。

「布袋はん、ついに帝都の浅草でやれることになりましたんや。運が向いてきましたわ」

宿屋の二階のひじ掛け窓にしなだれてキセルを喫(す)っていた上田布袋軒に、和一は大声で知らせた。

「ほーっ、お江戸の一等地でんがな。そら、ええ塩梅だすな」

翌日の朝、さらに吉報が入った。和一が泊まっている宿に大阪・道頓堀の朝日座から「興行をお願いしたい」という電報が届いたのだ。日本屈指の「芝居の街」からの要請。東京の浅草についで大阪の道頓堀。こちらのほうは、またも中座の三河彦治が手をまわしてくれていた。

「布袋はん、道頓堀でもやれることになりましたで。ますます運が向いてきましたわ」

　前日とおなじように宿屋の二階、ひじ掛け窓にしなだれてキセルを喫っていた布袋軒に、和一が大声で投げかけた。

「ほーっ、浪花の一等地でんがな。そら、ええ塩梅だすな」

　浅草と道頓堀――。和一は移動日を鑑（かんが）みて興行の日程を吟味し、朝日座には浅草での件を踏まえ、三月二十二日からお願いしたいと電報で返信を打った。

「これは絶対、引っ張りだこになるよ。これから各地を巡業することになるかもしれないね」

　盟友、牧野虎次の言葉が脳裏によみがえっていた。

　十日後、甚平という浅草の興行師が名古屋にやって来た。右腕に天女の刺青を入れた、いかにも江戸っ子といった気風（きっぷ）のいい若者だ。浅草公園六区にはじめて芝居と寄席の小屋をつくり、のちに浅草随一の興行師と謳われた根岸浜吉の息のかかった人物だと自己紹介した。根岸浜吉の名は大阪の和一ですら知っていた。名古屋と同様、東京にもまったく足がかりがなかったので、甚平はありがたい存在だった。三月十五日から十日間の興行を打診されたが、道頓堀の上映が決まっている旨を伝え、やむなく六日間で手を打った。そのとき和一は甚平から刺激的な情報を教えられた。

「東京では神田でヴァイタスコープとシネマトグラフ、横浜でもシネマトグラフが興行を打っているんでさぁ。どこも大人（でえ）気。荒木さんも関東に殴り込むに越したことはねぇ。儲かるよ、これぁ」

　和一は気が動転しそうになった。ほかにもヴァイタスコープが輸入されていたとは……。

「えっ、そないな状況になってるんだすか。シネマトグラフは稲畑勝太郎さんのもんでっしゃろか。ヴァイタ、いやヴァイタスコープはだれのもんですねん」

「シネマトグラフは稲畑と吉沢商店、ヴァイタスコープは新居商会。吉沢と新居は東京の会社でさぁ」

吉沢商店と新居商会の名ははじめて耳にした。

〈大阪にいてはわからんなぁ。ヴァイタはぼくのルートとちゃうとこで入ってきたんやな。本家本元はぼくのヴァイタや。よっしゃ、帝都で勝負したろうやないか！〉

ムラムラと対抗心が湧き出てきた。

「荒木さん、関東はまさに活動写真の戦場(いくさば)ですぜ」

「えっ、いま活動写真と言いはりましたか」

「ええ、活動写真でさぁ。東京ではそう呼んでますでぃ」

「その名前、ぼくがつけたんですよ……」

「えっ、そうなんですかぃ！」

甚平は目をきょろきょろさせた。

地獄の浅草と道頓堀

名古屋の末広座で千秋楽の興行を終えるや、装置一式をあわただしく片づけ、和一は上田布袋軒、豆タンとともに名古屋停車場へ向かった。すでに午前零時を少しまわっていた。晩飯を食べるゆとりもなく、大仰な装置を抱えて、一行は夜行列車に乗り込んだ。東京の新橋まで十三時間半もかかる。あいにく一等車から三等車まですべて満席だった。仕方なく三人は連結部分の通路に腰を下ろした。冷たいすきま風が容赦なく吹き込み、睡魔に襲われているにもかかわらず、寒さのせいで眠れなかった。

朝方に静岡で、昼すぎに横浜で握り飯を買い求めて胃袋に入れるも、空腹感を満たすことができず、気だるい疲労感に包まれていた。新橋停車場に到着したのは午後二時近くだった。季節はずれの寒波襲来で体を凍えさせていた三人が駅舎を出ると、甚平の威勢のいい声が飛んできた。

「荒木さん、お疲れなさったかぃ。きょうはえれぇ、さみぃ、さみぃ」

ヴァイタスコープの興行は午後五時からはじまる。急がなければならない。迎えに来たのは甚平一人だけ。はて、どのようにして装置一式を運ぶのか。なんのことはない、少し大きめの馬車が用意されていた。そこに装置ともども各人が乗り込み、一路、浅草をめざした。

和一にとってはじめての帝都――。七年前に建てられた、高さ五十二メートル、日本一を誇る高層建物の浅草凌雲閣を目にした瞬間、気持ちが昂ぶった。

浅草座は芝居小屋が軒を連ねる浅草公園六区からかなり離れており、浅草寺のずっと南側、墨田川沿いの駒形にあった。地元では「駒形の浅草座」で知られていた。収容数が三百人ほどの小ぶりの芝居小屋で、まわりには墨田川で獲れるドジョウを食わせる店が建ち並んでいる。

甚平がヴァイタスコープ興行の広告を載せた前日の中央新聞（東京の地方紙）を和一に見せた。そこには「電気作用　活動大写真機」の文字が躍っていた。

「なかなかいい感じでげしょ。あっしが考えたんでさぁ」

甚平は一人悦に入っていた。東京では後塵を拝していることもあって、料金を一律に五銭、学生は半額にした。和一が独断で決めたこの低額料金に甚平は渋い顔をしたが、和一は押し切った。天下の浅草で興行できることを思えば、多少、実入りが少なくてもいいと腹をくくっていたのだ。

浅草座に着くと、三人は慣れた手つきでヴァイタスコープを設置し、あとは開場を待つだけとなった。ところが見物人がぽつりぽつりとしか入ってこず、上映前には三分の一ほどしか埋まらなかった。大阪の新町演舞場と名古屋の末広座での熱気にあふれた会場とは雲泥の差……。

不入りの理由を甚平に訊こうとするも、本人はべつの興行の準備に追われており、どこにいるのかさえもわからなかった。どうやら複数の見世物を掛け持ちしているようだった。小屋の支配人が肩をすくめてこう言った。

「去年、オッペケペー節の川上音二郎がここで戦争劇の『日清戦争』を演じたときぁ、そりぁすごい人だかりだったんですぜ。それにくらべて活動写真は……」

そんな嫌味を言われても、和一はどう切り返していいのかわからなかった。

困ったことに、布袋軒の喉の調子が思わしくなく、舌の滑りがいつものようにいかなかった。名古屋からの夜汽車で風邪を引いたらしく、とんと元気がない。どこでも大受けだった大阪弁訛りの江戸っ子弁にも反感を覚える人がおり、ことさら評判が悪かった。読売新聞、報知新聞、東京朝日新聞の各紙に、小さいながらも、低価格であることを前面に打ち出した広告を載せたのに、どういうわけか反応が鈍く、連日、満席になることはなかった。

「大阪やったら、絶対、値段の安いこっちに流れてくるんやけど……」

和一が愚痴ると、豆タンが頷いた。

「旦さん、東京は勝手がちゃいますな」

そこで、浅草座の支配人に教えてもらった印刷屋で急きょ引き札をつくり、布袋軒、豆タンと手分けして浅草一帯で配りはじめると、地元の興行師から横やりが入った。甚平の名を言っても、「そんな輩、知らねぇよ」と取りつく島がない。そのうち風体のよからぬ連中が現れ、「おめぇら、なにやってんでぇ」と威嚇されるしまつ。

千秋楽の二十日になって、ようやく甚平が顔を見せた。初日から客の入りが惨憺たる状況だったことに驚いたものの、べつだん悪びれるふうでもなかった。

「宣伝が弱かったんでさぁ。つぎにこっちでやるときぁ、広目屋（チンドン屋）を雇ってパーッとやりやしょう」

どこまでも調子がよかった。

和一は、もう二度と東京でやることはないだろうと予感していた。甚平への手当て、浅草座への賃料、引き札の印刷代を払うと、赤字になった。名古屋で稼いでおいてよかったと、つくづく思った。

勝負に出た帝都で完敗――。翌日、三人は逃げるようにして大阪へもどった。

「やっぱり大阪はええわ。気が休まる」

二十一日ぶりにもどった大阪は晴れわたっていた。清々(すがすが)しい初春の空気が和一に生気を与え、東京での惨めな日々を一掃してくれた。一番気がかりだったのは妻ヤスと番頭格の木下にまかせていた荒木商店のことだが、さいわいつつがなく商い事はこなされていた。

心身の疲労がピークに達していたにもかかわらず、ひと息つく間もなく、和一は東京での鬱屈した気分を晴らすかのように天衣無縫に動きまわった。まずは道頓堀の朝日座へ駆けつけ、翌日からはじまる興行の打ち合わせをした。

ヴァイタスコープの興行はてっきり芝居小屋側との共催になるものと思いきや、「活動写真は勝手がわかりまへんさかい」と座主はすべて和一に投げた。つまり場所を貸し与えるだけ。こういうとき、名古屋の樋口虎澄のような興行師がおれば、心丈夫なのだが……。

〈やれやれ、一人でやるしかないか〉

初日の三月二十二日、大阪朝日新聞に「発音活動大写真」と銘打った広告を載せた。稲畑勝太郎のシネマトグラフに対抗心を燃やし、「先日、南地演舞場でおこなわれた品（シネマトグラフ）よりいっそう優等なるもの」の一文を入れた。やる気満々だ。

この興行では、新聞広告に銘打ったように新機軸を打ち立てるつもりだった。ヴァイタスコープの映像に合わせ、人物の声をつけるというもの。今日でいうところのトーキー映画だが、フィルムに音声を組み込んだ本格的なトーキー映画の出現には、あと二十六年待たねばならない。和一が実践しようとしていたのは、エジソン社のフォノグラフ（蓄音機）で人物の声を発生させ、それを映像に重ねるだけのもので、欧米では「発声映画」としてすでに商業化されていた。

昨年の夏、アメリカでヴァイタスコープの装置を購入したさい、一緒に買い求めた蓄音機と蠟管レコードを活用すれば、「発声映画」を披露できるのだが、日本では上田布袋軒のような口上屋がいるので、使う必要がなかった。ところが当の本人が風邪をこじらせ、喉にきて、とうとう声が出なくなり、使わざるを得ない状況になったのだ。布袋軒がいないのはなんとも不安とはいえ、こうなればやるしかない。

蓄音機用の蠟管レコードは今日の円盤状ではなく、円筒（シリンダー）に蠟（ワックス）を塗りつけたもの。そこには映像に合致する人物の声が録音されており、あとは上映時に蠟管をまわせば、装置に取りつけられたラッパ型の拡声器から声が出てくる。当初は手動式だったが、この時期には内臓の湿電池で駆動するようになっていた。

昼すぎに和一は豆タンを連れて朝日座へ向かった。初モノの見世物とあって、入場料を上席二十五銭、下席十銭と少し高めに設定した。引き札を印刷する時間はなかったが、新聞広告と「発音活動大写真」の大きな看板を大勢の人が往来する道頓堀通りに設置したので、十分、集客できると見込んでいた。

開演一時間前の午後四時ごろ、予期せぬ人物が新聞広告を見て駆けつけてくれた。大阪電灯会社の長谷川延だった。なんと映写技師を務めてくれるという。映写機と蓄音機を一人でどのように操作しようかと困っていたので、和一は小躍りした。

「長谷川はん、おおきに、おおきに。あんさんはホンマに頼りになるお方だすわ」

思わず長谷川に抱きついた。さっそく映像と音声を合わせるために予行演習をおこなったが、ブーブーというフィルムを回転させるモーターの電気音がいつになく大きく聞こえる。長谷川がしきりにモーターを点検するも、いっこうに改善しない。映像も少しぼやけている。

「荒木さん、具合がよくないですよ」

振動の激しい汽車での移動が影響したのだろうか。しかし理由はさておき、いまさら中止するわけにはいかない。悪条件の下、和一は蓄音機を動かし、音声を発生させた。ところがなかなか映像と合わない。二人で必死になって調整するも、うまくいかない。ダイナモを回転させている豆タンは心配のあまり脂汗をかいている。そのうち開場時間となり、ぞくぞくと人が入ってきた。真っ青な顔の長谷川に和一が言い切った。

「映像だけやったら、見物客が騒ぎ出すかもしれまへん。このまま決行しまひょ。神さんがちゃんと守ってくれはります」

和一は天井を見上げ、真剣に祈った。かたわらで長谷川と豆タンが呆気にとられている。

ほぼ満席になり、上映がはじまった。案の定、映像と音声がうまく重ならず、動画の映りはなおさらひどくなった。

「おい、ちゃんと映さんかい。音も合うてないぞ」

「ブーブーちゅう音がうるさい」

「声が小さいし、日本語でないとわからへんやないか」

観客席のあちこちから怒号が飛び交い、なかには途中で退席する者もいた。終了後、長谷川がモーターを修理し、なんとか雑音が出ないようにしたものの、初日でケチがついた。そのうわさがあっという間に広まり、翌日から千秋楽までずっと入りが悪かった。浅草についで道頓堀でも惨敗――。

〈地元の大阪で挽回しようと思うたんやけど……〉

拳で擦りまくり、真っ赤になっていた和一の目から涙が溢れ出ていた。

そのころ稲畑勝太郎は、本業の拠点を京都から大阪へ移す計画を進めており、淀川沿いにある豊崎村に建造中の染色工場の件もあって、実際のところ活動写真どころではなかった。それでも各地から逐次、報告されるシネマトグラフの興行成績がおおむね良好であることに胸をなで下ろしていた。もちろん、荒木和一、新居商会、吉沢商店の状況も耳に入ってきたが、なぜか和一の動向が気になって仕方がなかった。

「荒木君、孤軍奮闘してるみたいやな。浅草と道頓堀での失敗は痛いやろな。この先どうするんやろか」

起死回生

「もう三月も終わりか……」

遅咲きの梅花もそろそろ散りはじめていた初春の昼どき、和一は荒木商店の店先でぽつねんと佇み、少し霞のかかった西の空をぼんやり眺めていた。東京の浅草に続き、道頓堀での発音活動写真の不入りがよほどこたえ、この際、きっぱり興行から足を洗い、本業に専念しようと思っていた。地方の小屋からの申し出はすべて断っていた。疲れた、というのが本音だった。店のなかへ入ろうとしたら、日本郵船から木箱が届いた。

「荒木和一さんだすか。アメリカからのお品だす」

店で扱っている舶来雑貨品は神戸と大阪の貿易商から届けられるはずなのに、船会社から直接、運ばれてくるとは……。怪訝な顔つきで木箱に貼られた紙を見て、驚愕した。

「F・M・プレスコット社」の印字。木箱のなかにはフィルムが入っていた。『ロシア皇帝戴冠式』『メキシコ人の曲馬』『美婦人胡蝶の舞い』『汽車の到着』『ニューヨークの工場火災』『ニューヨーク市中の雑踏』など。すでに上映した分も混じっている。底には蓄音機用の蠟管レコードが添えられていた。

〈どういうこっちゃ〉

首をかしげた和一は同封された手紙に視線を落とした。

「えっ、色つきのフィルム！」

フィルムを透かして見ると、たしかに色がついている。たちどころに顔が上気してきた。プレスコット社が神戸の貿易商へエジソン社製の蓄音機を十台ばかり輸出したついでに、着色フィルムを試してもらおうと和一に送ってきたものだった。この時期、東京の吉沢商店が独自に処理した着色フィルムをすでにシネマトグラフで使っていたのを、和一は知ろうはずもない。

〈これはもういっぺん、挑戦しろちゅうこっちゃ！〉

そう受け止めるや、興行撤退の気持ちを封じ込めた。店を閉めてから、大阪電灯の長谷川技師に来てもらい、店の前で豆タンと三人でヴァイタスコープを動かし、カラー映像を玄関戸に映した。即席の野外上映だ。

現実の色とはかなり異なり、原色がきつく、けばけばしく映ったが、これでモノクロの映像と十分、差別化できると判断し、蓄音機の音を映像と同調させるべく試行錯誤を繰り返した。小一時間もすると要領を得て、そこそこ真っ当な〈トーキー映画〉になってきた。しかもカラー映画だ！

翌朝、和一は断っていた広島の寄席小屋、旭の席での活動写真の興行を実施する旨を電報で打つと、すぐに返信が届いた。

「四月七日から十三日までお願いしたい。ダイナモと白布は用意済み」

長谷川技師に無理をいって会社を休んでもらい、興行前日の四月六日、豆タンともう一人の店員の総勢四人で映写機、蓄音機、フィルムと蠟管レコードを入れた木箱を抱えて広島へ乗り込んだ。蓄音機を使うので、上田布袋軒の出る幕はなかった。


太田川と天満川にはさまれた、市内のほぼ中心部にある小網町(こあみちょう)には、芝居や寄席の小屋が数棟建ち並んでいた。旭の席は一年前にこけら落としをしたばかりの新しい小屋だった。

一週間前、地元の芸備日日新聞に「有色、音が出る活動写真」と予告記事が掲載され、初日の新聞広告にも「米国大博士エヂソン氏発明　世界無比の写真蓄動発音機」の文字が躍った。広島では活動写真の初興行とあって、並々ならぬ力が注がれていた。

午後六時から開場されると、あっという間に満席になり、観客は音の出るカラー映像に魅せられた。

小屋全体が驚嘆の声で埋め尽くされ、揺れ動くようだった。

「豆タン、名古屋を思い出すなぁ」

えびす顔の和一に、ダイナモの取っ手をまわしている豆タンが笑みを浮かべて返した。

「へぇ、旦さん、広島も相性がよろしおますなぁ」

連日の大盛況。入場できない人があふれ、うれしい悲鳴を上げた。座主から五日間、延長してほしいと泣きつかれ、結局、四月十八日まで興行を続けることになった。

すべての興行を終え、一行は広島から大阪にもどった。和一と長谷川は人力車に乗り、ひと足早く梅田停車場を去った。フィルムとレコードの入った木箱を抱えていた豆タンが、急に腹の具合を悪くし、停車場内の便所へ駆け込んで、いっこうにもどってこなかった。ヴァイタスコープの装置を載せた大八車のそばで待っていたもう一人の店員の前に、三十分ほどしてようやく姿を見せた豆タンの顔は、真っ青だった。

「どうしよ……。木箱、盗まれてしもた」

悄然として店に帰ってきた豆タンは完全に腑抜け状態。

「旦さん、すんません、すんません」

蚊の鳴くような声でなんども謝り、和一に事情を説明した。その弁によると——。木箱を便所の手洗いのうえに置き、便室へ駆け込んで用を足して出てきたら、木箱がなくなっていた。あわてて駅員を呼んで探してもらったが、見当たらなかった。

「アホか！　おまえは！　なんでそない大事なモンを大八車に置いていけへんかったんや」

和一は鬼の形相になり、豆タンの右頬に平手打ちを食らわした。こんな仕打ちをしたのははじめてだった。着色フィルムと発音によって広島で運が向いてきた直後の厄難であり、その素材がなくなってしまったとあって、よほど腹に据えかねたのだ。

「旦さん、帰る途中、最寄りの警察署で盗難届を出しときました」

恐る恐る豆タンが声にすると、またも和一の怒号がとどろいた。

「そんなことしても見つかるはずがないわ。アホんだら！」

こんどは左頬に強烈なビンタ。両頬を赤く染めた豆タンを、ほかの店員たちがうつむき加減にチラチラ見ていた。

数日後、ふたたびF・M・プレスコット社から荷物が届いた。荷を解くと、和一の声が店内に響きわたった。

「せや、すっかり忘れてたわ！」

ヴァイタスコープに代わるエジソン社の新型映写機、プロジェクトスコープ（プロジェクト・キネトスコープ）だった。モーターによる電動式のヴァイタスコープは直流の電気が必要だったが、アメリカでも交流が普及してきており、エジソン自身、かなり苦戦を強いられていた。この調子では安易に上映できるシネマトグラフに凌駕されるのではないか……。そんな危機感を抱いたエジソンが、こだわり続けていた電動式をあっさり捨て、手動も可能な装置を開発した。それがプロジェクトスコープだった。和一はその商品の売買契約を二月末に交わしていたのだが、相つぐ興行で忙殺され、失念していた。

木箱から映写機を取り出し、クランクハンドルをくるくるまわした。手動式は楽だ。新しいフィルムも数本入っていた。

〈ヴァイタとはおさらば。減価償却どころか、赤が出たけど、新しい映写機でせえだい稼いだる〉

プロジェクトスコープを手にした瞬間、着色フィルムと蠟管レコード盗難の件を頭から消し去り、ふたたび燃えたぎってきた活動写真への興行意欲を高めようとした。

新着フィルムのなかで一番刺激的な映像が『メイ・アーウィンとジョン・C・ライスの接吻』という作品だった。これは着色ではない。二年前、エジソン社がブロードウエイの男女二人の舞台俳優を起用して撮った映像で、三十秒間、延々とキスシーンを大写しで撮影したもの。映画史上はじめてクローズアップが用いられた映像といわれている。

新型映写機はコンパクトなので、店内で試写ができた。和一、布袋軒、豆タン、そして一緒に観ていた店員たちのだれもが目をトローンとさせ、キスシーンに見惚(と)れていた。豆タンの浅黒い顔は興奮して真っ赤。二階からヤスとトミがひょっこり下りてきたらどうしようかと、和一は気が気でなかった。

「うーん、これはキワモンやな。ちょっと上映でけへんな」

そうつぶやいた和一に布袋軒が返した。

「和一はん、なにを言うてはりまへんねん。これをやらんことには話になりまへんがな。やりまひょ、やりまひょ。絶対に大受けしまっせ」

はやし立てられ、和一の心も動いてきた。

「よっしゃ、やろか。大阪で起死回生や！」

このころ稲畑勝太郎のシネマトグラフは、お膝元の京都をはじめ、名古屋、横浜、仙台、岡山の五か所で手広く興行がおこなわれており、東京でも新居商会と吉沢商店が相変わらずヴァイタスコープとシネマトグラフを上映していた。そんなあおりを受け、どうしても地元の大阪で「荒木和一、ここにあり」と存在感を示したかった。だからこそ、「起死回生」の言葉に本気度がにじみ出ていた。

運よく近くの稲荷彦六座が空いていた。本来ならこの年の一月八日に本邦初となる活動写真の興行がなされていたはずの因縁めいた芝居小屋だ。ともあれ、皇太后崩御の件で解約したとき、かならずまた使用すると約束していたので、これで顔が立った。

五月六日の夜、「新型活動写真機　新着映像大公開」と銘打ち、映像と布袋軒の口上だけで勝負した。三日間の限定上映。入場料を一律五銭と最低料金に設定したことから、べつに宣伝せずとも、口伝てで広まり、百人ほど入る芝居小屋が満席になった。小さな会場とはいえ、和一は目頭を熱くしていた。

「布袋はん、やっぱし大阪で客が入るんが一番よろしおますな」

「そうだすな、きょうはパーッといきまひょ」

布袋軒が和一の肩をポンとたたいた。

五本上映予定で、最大の売りは最後に上映する例の接吻の映像だ。舞台の下手にいた和一が何気に場内に視線を巡らすと、後方に見まわりの警察官が二人いた。

「布袋はん、こらあかんわ。捕まるわ」

公の場での接吻の大写し。風紀紊乱のかどで検挙されるのではないかと膝ががくがく震えてきた。

「和一はん、大丈夫だッ。わてにまかせとくんなはれ」

四本目の映像が終わったとき、布袋軒がいつになく大きな声を上げた。

「とざい、とーざい。さぁさぁ、みなさま方、ただいまからご覧いただくのは西洋の礼式でさぁ。なーにもおかしいものではねぇんです。いわば挨拶とおなじなんでぇ。ごゆるりと堪能してくだせぇ」

フィルムがまわるや、いきなり映し出されたキスシーンの映像に場内はどよめいた。「わーっ!」「ほーっ」とあちこちから驚きの声が。「キャーッ!」と悲鳴にも似た声を上げる女性もいた。場内の様子を見てとった布袋軒が、やおら声色を使って解説した。

「あ〜ら、ああたお久しぶりね、お元気? やぁやぁ、マダム、お目にかかれて光栄です。そう言って声をかけ合う男女二人。そして口を合わせてのご挨拶。二人は離れてはまたも抱きつき、なんどもなんども飽きることなく口吸いを繰り返す。これがメリケン国では当たり前の礼式なんでさぁ」

布袋軒の流暢な口上に合わせ、四、五回おなじ映像が流された。最初は恥ずかしがり、とまどっていた見物客もそのうちゲラゲラと大笑いするしまつ。くだんの警察官も腹を抱えて笑っているのを見て、和一は胸をなで下ろした。

上映終了後、照明がつけられると、警察官を意識して、布袋軒がしたり顔でわざとこう言った。それも江戸弁ではなく大阪弁で。

「まぁ、みなさん、これは西洋しか通じまへんさかいに、公衆の面前でやりはったらえらい目に遭いまっせ。そこのお巡りさんに引っぱっていかれまっせ」

ここでドッと笑いが巻き起こった。警察官はすごすごと引き下がるしかなかった。こういう機転の利くところがこの男の持ち味だ。

〈布袋はんはすごいわ。まいった、まいった〉

和一は布袋軒を見直した。しかし、場内には女性や子どもが多くいたので、この映像はこの日だけで留めておくことにした。

稲荷彦六座での新機種プロジェクトスコープの興行が終わってから数日後、稲畑勝太郎は豊崎村に建てられた稲畑染工場の竣工式に臨んでいた。勝太郎自ら工場長を務め、本店の大阪移転も本決まりになった。

すでに十年前の明治二十（一八八七）年ごろから、河内の綿づくりを背景にして大阪で紡績・紡織産業が隆盛をきわめるようになり、日清戦争の終結後、大阪は日本屈指の商工都市に躍り出ていた。その勃興する都市像が、かの大英帝国で生まれた産業革命の一大拠点マンチェスターと重なり、いつしか「東洋のマンチェスター」と呼ばれるようになっていた。ヒト、カネ、モノがどんどん大阪に集中し、その活況ぶりは帝都東京を凌駕していた。勝太郎はまさにその流れに乗じようとしていた。あとはモスリンの製造工場建設が大きな課題だった。

和一の方は新しい映写機プロジェクトスコープを使って活動写真の興行を手広くやるつもりでいた。ところが、状況は変わりつつあった。

活動写真は普及したとはいえ、都市部では当初の熱狂が冷め、客離れが起きはじめていた。それはそうだろう。どれも海外の情景ばかり、しかも短い映像とあっては無理もない。せめて日本各地の風景があればよいのだが、そのフィルムがないのだからどうしようもない。東京の吉沢商店は着色フィルムで差別化をはかっていたが、五月一日の東京・深川座でのシネマトグラフ興行をもっていったん打ち止めにした。

活路を広げるには、これまで活動写真とは縁のなかった地方への巡業しかない。勝太郎のシネマトグラフはすでにそれを実践しており、新居商会のヴァイタスコープもその路線を進める方向にあった。しかるに和一はちがった。あくまでも大阪、関西を拠点にするつもりでいた。なにせ個人で動いており、地方巡業となると、心身ともに負担が大きくなるのが見えていたからだ。そのことは名古屋、東京、広島の巡業で実際に肌身で感じていた。

これからは活動写真の興行を打つ場合、映像だけではライバルに打ち勝てないと考え、なにかほかに強力な〈武器〉がないものかと模索していた。蓄音機を使った発音活動写真は口上屋のいる日本には不向きであり、着色フィルムも自然の色とかなり異なっており、所詮、あだ花のようなもの……。あれこれと思案する和一の顔は、興行師の顔に変貌していった。

月日が流れ、七月二十二日、天神祭の時期に差しかかっていた。午前中から強烈な日射しが照りつけ、夕暮れになっても気温は下がらない。和一は布袋軒と一緒に道頓堀の割烹で、強力な〈武器〉を模索する作戦会議と称して、「ハモちり」を堪能していた。ハモの湯引きのこと。布袋軒は冷酒をぐいぐい引っかけ、早くもいい調子。麦茶でつき合っている和一も、ことのほか上機嫌だった。

「和一はん、この時期のハモは絶品だすな。ここの骨切り、申し分ありまへん。大阪では『ハモちり』、京都では『ハモ落とし』と言いますやろ。なんで言い方がちゃいまんねん」

「そんなん知りまへんがな」

「博学の和一はんも知りまへんか。で、梅肉と酢味噌、和一はんはどっち派だす。わては酢味噌派ですねん」

「ぼくは梅肉派だッ。口のなかがさっぱりしてええ塩梅だすわ」

「おっ、うまいシャレや！　ところで、東京のお人はハモを食わんらしい。こんなうまいのに」

「そうらしいでんな。もったいないこっちゃ。布袋はん、ハモもええけど、鮎の塩焼き、どないだすか」

「よろしおますな。注文しまひょ」

二人が作戦会議そっちのけで、丁々発止のやり取りをしながら舌鼓を打っている割烹からほど近い芝居小屋の弁天座では、勝太郎のシネマトグラフが上映されていた。この日からはじまった興行は、映写・撮影技師のコンスタン・ジレルが契約切れでフランスへ帰国するということで、「お名残り興行」となった。

大阪でのシネマトグラフの上映は四月に道頓堀の浪花座で催して以来、三か月ぶりだったが、この時期になると、さすがに大阪人の熱も冷めてきていた。ジレルを慰労するため弁天座へ駆けつけた勝太郎は、客の入りの悪さを見て嘆息した。

〈半年前の熱気はどこへいってしもうたんや……〉

この興行以降、シネマトグラフが大阪で上映されることは二度となかった。フランス人青年はすぐには帰国せず、シネマトグラフを抱えて日本各地を撮影した。北海道の函館まで足を伸ばし、アイヌの村で伝統的な踊りをフィルムに収めたのが最大の収穫となり、十一月に帰国の途に就いた。

八月の初旬、白い背広にハンチングをかぶった白人男性が、大きな木箱を載せた大八車を二人の男に引かせ、荒木商店へやって来た。

「ミスター・アラキ、これ、安く売ります。買ってください」

ぽっちゃりした中年男。ユダヤ系フランス人の貿易会社ブリュール兄弟商会神戸支店の支配人だ。当時は英語読みの「ブルウル兄弟商会」で知られていた。この男、温厚そうだが、鋭い眼光に熱い商魂がほとばしっていた。和一は日常雑貨を仕入れる関係で、ブリュール兄弟商会とはときたま取り引きしていたが、ヴァイタスコープの興行をはじめた二月以降、とみに接近してくるようになった。

木箱のなかはキネトスコープだった。もはや過去の遺物ともいえる商品とあって、なかなか売れないらしい。もちろん和一は買うつもりはない。それでもこの外国人にはユダヤ商法が身についており、しつこく食い下がってきた。和一は流暢な英語でこう投げかけた。

「ほかの商品をつけてくれるのなら、買ってもいいです。なにか珍しい商品があるのですか」

支配人は頷いた。

「あります。エックス線透視装置です」

「えっ、エックス線!」

あれかと和一は心のなかで手を打った。購読しているアメリカの科学雑誌『サイエンティフィック・アメリカン』にエックス線特集が掲載されていたのを思い出したのだ。

エックス線は二年前の一八九五年十一月、ドイツ帝国の物理学者ヴィルヘルム・コンラート・レントゲン博士によって発見された。翌年にはエックス線写真の撮影にも成功し、医療分野だけでなく、「骨の記念撮影」との触れ込みで、欧米では見世物として注目されていた。肉眼では見えない物体の内部を可視化するのだから、それだけで十分、金になった。

エジソンもその娯楽性に目をつけたが、撮影した写真を披露するだけではおもしろくない。なにかちがいを出さねばならないと考え、開発したのがエックス線透視装置だった。それはエックス線を照射する装置と三角形の箱型をしたフルロスコープ(透視用暗箱)で構成されており、箱の先端には発光物質のタングステン酸カルシウムを塗布した蛍光板が取りつけられていた。エックス線を被写体に照射し、フルロスコープを覗くと、その場で内部の透視画像を目にすることができる。いわばCTスキャンの原型のようなもので、当時としては画期的な装置だった。放射線の危険性が認知されるのは七年後のこと。だれもが未知なる光線に好奇の目を注いでいた。

そのエックス線の装置を、ブリュール兄弟商会はエジソン社から輸入したばかりだという。新しいモノに敏感に反応する和一は、エックス線のなんたるかはわからなかったが、これは見世物になるとすぐに心が動いた。いままさに、活動写真と組み合わせるべき強力な〈武器〉が現れたのだ。

「キネトスコープを買います。その代わり、エックス線の装置を賃貸しさせてください」

いまで言うところのリース。現物を見ておらず、どんな代物かわからないので、すぐに購入するのははばかられたからだ。

「ミスター・アラキ、賃貸しですか……。うーん、わかりました」

その場で賃貸しの代金を決め、商談が成立した。半ば押し売りされたキネトスコープはどうでもよかった。奥の蔵で眠っている、無用となったヴァイタスコープの装置の横にしまい込んだ。とにもかくにも、一日も早くエックス線透視装置を見てみたかった。

数日後、待望の装置が届いた。添えられていた十数枚のエックス線写真を目にした途端、和一は「おっー!」と声を上げた。縦四十五センチ、横六十六センチの写真に、腕、手のひら、脚の骨、内臓、カバンの中身などが映っていたからだ。「いったいなに事だす」と店に下りてきたヤスはそれらの写真を見るや、腰を抜かさんばかりに驚嘆した。

「活動写真どころやおまへんがな」

海外では医療分野で期待されていることを知った和一は、島之内にある長春病院に装置一式を運び、実験してもらった。電気で大きな真空管のようなものから発生させたエックス線を豆タンの手のひらに照射し、フルロスコープで覗くと、骨がくっきり見えた。

「わっ、こら、すごいわ!」

八月二十三日、発音活動大写真の雪辱を晴らすべく、和一はふたたび道頓堀で興行を打った。懇意にしている三河彦治が座主を務める中座で催したかったのだが、この一年間、歌舞伎の興行で詰まっていたので、角座で一週間、やらせてもらうことになった。ここでは三月に稲畑勝太郎のシネマトグラフが上映されていた。和一は前日の大阪朝日新聞に大きな広告を載せた。

「局面一変」

なんともセンセーショナルな文言の下に、こんなフレーズを並べた。「米国エヂソン氏最新発明活動大写真新画」と「独乙(ドイツ)レントゲン博士発明　X光線発射作用」。「活動大写真新画」とは新しいフィルムのこと。入場料は一律十五銭とした。

開場と同時に、客がどっと詰めかけた。お目当ては活動写真ではなく、エックス光線のほうだった。

このときの上田布袋軒の口上が冴えていた。

「とざい、とーざい。みなさま方、活動大写真の新画をご披露するとともに、ドイツはレントゲン博士が発明されたるエックス光線をば、メリケンの発明王エジソン博士が改良に改良を重ね、信じられない装置をつくられたんでさぁ。それをいまから本邦ではじめてご披露いたしやす。みなさま方の体の一部が透けて見えるという驚異的な装置でさぁ。二大巨頭の発明品。さぁさぁ、ご覧になりたい方は舞台に上がってきてくだせぇ」

活動写真の上映後、エックス光線を見ようと見物客がぞくぞくと舞台に集まってきた。設置されたエックス光線透視装置の前に、和一が五、六人ずつ呼び、まずは人体の部位を撮影したエックス線写真の数々を披露して度肝を抜かせ、そのあと一人ずつ順々に手のひらにエックス光線を当て、手の骨を見せた。

「わーっ、これがわての手か！」

「透けて見えるわ！」

「不思議でんなぁ、なんでも見れるんや！」

驚きの声が場内にとどろいた。

連日、大入りが続き、角座の座主から「一週間、延長してほしい」と懇願された。エックス光線透視は思いのほか大反響を呼び、和一の心をくすぐった。それを〈武器〉にして、さらに積極的に興行を推し進めようとした。その様はまるで冬眠から目覚めた熊のようだった。主軸の活動写真がしだいに添え物になりつつあるのは寂しかったけれど、これも時代の流れだと受け止めていた。

道頓堀の角座のつぎは、京都の花街にある祇園座、その後、思い出深い大阪の新町演舞場での共遊会、そして道頓堀の弁天座といった具合に立て続けに興行を打ち、どこもすこぶる盛況だった。ほかの小屋からもエックス光線の要望が相ついだ。

弁天座の千秋楽を終えた九月二十五日、楽屋で悦に入っていた和一の心には、メラメラと野望が燃えたぎってきた。

〈この調子やったら、もういっぺん帝都に乗り込めるかもしれん。なんとしてもヴァイタのしっぺ返しをせなあかん〉

ところが、予期せぬことで興行界からしばし離れざるを得なくなった。豆タンをともなって、弁天座から気分よく荒木商店へ帰ってくると、番頭格の木下が顔面を真っ青にして和一を待ち構えていた。

「旦さん、旦さん、えらいこってすわ！」

高価な商品を手形決済で購入した顧客の手形が、すべて不渡りになっていたのだ。それも一件、二件ではなかった。手形詐欺……。そう直感した和一が警察に持ちかけると、大阪市中の貴金属店や宝飾店でも類似の事案が頻発していることがわかった。三木福時計店も被害に遭っていた。しばらくして組織的な手形詐欺団が摘発されたが、思いのほか商品の回収に手間がかかり、すべての処理を終えるのに一か月余も要した。その間、あれほど話題になったエックス光線が、世間から忘れられてしまうのではないかと気が気ではなかった。

〈波に乗ってるときに、なんでこんな難儀なことに遭遇するんや。二月にはヴァイタの初興行を稲畑さんのシネマトグラフにあっさり抜かれてしまうし、浅草と道頓堀では惨めな思いをするし、着色フィルムは盗まれるし、今年は運の悪い年なんやろか……〉

流れが断ち切られたことで、和一はひどく落ち込んだ。でも、へこたれていてはいけない。店の奥に置いてあるエックス光線透視装置を見つめ、和一は自分を鼓舞しようと努めた。その様子を柱の陰から眺めていた豆タンを呼びつけた。

「この装置を抱えて、またひと暴れしたる。おまえもちゃんと従いてこいよ！」

「へぇーい、どこまでも旦さんに従いていかせてもらいまッ」

「よっしゃ、これからが勝負や！」

おなじころ、荒木商店から東へ五百五十メートルほど離れたところで、稲畑勝太郎もおなじ言葉を発していた。

「よっしゃ、これからが勝負や！」

京都市にあった本店を、当時の大阪のメインストリートである堺筋に面した一等地、大阪市南区順慶町通二丁目（現在の中央区南船場二丁目）へ移し、いよいよ商都大阪を拠点に事業を拡大させていこうと従業員にハッパをかけていたのだ。

移転後、勝太郎は東京にいる横田永之助を本店に呼び、活動写真の興行から身を引くことを伝えた。

実は、リュミエール社との代理人契約が切れた七月末以降、勝太郎は特別な計らいで装置四台と付属品一式を七千フラン（現在の約八千五百万円）で買い取っており、総売り上げの六割を納付することなく、独自に興行できるようにしていた。このことを永之助に説明したあと、胸の内を吐露した。

「正直言うと、興行の世界にほとほと疲れたんや。独特な因習や習慣……。なんやかんやと仁義を切らなあかんしな。想像していたよりもはるかに別世界どしたわ。シネマトグラフの巡業を手伝わせたうちの手代が、小屋のよからぬ習慣に染まって、変なことをやりはじめおった。けったいな地まわり連中にも気を配らなあかんし」

これから商都を拠点に実業家として名を成そうという大事な時期に、本業と活動写真の二足のわらじは履けぬと思ったのだ。

「あとは永之助君にすべてまかす。あんたは興行の世界に向いてる。太鼓判を押したる。好きなようにシネマトグラフを使うてくれたらええ。ただし、儲けるのは結構、難しいどすぇ」

永之助はこのまま型にはまったシネマトグラフの興行にしがみつこうとは思っておらず、大々的に巡業隊を組織して全国津々浦々をまわる計画を立てていた。そんな永之助に破格の安値で装置一式とフィルムを払い下げ、勝太郎はきれいさっぱり興行界から足を洗った。なんとも潔い引き際——。

清々しい気持ちで本業に専念することになった。

一方、荒木和一はますます興行の世界にのめり込んでいた。エックス光線透視装置が金を生み出すヒット商品だとわかり、賃貸しを止め、ブリュール兄弟商会から買い取った。さらにエジソン社の大声発音器なる代物も一緒に購入していた。これは音を電気信号に変換して増幅する装置、つまりマイクロフォン、マイクのこと。そして向かった先が八か月前のヴァイタスコープ興行で大成功を収めた名古屋の末広座だった。現地の興行師、樋口虎澄から再三にわたり興行の要請がきていたのだ。

和一は布袋軒、豆タンら三人の店員を率いてプロジェクトスコープ、エックス光線透視装置、大声発音器を持ち込んで名古屋入りした。十一月二日から十日までの九日間の興行は、前回とおなじく樋口がすべてお膳立てし、初日から押すな押すなの大入りが続いた。末広座は和一にとって、まさに〈幸運の場〉だった。

プロジェクトスコープによる活動写真は新しいフィルムで上映したが、やはり前座の見世物にすぎなかった。つぎの大声発音器では、地元の花柳界で流行っている座敷歌「名古屋甚句」、中京軍楽隊のカッポレ、芸妓の唄と義太夫の声を場内に響きわたらせた。

そしてトリは、観客が待ちに待っていたエックス光線だった。明治二十八（一八九五）年に山口県下関で開かれた日清戦争講和会議の清国全権大臣、李鴻章が日本人の暴漢に射撃されたときの、銃弾を留めた頭部のエックス線写真を披露し、観客をあっと言わせた。出所は不明だが、懇意にしている大阪・島之内の長春病院の医師からこっそりもらったもので、戦勝国の日本人がかなりの興味をかきたてられるものだった。

さらに興行の中日（なかび）、プロジェクトスコープを引っ下げて、名古屋の陸軍歩兵第六連隊に所属していた久邇宮邦彦（くにのみやくによし）殿下の別邸へおもむき、活動写真を上映した。はじめての皇室のご高覧。それによって名古屋での興行に箔がついた。

訣別

末広座の興行が終わりに近づくにつれ、樋口虎澄がやたらと和一に接近してきた。

「荒木さん、エックス光線、どえりゃあ人気だがや。三月のヴァイタスコープのときも今回もみなわしが差配したでよ。まぁ、その見返りといっちゃなんだが、活動写真、大声発音器と合わせて、譲ってちょーせんか。素人のおみゃーさんより、わしのほうがこういう見世物の興行が向いとるでよ」

「樋口さんにはホンマにお世話になってます。あんさんなしでは、名古屋の興行はここまでできまへんでした。心からありがたいと思うとります。樋口さんが言うてはることよぉわかっとりますが、素人ながらもう少し踏ん張ってみたいんだす。どうかわかってくださいな」

和一は軽くかわしていたが、しだいに樋口の態度が高圧的になってきた。常につきまとい、頻繁に「なんとか譲ってちょ」と言われた。ときには和一の宿にまで押しかけるようになった。こんなにも態度が豹変するとは思わなかった。

末広座のあとは岐阜での興行だった。これで樋口から逃れられると和一は安堵した。しかし、あろうことか、「岐阜はわしの庭みたいなもんだがや」と手下連中をともなって同行してきた。ここまでくると、さすがに和一も怖さを感じざるを得なかった。三日間の興行中、ずっと樋口に張りつかれた。千秋楽のあと、打ち上げと称し、岐阜随一の歓楽街、柳ケ瀬にある割烹に誘われた。あすの朝一番で大阪へ帰らなければならないと和一が丁寧に断るも、樋口は聞く耳を持たなかった。明らかな接待攻勢だが、どういうわけか和一ひとりだけが招かれた。

割烹の座敷に入ると、伊勢湾で獲れた海の幸が大きな皿にどっさり盛りつけられていた。どれも刺し身。ビール瓶と日本酒のお銚子も並べられている。顔が引きつった。

「樋口さん、えらい豪勢なおもてなしに感謝しとります。えらい申しわけないんですが、生魚があきませんねん。それにお酒も苦手で……」

恐る恐る口を開くと、樋口がいままで見せたことのない半開きの右目をカッと見開かせ、凄みのある眼光で和一を睨みつけた。

「おみゃーさん、わしの気持ちをわやにしちゃあかん。そりゃ、いかすか（まずいよ）」

そう言って、和一におちょこを持たせ、酒を注いだ。もはや飲まないわけにはいかない。さらに、「刺し身、うみゃーぞ。遠慮せんとよーけ食べやりゃあ」。顔は笑っていたが、目は据わっている。こんな怖い表情を和一は見たことがなかった。酒と刺し身を無理やり喉に流し込んだ。あとは地獄だった。樋口がエックス光線の話をはじめたが、なにを言っているのかわからず、頭が真っ白になってきた。割烹を出ると、這う這うの体で宿へもどり、信じられないくらいに嘔吐した。

翌朝、布袋軒と豆タンらに装置一式を持たせて先に大阪へ帰らせ、和一は昼すぎまで宿で寝込んでいた。大阪行きの汽車のなかでは、苦渋の表情を浮かべ死んだようにぐったりし、なんとか荒木商店にたどり着いたものの、店内に入った途端、意識がなくなった。

気がつくと、ベッドに横たわっていた。

「あんた、大丈夫だすか」

妻のヤスの声が頭のうえから降り注いできた。そのうしろから上田布袋軒と豆タンが心配そうに覗き込んでいる。

「ここはどこや」

「島之内の長春病院だす。うちに帰ってきた途端に倒れてしもうて、ここに運ばれてきたんだっせ。丸一日、ずっと眠ってはった」

ヤスの細い声がかろうじて聞こえた。検査の結果、少し貧血が見られただけで、ほかにこれといって異常はなかった。医師は極度のストレス、過労、栄養失調による体調不良と診断を下した。原因が樋口虎澄なのは自明の理だったが、周囲に心配をかけたくなかったので、そのことは胸の内にしまっておいた。

それにしても、過労と栄養失調は意外だった。しかしよくよく考えれば、興行の世界に足を踏み入れてから、馬車馬のごとくがむしゃらに動きまわっていた。考え事も多くなった。食欲がとみに減じ、昼食や夕食を抜くこともあり、明らかに体重が減ってきていた。なにはともあれ、当分、安静が必要だった。しかし、頭のなかではそのことを承知していながらも、イラチな性格が顔を覗かせる。

「こんなとこで休んでるヒマあらへん。つぎの興行が待ってるんや」

子どものように駄々をこねる和一を、ヤスがいつになく怖い顔で睨んだ。

「なにをアホなこと言うてますねん。健康があってのもんだす。見世物興行のことは忘れて、ゆっくり療養し、しっかり滋養をつけなはれ。本業のほうはあてらにまかせてくれたらよろしおます」

三日目になって、なんとか病床から立ち上がれたものの、鉛の板を胴体に縛りつけられたような重い倦怠感に包まれていた。少し歩くだけでくたびれる。こうなれば、腹をくくって体調を回復させるしかない。店から英語の新聞や洋書を持ってきてもらい、読書三昧の日々を過ごし、ようやく心に晴れ間がもどってきた。結局、二週間入院した。

翌日に退院を控えた十一月二十六日の昼下がり、予期せぬ人物が見舞いに来てくれた。盟友の牧野虎次だった。高知から大阪出張で荒木商店に立ち寄り、和一の入院を知ってあわてて駆けつけたのだという。

「和一君、驚いたよ。だいぶよぉなったみたいやな」

「すっかり回復したよ。無理がたたったんかな。まだ二十五歳というのに、ホンマに情けないわ」

「なにを言うてるんや。ぼくなんか、大阪の学生時代にへこたれてしもうて……。お互い、健康が一番や」

牧野は心底、心配してくれた。

「それはそうと、エックス光線ってなんやねん」

店で豆タンからそのことを聞いたらしい。和一は使い勝手の悪いヴァイタスコープから手動式のプロジェクトスコープに変え、エックス光線透視装置を入手したいきさつ、そしてエックス光線による透視についてかいつまんで説明した。

「この病院で手の骨を見たときは、びっくり仰天やったわ」

「へーっ、そらすごいな。活動写真の影が薄れるのがわかるわ」

そう言ってから牧野はしばし黙り込んだ。

「なんやねん」

和一が訊くと、おもむろに口を開いた。

「こんなこと言うたら怒るかもしれんけど、そんな見世物興行をやっている和一君がどうも不似合いに思えるんや」

「……」

和一はじっと聞き入っていた。

「なんか顔つきも変わってきたし……。和一君はそういう世界やのうて、もっとべつの舞台で活躍すべき人間なんやけどなぁ。持ち前の英語力をもっと活かさなもったいない。なんかちゃうんねんなぁ。このまま興行の世界に浸ってたら、よぉない気がするねん」

牧野の言葉が和一の胸を直撃した。それは本心を射抜いているようだった。和一自身、自分が興行界に身を置く人間ではないことを、だんだんわかってきていた。虚勢を張って背伸びしている……。それは稲畑勝太郎が抱いた違和感とよく似ていた。

翌朝、退院した和一が店にもどってくると、名古屋の樋口虎澄から封書入りの書留が届いていた。十二月十日からの御園座での興行内容だった。すべてエックス光線だけで勝負するという。同封されていたのが額面三十円の約束手形。現在でいえば、約六十万円。なんとしても見世物装置の一式をわが物にしたいという気持ちの表れだった。「押し売り」ならぬ、「押し買い」だ。和一は天井を仰ぎ、フーッとため息をついた。

十一月の最終日、豆タンら店員三人にプロジェクトスコープ、エックス光線透視装置、大声発音器の三つの装置を持たせ、和一は名古屋へ向かった。御園座近くの宿に投宿すると、豆タンらを大阪へ帰らせ、すぐに樋口を呼んだ。

「この際、装置一式を樋口さんにお譲りします。もう見世物興行から足を洗おうと思うてますねん。正直、疲れましたわ」

樋口の口元が緩んだ。

「ホンマきゃあ」

「ホンマです。で、手形の額面だすが……。あの三十円は前金でっしゃろ。残金はなんぼいただきまひょ。名古屋では樋口さんにはホンマにお世話になりましたさかい、安うしときたいんだすが、まさかあれで手を打ってほしいと思うてはるんとちゃいますやろな。それやったら、子どもだましですがな。結構、高い買いもんやったんだす」

樋口はこのときも半ば閉じていた右目を見開き、和一に凄みのある眼光を向けた。

「そんなたーけた事言わんでちょう」

「えっ!」

「その金額でそのまま引き渡してちょう」

「えっ、そんなアホなことありますかいな」

樋口が咳払いをすると、三人の手下連中が入ってきた。みな着物の袖をたくし上げ、胸をはだけている。体に彫られた竜やらヘビやら不動明王やらのおどろおどろしい刺青（いれずみ）が、不気味に和一の視線に飛び込んできた。樋口と手下連中は口を閉ざしたまま、和一を取り囲んで睨んでいる。ゾッとする恐ろしさだった。

「ほんじゃ、もらってくがや」

和一は頭が真っ白になり、なに事が起きたのかよくわからなかった。数分が経ち、部屋に置いていた装置一式が持ち去られたことに気がついた。

「わっ、あらへん！　泥棒やがな！」

すぐに警察署へ駆け込もうと立ち上がった。しかし冷静になると、手形を受け取っただけで売買契約は成立するのだから、法には反していない。「脅かされて、無理やり売らされた」と警察に言おうものなら、樋口の手下に襲われ、ひょっとしたら命を落とす危険性もある。

〈あゝ、泣き寝入りするしかないんか……。名古屋は天国やったのに、なんで地獄になってまうねん〉

無性に腹立たしくなり、無性に悔しくなり、無性に情けなくなった。腰が抜け、へなへなと坐り込むと、前年の夏、ニューヨークでエジソンに直談判してからいままでの事どもが、断片的に脳裏を駆け巡った。結局、なにを残したというのだ。全力で疾走してきた末がこのあり様……。急にめまいがした。気がつくと、大粒の涙を流し、子どものように泣きじゃくっていた。感情はかなり昂ぶっていたものの、不思議なことにあの目を擦る癖が出なかった。あまりにも異常な状況のなかで、あまりにも、あまりにも呆気なく、荒木和一は興行界と訣別したのだった。

死んだような顔つきで荒木商店に帰ってくると、見慣れた木箱が店頭に置いてあった。ひと足早く帰阪していた豆タンが和一を迎えた。

「旦さん、お帰りやす。えらいしんどそうな顔をしてはりますけど、大丈夫だすか。どないしはりましたんや」

「……」

和一は言葉が出なかった。

「そうそう、これ、さっきお巡りさんが持ってきてくれはりました」

七か月前、広島巡業からもどってきたとき、豆タンが梅田停車場の便所で盗まれた着色フィルムと蠟管レコードの入った木箱だった。今朝、淀屋橋の橋桁のそばで釣り人が見つけたらしい。盗んだ犯人が見たこともない代物とあって、どう処理すべきか困り果てて放置したのだろうと、警察官は言っていたという。

「ハハハ、ハハハ」

和一は泣き笑いするしかなかった。

第五章　回顧

記者との対峙

五十九年後、昭和三十一（一九五六）年の十一月末――。

英語をはじめフランス語、オランダ語、ドイツ語、ロシア語、ギリシア語などの語学書、明治期から昭和までの事典・辞書類、海外の情景や風俗を撮った写真集、世界各国の切手を貼った帳面、国内外の絵葉書、江戸期の民俗史料……。おびただしい数の蔵書と資料が、壁面を覆う本棚だけでは収まりきらず、床のうえにも山積みにされている。

その数、ざっと二万点。なかにはマニアや古書店が羨ましがる貴重書も少なくない。しかも蓄音機、レコード、屛風、仏像や布袋像などの彫像、古美術品、国内外の絵画、花瓶や調度品、置時計、燭台、大鏡といったものも、ところ狭しと置かれてあり、八畳ほどの広さなのに足の踏み場もない。

どんなに無秩序な状態でも、この書斎は荒木和一にとっての〈聖域〉であり、よほどのことがないかぎり、家人だろうがだれにも入室させず、掃除も月に一度しかさせなかった。

古書が放つカビの臭いがこびりついた書斎で、大島の着物を身にまとい、マホガニーの重厚なデスクの椅子に腰を沈めた和一が、薄くなった白髪をかきむしり、嘆息まじりにボソッとつぶやいた。
「光陰矢の如しやなぁ……」

ここは大阪市の南方、大和川を越えた堺市浜寺の諏訪ノ森、南海本線沿いにある千坪（約三千三百平方メートル）の四角い敷地に建つ洋館の荒木邸。浜寺が大阪の保養地だった、まだのどかな明治四十（一九〇七）年、和一が再婚後に新居として建てたもので、その後、増改築が重ねられてきた。

書斎は本宅の南側、六角形の奇妙な離れの一階にあり、その形態から町内では「六角堂」と呼ばれていた。屋根のてっぺんに日露戦争時の陸軍大将、乃木希典（のぎまれすけ）の勇壮な立像が、激戦地だった二百三高地のある中国・旅順半島に向けて取りつけられており、それが荒木邸のシンボルになっていた。

和一のかたわらには地方紙の大阪日日新聞社の記者、田島雄一がカメラを床に置き、取材ノートを手にして頑丈な木製の椅子にちょこんと坐っている。足もとにも本が乱雑に積み重ねられており、足の置き場がなく、つま先を立てていた。

田島は埼玉県で生まれ育ち、高校から大阪に移ってきたので、大阪弁がほとんど話せず、もっぱら標準語で通していた。入社三年目でようやく警察担当からはずれ、念願の映画担当に異動したところだった。新作の紹介だけでなく、映画史にいたく興味を持っている。

映画が〈娯楽の王者〉として君臨していた昭和三十一（一九五六）年の十二月一日が、日本映画連合会（現在の日本映画製作者連盟）が定めた「映画の日」の第一回記念日となった。どうしてその日に決定されたかというと、明治二十九（一八九六）年にエジソン発明のキネトスコープが神戸で本邦初実演された、その最終日の十二月一日が覚えやすいという理由からだった。一人でしか観られないキネトスコープが映画と認定されたことに対しては、なぜか異論が出なかった。

その「映画の日」に合わせ、『映写機初輸入のウラ話』という特集記事を書くため、田島記者は和一を訪ねてきたのだ。齢八十四にしてまだ世間から忘れられておらず、マスメディアからもスポットライトを当てられたことで、和一はいつになく上機嫌だった。

『『映画の日』の選定には、ホンマは賛同してまへんねん。どう考えても、〈覗きからくり〉のキネトスコープは映画とちゃう。記者さん、そう思いまへんか」

和一は笑みを浮かべ、わざときつい大阪弁で田島に疑問を投げかけた。

「はぁ、たしかにそうですね」

返答に窮する記者に、助け舟を出すように和一が言葉をはさんだ。

「まぁ、そんなふうに決まったんやさかい、しゃあありまへんわな。ハハハ。そもそも、そのキネトスコープほしさにアメリカへ渡ったんが事の発端やった」

田島の顔がキュッと引き締まった。デスクのうえには資料や書類が山積みにされている。いまから話す内容の参考にすべきもので、古い分から年代順に重ねられていた。横には平積みされた書籍が何冊も。さらに、手には半紙に墨で手書きした忘備録が握りしめられている。

実は取材の申し込みのあった一週間前から、どういう流れで話すかをずっと考えていた。年老いても、正確にきちんと伝えなければ気がすまないという生真面目な性格は変わりようがない。

外界と隔絶された古色蒼然たる薄暗い閉鎖空間のなかで、世俗から超越した仙人のような風貌の老人を前にし、田島はいささか委縮し、目をきょろきょろさせていた。なんとか緊張感をほぐそうと、度の強い黒ぶち眼鏡をはずしてハンカチでレンズを拭き、ジャケットの両袖を引っ張ってから、お茶を全部、飲み干した。

「それでは荒木さん、どういういきさつで映写機を日本に持ち込んだのか、詳しくお教えください」

小柄な記者が訊くと、和一は開口一番、こう言いきった。

「だれがなんと言おうと、映写機をはじめて輸入したのはこのわしや」

和一は記憶の糸を手繰り、ときおり老眼鏡をかけて手元の忘備録を見たり、デスクのうえの資料や書類を取って見開いたり、書籍のページを繰ったりしながら、明治二十九（一八九六）年の夏、弱冠二十四歳のときにヴァイタスコープを求めてシカゴからニューヨークへ駆けつけ、エジソンと直談判したときの様子から話しはじめた。それから自らの出生、幼いころの苦労話、荒木家へ養子に入ったこと、家族の思い出などプライベートな面まであけすけに打ち明けた。

キネトスコープを購入するために初渡米したときの心境を話していたかと思えば、いきなり上田布袋軒や牧野虎次が出てきたりと時系列が相前後し、話があっちへこっちへと飛んだ。なんとか頭のなかで内容を整理しようと必死になっている田島が質問を差しはさもうにも、自己陶酔状態になっていたので、なかなかその余地を与えてもらえなかった。

舌がまわるにつれ、子細な出来事がつぎつぎに思い出された。とりわけ難波の福岡鐵工所でのヴァイタスコープの実験試写から、稲畑勝太郎のシネマトグラフとの興行バトルを経て、名古屋であと味の悪いかたちで興行界から身を引いた一連の流れは、驚くほどよく覚えていた。

二時間たっぷりの独演会だった。田島のノートはびっしり文字で埋まっていた。和一は久しぶりにエネルギーを発散してアドレナリン濃度が高まったのか、顔を鮮やかに紅潮させていた。

「これだけ喋ったら十分でっしゃろ。記事にまとめるのが大変やな。ハハハ」

強い語勢から、田島にはとても八十歳を超えた老人には見えなかった。

「よくわかりました。すごく濃密なお話でした。というか、ぼくの知らなかった話が多くて、興奮して聞き入っていました」

「そうだすか」

ほくほく顔の和一は好好爺そのもの。生真面目で、ともすれば融通の利かない堅物で通ってきたのに、この日は角がすべて取れたようにまろやかになっていた。

「ぼくよりもお若いときに単身、アメリカへ渡り、あのエジソンに会ってこられたなんて、ほんとうに驚きです。その行動力はぜひとも見習いたいものです」

「まぁ、若気の至り……やな」

「それにしても、稲畑さんとのくだりはひじょうにドラマチックですね。一冊の本になるくらいですよ。いや、映画化できますよ」

田島は七三に分けた髪の毛を手で整えながら、畏敬の眼差しを目の前の老人に注いでいた。その視線を感じつつ和一はお茶をすすってから、記者の目を見据えた。

「実は稲畑さんとはその後、いろいろあったんですわ。どう言うたらええんやら……、なんか目に見えん糸で結ばれているような、そんな感じなんや」

田島の顔がまたも引き締まった。

「目に見えない糸ですか……。どういうことですか」

「映画の話とはかけ離れるかもしれんけど、それでもええんやったら、お話ししまっせ」

「ぜ、ぜひ、お願いします」

記者がグッと身を乗り出した。

「というても、きょうはもうしんどおます。たっぷり喋りましたさかいにな。八十を超えた老人にはこたえますわ。明後日、またおんなじ時間に来てくれまへんか」


二日後の昼下がり、田島記者が荒木邸を再訪すると、初回とまったくおなじシチュエーションで、和一から話を聞くことになった。服装も二人ともまったくおなじだった。ただし、デスクのうえに置かれた資料や書籍は、一昨日とは異なるものだった。日記らしきものも置かれてある。

「荒木さん、それではお話しください」

田島がぴょこんと頭を下げた。話の流れを止めたくなかったので、質問はしないつもりでいた。

「よろしおます。記者さん、ちゃんと聞いときなはれや、ときどき脱線するかもしれまへんけど」

口を開いた和一は、右手で握りしめていた忘備録も見ず、目をつぶって回想しながら、ぽつりぽつりと言葉にしていった。

それはこんな内容だった――。

＊　＊　＊

一回目の出会い～不思議館

明治三十（一八九七）年暮れに興行界から去った和一は、一連の見世物にかんする事どもをきっぱり脳裏から消し去った。どんどん世のなかに普及してきた活動写真をあえて黙殺し、舶来品雑貨商、荒木商店の二代目店主として本業に励もうとした。

そうはいっても、正直、心のなかではまだわだかまりがくすぶっていた。そこで思いきって、エジソンとプレスコットに手紙を送った。ヴァイタスコープの輸入から火がついた疾風怒濤の一年間の出来事と、活動写真の世界から足を洗った経緯と深い謝辞を便箋に綴ったのだ。読み返してみると、ニューヨークまで出向いて装置一式を入手し、その後、手を変え品を変えて興行を続けてきたのに、結局、一年すら持ちこたえられなかったことへの禍根と無念の想いが行間からにじみ出ていた。

ともに汗を流した同志ともいえる上田布袋軒、豆タン、大阪電灯技師の長谷川延（ただし）に本心を吐露したかったのだが、弱みを見せられないという矜持が邪魔をしていた。それに荒木商店の店主という立場上、彼らにはどうしても胸の内を明かせなかった。自分はつくづく、ええかっこしいなんやとこのときはじめてわかった。「ええかっこしい」というのは、「見栄っぱり」のこと。

エジソンとプレスコットへの手紙でなんとか気持ちを切り換えることができた。というか、切り換えねばならないと自分に言い聞かせ、本業のかたわら、島之内教会で日曜学校の校長や執事を務めたりして、社会的な活動にも力を入れるようになっていった。

興行に没頭しまくった年の翌年、明治三十一（一八九八）年は一転、かつてないほど穏やかな日々を過ごしていた。そんな初春のある日曜日、島之内教会へ礼拝に行く途中、心斎橋筋で女学生の一団を見かけた。みな海老茶色に染めた木綿地の袴を身につけている。それがなんとも上品で初々しく思えた。あのころ、街中でよく目にした光景だった。

〈これが海老茶式部か！〉

世間では、海老茶染の袴姿の女学生をこう称していた。全国的に大流行していることが新聞でも報じられていたので、妻のヤスに言うと、ドキッとするこたえが返ってきた。

「それ、稲畑染というらしいでっせ」

「えっ、稲畑……！」

この名前に反応し、和一はすぐさま心斎橋筋にある婦人衣料品店に駆けつけ、顔なじみの店主に海老茶染の袴のことを訊いた。

「あぁ、稲畑染のことだすか。それやったら淀川べりの工場で染められてまっせ。海老茶色が女学生の心をがっちりつかんでますな。そらもう、えらい人気だす」

「なんちゅう工場だすねん」

「稲畑染工場だす。京都の実業家はんが建てはったもんだす。本店はそこの堺筋の順慶町にありまっせ」

まちがいない、稲畑勝太郎のことだ！　シネマトグラフの興行に打ち込んだ人物が、かくも大々的に事業を展開している実業家とはまったく知らなかった。

〈稲畑さんはどえらい人間なんやわ、きっと〉

和一はにわかに勝太郎に興味を抱きはじめ、知らず知らずのうちに両目を擦っていた。

つぎの日曜日、人力車に乗って淀川べりの長柄（ながら）へ向かい、川下に視線を流すと、そこにはもうもうと煙を吐き出す高い煙突がそびえ、レンガづくりの建物が林立していた。

〈わっ、あれが稲畑さんの工場か！　海老茶袴を染めてはるんやな〉

稲畑染工場をはじめて目にし、あまりの大きさに呆気にとられた。実はこのとき、工場の隣接地にモスリンの製造工場を建造中で、いよいよモスリンの国産化へ向けた事業が動きはじめていた。

店にもどると、エジソン本人から返信が届いていた。便箋に一枚。簡略でありながら、世間で狡猾と言われているあの発明王にしては、いままで見せたことのないような温かみのある内容だった。和一との出会いがよほど好印象だったからだろう。

「短期間とはいえ、わが社の商品を日本で広めていただき、感謝しています。ご苦労さまでした。これからは本業に専念してください。もしわが社が扱っている商品を活用することがあれば、可能なかぎり協力する所存です」

どういうわけかプレスコットからは返信が来なかった。あくまでもビジネスのつき合いと割り切っていたのかもしれない。そう思うと、無性に悲しくなったけれど、致し方のないこと。以降、エジソンとは折に触れて書簡のやり取りをするようになった。

十九世紀が終わる明治三十三（一九〇〇）年の夏、和一ははじめてヨーロッパの土を踏んだ。語学力と渡航経験を買われて農商務省の嘱託員に任命され、先進諸国の商業と産業の現状を視察する旅に出向いたのだ。ふつうは一団を組んで各国を巡っていくのだが、どちらかといえば、団体行動が苦手な性質（たち）なので、無理を言って単独で渡航させてもらった。

パリに到着すると、四月から開幕していた第五回パリ万国博覧会の会場へ直行した。エッフェル塔を中心としたセーヌ河畔の会場には最先端科学技術の粋が集められ、多くの見物人で賑わっていた。エッフェル塔にエスカレーターが取りつけられ、世界ではじめての「動く歩道」もお目見えし、六年前に和一がキネトスコープを求めて訪れたサンフランシスコの国際博覧会とは、くらべものにならないほど壮大で優美なものだった。とりわけ七十五ミリフィルムで世界各地の情景と万博会場を撮影したシネマトグラフの映像が、縦十五メートル、横二十五メートルという超巨大スクリーンに映し出されていたのを目の当たりにし、えらい進化したもんやと度肝を抜かれた。リュミエール社はしかし、二年後、ライバルのパテ社にシネマトグラフの特許を譲渡し、映画事業から撤退することになる。

〈花の都パリは燃えとる。そもそも欧州の空気自体がアメリカとちゃう。これまでアメリカしか見てけぇへんかったけど、欧州をあなどったらあかんわ〉

会場をひと通り見学したあと、最後に足を向けたのが日本館だった。そこを取り仕切る農商務省の担当官に挨拶し、雑談していると、稲畑勝太郎の名前が出てきた。博覧会開幕前の二月、審査官としてこの会場へやって来たという。

「稲畑さんは日本きってのフランス通ですから、当然のことです」

役人の言葉を聞き、和一は呆然とした。かつてはシネマトグラフの興行に邁進し、いまでは日本に海老茶式部のブームを生み出した実業家の顔しか知らず、まさかフランスと強いコネクションを持っていたとは思いもよらなかった。

「へぇ、あの稲畑さんですか……」

こういう公の場では大阪弁を隠した。やはり、「ええかっこしい」なのだ。

「稲畑さんをご存知なんですか」

そう訊かれたが、ここでヴァイタスコープとシネマトグラフの興行合戦の話をするのは無粋だ。

「はぁ、おなじ関西ですので、お名前は耳にしています。女学生に海老茶袴を穿かせた御仁ですね」

「そうです、染職業界の第一人者です。すべてがフランスに由来しているんですよ」

担当官は勝太郎のリヨン留学以来のフランスとの深いかかわりを簡単に説明した。

「そうだったんですか。なるほど……」

和一のなかで稲畑勝太郎像がますます膨らんできた。これはなんとしても会いたい、いや絶対に会わねばならないと思った。

ずっとその思いを抱いたまま、三年の歳月が流れた。

明治三十六(一九〇三)年三月一日に天王寺・今宮地区で、明治政府が音頭を取って開催された第五回内国勧業博覧会で、和一は不思議館というアトラクション施設を担当した。白羽の矢が立ったのは、六年前のヴァイタスコープやエックス光線などの見世物興行での実績のためだった。過去の出来事と忘れ去っていた一連の興行が、いまなお世間で覚えられていることに和一はむしろ驚いた。

二年前から荒木商店の仕事と並行して、カナダのモントリオールに本社を置く加奈陀（カナダ）サン生命保険会社の代理店業務を兼ねていた。顧客が関西在住の外国人なので、英語に強く、国際感覚のある和一に、本社から真っ先に依頼があり、本業にも活かせると判断して快諾した。不思議館のことを本社の役員に伝えると、大いに理解を示してくれ、会期中は東京の社員を大阪にまわすので、遠慮なくアトラクション施設に没頭するようにと激励された。

博覧会は甲子園球場の八・八倍もある広大な敷地に、農業館、水産館、機械館、参考館など十四の展示館（パビリオン）が建てられ、それ以外にもボートがすべり台で池に落下するウォーターシュート、きらびやかなメリーゴーランド、花火大会などのエンターテインメント的要素をふんだんに取り入れたのが最大の特色だった。

そうした余興分野の一つが不思議館だった。館内には、遠距離実体鏡、天然色写真機、月世界眺望望遠鏡、電気応用大顕微鏡、無線電信機、エックス光線機、蓄音機などの最新の装置がずらりと陳列された。これらは前年の十月、大阪市の嘱託員としてアメリカを三たび訪れ、サンフランシスコとロサンゼルスなど西海岸の諸都市で選定（ピックアップ）してきたもので、エジソン社をはじめブリュール兄弟商会など、和一とかかわりのある神戸と大阪の貿易商を通じて輸入された。このときエジソンが約束通り、惜しみなく協力してくれたのはありがたかった。

不思議館という名称は、急ピッチで工事が進んでいた博覧会の会場にひょっこり現れた上田布袋軒が「けったいなモンがぎょうさんおますなぁ。ホンマに不思議な館だすなぁ」と口にした言葉からつけられた。「東に駒田好洋あり、西に布袋軒あり」と言われるほど、布袋軒はいまや売れっ子の活動弁士として全国各地を巡業していた。六年ぶりの再会だったが、白髪が目立つだけで、声のトーンも雰囲気もまったく変わっていなかった。

不思議館の目玉イベントは、千五百人収容の劇場で連日、催された妖艶な舞踏だった。カーマンセラという自称二十八歳のアメリカ人女性が蝶のコスチュームをまとい、めまぐるしく色が変わる照明を浴びながら、華麗に舞うという見世物。それが来館者の心をつかみ、夜遅くまで行列が途切れることはなかった。

不思議館での成功がすこぶる高く評価された和一は、大阪商業会議所の複数の理事から推薦を受け、会期中の四月一日に常議員に選出された。三十一歳の少壮実業家にはあり余るほどの名誉だった。

一週間後、カーマンセラの舞台を観終えた客を、豆タンと一緒に不思議館からそとへ誘導していた和一は、思いもかけぬ人物を見かけた。

〈あれは！〉

屋外へ押し出された大勢の観客に分け入り、その人物の背中へ声をかけた。

「稲畑さん！」

地味な背広姿の小柄な男性が驚いて振り向くと、まさに稲畑勝太郎その人だった。いつもなら初対面の年長者であっても、大阪の商売人らしく、愛想を振りまき、「稲畑はん」と呼ぶところを、さすがに気が引け、「稲畑さん」と声がけした。以降、ずっとこの呼び名を通した。

「すんません、いきなりお呼び止めしまして。ここの館主を務めております荒木和一と申します」

「あゝ、荒木さん」

和一と勝太郎がはじめて声を交わした瞬間だった。

見物客が引き、豆タンはあと片づけをするためすでに館内にもどっていた。屋外に取り残された二人を、白熱球の街灯のほの赤い明かりがスポットライトのように照らしていた。そんななか勝太郎が目を細め、和一を見据えた。

「あんたはんのことはよぉ存じ上げておりますぇ。わたしは京都の稲畑商店の店主、稲畑勝太郎どす。以後、お見知りおきのほどよろしゅうお願い申し上げます」

勝太郎が頭を下げたので、和一もあわてて深々とお辞儀をした。

「まぁまぁ、そないにたいそうにせんでもよろしおす」

はんなりした京都弁に心が和んだのだが、このあと居心地の悪い沈黙が続いた。もう六年前とはいえ、ヴァイタスコープとシネマトグラフの興行でしのぎを削った間柄。ここではしかし、そのことに触れるつもりはなかった。二人とも大人だ。

勝太郎のほうから沈黙を破った。

「荒木さんはホンマに体格がよろしおすなぁ。見上げなあきまへんわ。ハハハ」

身長差が二十センチほどもある。

「いやいや、体がごっついだけが取り柄です。そうそう、稲畑さんのことはあちこちでうかがってます。三年前、パリ万博に出向いたとき、審査官をやられてはったと聞いてびっくりしました。日本きってのフランス通とは恐れ入ります」

「なんのなんの、ほかにもフランス通のお方がぎょうさんいたはりますぇ」

「それと、稲畑さんは染めモンで女学生を海老茶式部にしはった張本人です」

「ハハハ。恥のかき染めどす」

勝太郎の冗談が和一にはわからず、まともに返した。

「いやいや、恥やおませんよ。海老茶染は立派なもんです。淀川べりの工場を見てびっくりしたんですわ。モスリンの製造にも着手されてはるそうで、染織業界の第一人者とお聞きしています」

「まだまだほかにもその業界ですごいお方がぎょうさんいたはりますぇ」

謙虚な人物だと和一は受け止めた。

「稲畑さん、この博覧会でもなんかご出展してはるんですか」

和一の問いに勝太郎は簡単に事情を説明した。不思議館からまっすぐ南へ歩を向けると、外国の物産を展示している参考館という展示館がある。そこに稲畑商店がフランス、スイスなど海外から輸入した染料や最新鋭の八色捺染機（なっせんき）（色の着いたノリで布地に文様を印刷する染色機）などを出品しており、十部門あるうち第六部の染織工業部門の審査官を命じられていた。

「へぇーっ、あの参考館ですか。それにやっぱし審査官に選任されてはるんですな。わたしはまだほかの展示館に行けてませんねん。近々、参考館を見に行かせてもらいますわ」

「いやぁ、この不思議館とちごうて、えらい地味どすぇ」

勝太郎はそこまで言うと、急に語気を強めて言葉を継いだ。

「それにしても、いまの踊りはすごいどすな。まだ頭がクラクラしてますぇ。さすが博覧会で一番の評判を取ってるのがよぉわかりましたぇ。あの踊り子はん、どこで見つけてきはったんぇ」

華麗なる舞踊は、和一がパリ万博で目に焼きつけたモダン・ダンスのパイオニアといわれるアメリカ人女性ダンサー、ロイ・フラーの舞踊をヒントにしたもので、前年の渡米時、サンフランシスコの芝居小屋で、よく似た踊りを披露していた無名ダンサーをスカウトしてきた。それがカーマンセラ嬢だった。そのことを伝えると、こんどは勝太郎が驚いた。

「ほーっ、サンフランシスコで踊り子はんを探してきはったとは……。荒木さんは国際派どすな」

「いえいえ、稲畑さんにくらべたら、足元にもおよびませんわ」

ここで勝太郎がふと思い出したようにこんなことを言った。

「たしかアメリカ英語の辞典を編纂されはったんどすな」

『英和俗語活法』のことだ。

「はぁ、いまでも編纂を続けております」

「そうどすか。時計商の三木福輔さんから聞いたことがあるんどす」

勝太郎は、大阪のミナミでシネマトグラフの興行を打つため奥田弁次郎に挨拶しようと、三木に連れられ人力車で奥田邸へ向かっていたとき、和一を見かけたことをうっすらと思い出していた。和一も合点がいった。

〈せや！　あのとき三木はんと組んではったさかいに……〉

　この場ではしかし、興行の話は禁忌。それ以上、突っ込まなかった。和一が「荒木商店店主」と「加奈陀サン生命保険会社　大阪代理店代表」の二枚の名刺を手渡すと、勝太郎はキュッと目を見張った。ともに裏側が英語で印字されていた。

「ほーっ、外資の生命保険会社どすか。やっぱり国際派どすなぁ。本業と二足のわらじとはご立派、ご立派」

「いえいえ、わらじどころか、まだ裸足同然です……」

　恐縮しまくる和一は勝太郎から「稲畑商店店主」と印字された名刺を受け取った。裏を見ると、フランス語と英語で表記されていた。

　名刺交換のあと、勝太郎が背広の内ポケットから懐中時計を取り出した。

「荒木さん、そろそろ行かなあきまへん。いまから京都の自宅へ帰りますよって。ときどき会場に来とりますので、またお目にかかれまっしゃろ」

「稲畑さん、お帰りのさなかにお呼び止めしまして、申しわけございませんでした。お話しができて光栄です。不思議館にも来てくれはりまして、ホンマにおおきに、ありがとうさんでございました」

「いやいや、よぉお声がけしてくれはりましたなぁ。こっちこそありがとさんどすぇ」

　その場をさっそうと立ち去っていく勝太郎の背中を、和一はずっと見つめていた。気になっていた人物だけに、一度は言葉を交わしたいと思っていた。それが実現でき、しかも期待にたがわず、懐の深い人物であることがわかり、和一は満足感を覚えた。

立ち話にしては思いのほか喋ることができた。なんとなく旧知の間柄であるような気がし、はじめて言葉を交わしたようには思えなかった。

「小柄な人やったけど、声がえらいバカでかかったなぁ」

和一はクスクスと思い出し笑いをしながら、館内へ入っていった。

一回かぎりの興行〜日露戦争の映画

第五回内国勧業博覧会が五百三十万人とかつてないほどの入場者を集め、大盛況のうちに幕を閉じた翌年、明治三十七（一九〇四）年二月、満州（中国東北部）の権益を巡って日露戦争が勃発した。

ある朝、居間で新聞に目を通し、丹念に戦況を追っていた和一が、そばで洗濯物をたたんでいたヤスに声をかけた。

「おい、陸軍の軍服が変わるらしいで。夏衣が白から茶褐色に……。カーキ色ちゅうんやて」

「えっ、なんだすか」

妻にはあまり関心のない話題だが、このカーキ色（枯れ草色）こそが、博覧会の会場ではじめて言葉を交わしたころ、勝太郎が考案していた染色法によるものだった。

帝国陸軍は夏季には白い軍服を採用していたのだが、それだと黄土色の大地が広がる満州では敵に目立つ。そこでアフガニスタンとインド駐留の大英帝国陸軍が着用していたカーキ色の軍服から着想を得て、満州の大地に溶け込む色に変えることを決定した。これを受けて勝太郎は脱色しにくい独自のカーキの染色法を考案。それが軍部に採用され、生産ラインを海老茶染からカーキ染に切り換えた。それを記事で知った和一は、海老茶染のとき以上に驚いた。

〈これも稲畑さんの発案とは……。あの人はぼくの先、先、先を行きはるわ。それもお国のためにやってはるのが偉い。稲畑さんにくらべたら、ぼくなんかホンマにちんまいなぁ……〉

なんともやるせなさを感じた。不思議館で大評判を得たからといっても、所詮は娯楽の世界。ヴァイタスコープやエックス光線の興行となんら変わらない。そう思うと、国家を相手に動いている勝太郎が計り知れないほど大きく見えてきた。

〈もっとでっかいことせなあかんわ〉

数日後、予期せぬ人物が夜半、荒木商店を訪ねて来た。十年前の明治二十七（一八九四）年、はじめてアメリカへ渡ったとき、おなじ客船に乗り合わせた留岡幸助だった。日本の社会福祉と感化院教育の先駆者で、あのとき心細くしていた和一を励まし、「きっとエジソンに会える」と背中を押してくれた八歳年上の恩人だ。

留岡は三年間、アメリカ東部の感化監獄で実地調査を兼ねて教誨師としての研鑽を積み、帰国後、私費を投じて東京の巣鴨に少年援護施設の巣鴨家庭学校を開設していた。この来阪は、大阪市北区扇町の堀川監獄（大阪刑務所の前身）の所長が知人ということで、その施設を視察するためだった。

酒を嗜まない二人は番茶をなん杯もお代わりし、留岡が手土産に持ってきた草加煎餅をかじりながら、互いにその後の歩みと近況を夜遅くまで語り合った。なかでもニューヨークでエジソンに直談判してからの和一の人生が、留岡に驚きを与えた。

「へーっ、荒木君、いつじゃったか、東京でヴァイタスコープの活動写真を観たことがあるんじゃ。それ、荒木君が絡んどったんかのう」

東京での辛い体験が思い出され、和一は苦笑いした。

「三十二歳にしては、たいした実業家じゃが。本業のほかに外資系会社の代理店を務め、勧業博覧会でも評判を取って、八面六臂の大活躍じゃなぁ。まさかこげぇに出世するたあ思わんかったで。十年の歳月は人にドラマをつくらせるんじゃなぁ」

片や和一のほうは、使命感を持って社会福祉事業に取り組む留岡にますます尊敬の念を抱いていた。

「留岡さんのまったく揺るぎのない、確固たる信念には頭が下がります。ぼくなんかとても足元にもおよびまへんわ」

このとき和一の脳裏に、ふと勝太郎の顔がよぎった。どでかいことをやっている勝太郎に対する言いようのない胸の内を留岡に吐露すると、十年前とまったくおなじ言葉が返ってきた。

「みな、それぞれの道で開拓者になればええんじゃ。お互いべつの人間やけん、当たり前や。卑下したらあかんよ。人は人、己は己」

胸のつかえが下りた気がした。

その夜、荒木家に泊まった留岡は翌日、和一を堀川監獄へ連れて行った。現実の社会と隔絶された別世界をはじめて目にした和一は、正直うろたえ、収監者から発せられる不気味な、かつカミソリのような鋭い視線を浴びて金縛りに遭いそうになった。

「荒木君、どじゃった。人間の弱点が犯罪の動機になるゆうことじゃ。人を強うするにゃあ、出獄後の教育が大切なんじゃ。わしゃあ、それに命を懸けとるんじゃ」

視察を終え、熱っぽく語る留岡の言葉の一つ一つが和一の胸を衝き、ささいなことで悩んでいる自分がなんとも情けなくなった。

〈よっしゃ、留岡はんを見習うて、とことん自分の道を進んでいったる。人は人、己は己や〉


四か月後の六月初旬、梅雨空のもと、「和一君、ちょっとヘルプですわ」と、見るからに活力ある男性がふいに荒木商店の暖簾をくぐった。

六つ年上の山中定次郎（さだじろう）。三十八歳。大阪を拠点にニューヨーク、ボストン、ロンドンに支店を構え、のちにパリ、北京、シカゴ、上海などにも「山中商会」の看板を掲げた世界的な美術商だ。厳しい条件で知られるイギリス王室御用達美術商の日本人第一号になり、バッキンガム宮殿への出入りを許されてもいる。

和泉国大鳥郡堺甲斐町（現在の堺市堺区甲斐町）の古美術商の長男で、十二歳のとき、大阪市東区高麗橋三丁目の古美術商、山中吉兵衛のもとへ丁稚奉公に出され、二十三歳で婿養子に入った。その後、英語が堪能な荒木商店の若旦那、和一を知り、「英語を教えてくれまへんか」と声をかけてきた。

国際感覚に長け、度胸のある定次郎とはすぐにうちとけた。たまにしか会えなかったが、和一が定次郎に実用英語を、定次郎が和一に古美術のなんたるかを教え、互いに刺激し合った。このときの知見がもとになり、のちに和一は外国語の研究だけでなく、古美術収集もライフワークにした。二人は先輩後輩の間柄ではなく、かといって友達でもなく、むしろ同志のような絆を保っていた。

明治二十七（一八九四）年、すっかり英語に慣れ親しんだ定次郎はニューヨークに赴き、翌年、大きなビルを購入して支店を開設した。さらにその翌年にヴァイタスコープの購入に際して発明王エジソンと親交を結んだ和一が、山中商会とエジソン社とのパイプ役を担った。

ここ数年、互いに多忙をきわめていたので、久々の再会となった。細面に口ヒゲを生やした定次郎の顔には生気がみなぎっており、仕事が順調にいってるんやなぁと和一は安堵した。定次郎は挨拶もそこそこに本題に入った。

「和一君、活動写真だッ、日露戦争モンだす」

「定次郎はん、いきなりなんだすねん」

「いや、きのうニューヨークから帰ってきましてなぁ……」

応接間に通された定次郎は腰をおろすや、早口でまくしたてた。

それによると——。ニューヨークに滞在中、エジソン社が戦地にカメラマンを派遣して撮らせた『黒木軍の鴨緑江の大勝利』や『旅順口の攻撃』など日露戦争の映画を鑑賞して感銘を受け、大金をはたいてエジソン社からフィルムと上映器具一式を購入したという。そのなかの一作『南山総攻撃』はエジソン社のスタジオで撮影されたドキュメンタリー風の劇映画（ドラマ）で、ニューヨーク支店の日本人社員が日本兵役で出演しているらしい。

日露戦争に対する日本国民の関心はすこぶる高く、戦況を報じる新聞が飛ぶように売れていた。この年の五月二十五、二十六日に起きた遼東半島の南山における戦闘は、百十四門の野戦砲とおびただしい数の機関銃を有するロシア陸軍を前に帝国陸軍が苦戦を強いられ、三回目の攻撃でようやく敵陣を陥落させた。それだけに戦場の様子を知りたがっている国民は多かった。

「ほーっ、あの南山の激戦ですかいな。そら、観たいですわ」

「そうでっしゃろ。この大阪でぎょうさん人に観てもらいたいんだッ。せやけど、ぼくは活動写真の興行については、からっきしわかりまへん。素人だす。そこで和一君のヘルプが必要なんや。君は実績あるさかいに」

いくら定次郎の頼みとあっても、金輪際、興行はまっぴらごめんと足を洗った和一にとっては快諾できる話ではなかった。しかもヴァイタスコープで奮闘していたときからすでに七年経っており、興行の世界も様変わりしたはず。そう容易には上映できないだろうと思った。しかし定次郎の熱意にほだされ、承諾せざるを得なかった。

真っ先に声をかけた中座の座主、三河彦治がすぐに飛びつき、「小屋を使うとくなはれ」と、六月十五日から七月四日まで中座で興行を打つことが決まった。上田布袋軒に伝えると、「和一はんとまた仕事できるんだっか！」と地方巡業を取り止め、登壇してくれることになった。映写技師は布袋軒の知り合いに頼み、定次郎が在阪の各新聞に「日露戦争の活動写真、数編を一挙上映」と大きな広告を出した。あれよあれよという間に事が運び、和一の表情がふたたび興行師のそれに変わってきた。

日露戦争の映画は、東京の吉沢商店が戦地に派遣した専属カメラマンによる実況映像を五月一日から神田の錦輝館で上映していたが、こんな大々的な興行ははじめてだった。木戸銭十銭（現在の三千円相当）と割高にもかかわらず、道頓堀にはどっと人が繰り出し、中座を取り巻いた群衆が戎橋を越えて宗右衛門町界隈まであふれかえった。

盛況なる様を目の当たりにした定次郎は満足しきっていたが、和一は妙に冷めていた。気がつくと、額から脂汗が……。底なし沼にはまり込んでいく自分の姿が、おどろおどろしく脳裏に浮かんできたのだ。

〈これ以上、深入りしたらあかんわ。興行師とちゃうんや。ぼくは実業家なんや!〉

そう自分に言い聞かせ、以後二度と活動写真の興行にかかわることはなかった。

関東大震災

日露戦争で日本が大国ロシアに勝った翌年、明治三十九(一九〇六)年の秋、妻のヤスが三十四歳という若さで逝った。細菌感染による面疔(めんちょう)から体調が悪化するという予期せぬ悲劇だった。ヤスの内助の功があってこそいまの地位が築けたのに、温泉にも連れて行ってやれず、心の底から詫びた。

十一歳の長女を筆頭に八歳の長男、六歳の次男、二歳五か月の末っ子の娘を残し、悲嘆にくれていた和一に、旧友の牧野虎次が一人のアメリカ人女性を紹介した。このとき牧野は京都基督教会の牧師になっていた。

そのアメリカ人というのが同志社女学校(現在の同志社女子大学)で英語を教えるメリー・フローレンス・デントンという四十九歳の宣教師。この女性を介して教え子の松田コフ(幸子(こうこ))と出会った。コフは和一より四つ年下で、山口県の士族の娘。一時はベルリンで女流ピアニストとして名を馳せ、帰国後、女子学習院（現在の学習院女子大学）でピアノ教師をしていた。翌年の暮れ、二人は同志社女学校の牧師館で結婚式を挙げた。以降、和一は同志社との結びつきを深める。

再婚後、荒木商店ではトラブルが頻発した。不渡りの手形をつかまされたり、代金を踏み倒されたり、信用していた取引先や顧客から相ついで裏切られたり……。憤りを通り越し、虚しさというか、ほとほとアホらしなってきた。

そんなとき加奈陀サン生命保険会社の大阪支部が開設されることになり、和一に支部長就任の要請がきた。それを機に、思いきって三十三年間、玄関にかけられていた「荒木商店」の暖簾をはずした。未練はなかった。

店員の就職先はすべて和一が見つけてきた。ガッツのある豆タンは独学で英語を習得していたこともあり、保険会社の補佐役に就かせた。荒木商店の建物はすぐに買い手がつき、和一の家族はすでに浜寺に建てていた新居で暮らすことになった。

時代は明治から大正へと移り、社会に対して民衆が少しずつ声を上げはじめた大正デモクラシーの世のなか。活動写真が「キネマ」や「シネマ」と横文字でも呼ばれるようになり、国内にいくつも開設された映画撮影所で国産の劇映画が大量に製作されるようになった。和一と勝太郎がかかわったヴァイタスコープやシネマトグラフの時代は遠い遠い過去のものになり、時代は確実に変わってきていた。

そんな大正時代で最大の惨劇が関東大震災だった。その惨禍に和一が遭遇した。

大正十二（一九二三）年九月一日、土曜日の正午前、和一は二十三歳の次男・正清、十九歳の次女・数美をともない、厚い雲に覆われ、強風が吹きつける横浜港の大桟橋にいた。七月に島之内教会で結婚式を挙げ、新婚旅行でアメリカへ旅立つ長男の有三と新妻を見送るため、前夜、大阪から夜行列車に乗って横浜に来ていたのだ。

長男夫婦が乗船するカナダ・バンクーバー行きのカナダ太平洋汽船の客船エンプレス・オブ・オーストラリア号が大桟橋から出航しようとした、まさにそのとき、足もとから突き上がってくる、かつて体験したことのない大きな揺れを感じた。

ゴーッというすさまじい地鳴りがした。港へ長く突き出たレンガづくりの大桟橋が上下に激しく揺れ、とても立っておられない。大勢の見送り人で混み合う大桟橋では悲鳴と絶叫が飛び交い、海に転落する者が続出し、修羅場と化していた。

「こら、あかんわ！」

マグニチュード七・九の巨大地震。親子三人は動くに動けず、しゃがみ込んでいた。激しい余震で正清が海に落ち、あっという間に波間に消えたが、なんとか海中から浮上して桟橋のほうに泳いできて、和一に引っ張り上げられた。

三人は蒸気タービンの故障で動けなかったフランスの貨客船アンドレ・ルボン号に救助された。長男夫婦が乗る客船はなんとか外洋へ出ることができたと聞き、安堵した。そのうちフランス船にぞくぞくと避難者がやって来た。そのなかには居留地から命からがら逃れてきた外国人の姿も多く見られた。

英語とフランス語を話せる和一は、フランス人船員や外国人避難者の通訳、被災者の取りまとめに当たり、正清と数美がサポートした。ぼろ切れのようになった服を着ている外国人に行李のなかの衣服を分け与えたり、負傷者の状態をフランス人船医に伝えたり、水を求める人のために船員とかけ合ったりと奔走した。

どれだけ時間が経ったのか……、埠頭のタンクから海に流れ出た石油に引火し、ボーッと不気味な音を立てながら火の塊が強風にあおられ、アンドレ・ルボン号に迫ってきた。

「あの火が来たら、もう終わりです。覚悟を決めてください」

デッキ上で避難者に向けて発した船長の悲痛な言葉を、和一が日本語と英語で伝えると、だれもが押し黙り、すすり泣く声があちこちから聞こえてきた。

〈もはやこれまで……〉

観念したとき、風向きが変わり、運よく火の手が船から遠ざかっていった。奇跡としか言いようがなかった。その直後、船上で大歓声が上がり、みな涙を流してだれかれなしに抱き合った。

大阪にも大震災の惨状が伝わってきた。関東一円が壊滅状態になっていることを知ったコフは、居ても立ってもおられず、横浜に駆けつけようとしたが、鉄道が遮断されており、どうすることもできなかった。ただただ神に祈るだけだった。

和一はこのときコフとのあいだに三男一女の四人の子を授かっており、先妻ヤスとの二男二女を合わせると、上は二十七歳から下は十一歳までの八人の子の親になっていた。

〈妻子のためになんとしても生き延びなあかん！〉

そんな思いで震災現場で耐え忍んでいた。

結局、和一親子はフランス船で六日間過ごしたのち、横浜港に入港してきたアメリカ船に乗せてもらい、八日朝になって神戸港に降り立った。すぐさま港の事務所から自宅に電話をかけてコフに三人の無事を伝え、そのあと大阪毎日新聞社へ駆けつけ、震災時の顛末と生還、そして親族、知人、仕事先、その他関係者に心配をかけたことに対するお詫びとお礼の広告をその日の夕刊に載せた。まさに九死に一生を得た、人生で忘れ得ぬ五十一歳の体験となった。

稲畑商店の東京支店も地震による火災で全焼したが、前年から大阪商業会議所の第十代会頭に就任していた勝太郎は、商都大阪の経済・財界のリーダーとして関東一円の被災地復興のための援助物資を送るなど、陣頭指揮に当たっていた。

二回目の出会い～リットン調査団との懇談会

激動の昭和に入り、和一と勝太郎はふたたび急接近することになる——。

大阪市は大正十四（一九二五）年四月、市域拡張と人の流入で人口が二百十一万人に膨れ上がり、東京をしのぎ日本一、世界で六番目の大都会になっていた。いわゆる「大大阪」の時代だ。それが昭和七（一九三二）年まで七年間、続いた。しかし昭和二（一九二七）年には金融恐慌が起こり、社会は暗い時代に差しかかっていた。

そんなとき、映画年鑑を出していた国際映画通信社から和一に原稿依頼が舞い込んできた。『活動写真渡来三十年記録』という特集が企画され、当事者の生の声をぜひ掲載したいということだった。稲畑勝太郎のシネマトグラフが大阪・難波の南地演舞場で一般公開されてから、つまり日本で映画興行がはじまってから三十年目の節目に当たっていた。この時期になると、「活動写真」の名称が古めかしく感じられ、「映画」の呼称が定着しつつあった。あの横田永之助が映画製作会社、日活の社長に就任したのも昭和二年だった。

〈時代が変わってきよったなぁ。あれからそないになるんか……〉

和一は感慨に浸りながら、ヴァイタスコープ導入のいきさつを原稿用紙に詳しく書き綴った。題名は『エヂソン氏の活動写真器と私』。

二か月後、国際映画通信社から寄稿文が掲載された『日本映画事業総覧　昭和二年版』が届いた。和一は書斎で自分の原稿が載っているのをたしかめてから、パラッとページを一枚繰った。すると突然、大声を張り上げた。

「わっ！　えらいこっちゃ！」

なんと稲畑勝太郎の寄稿文が目に飛び込んできたのだ。題名は『真先に活動写真を輸入した私』。しかも肩書が大阪商業会議所会頭となっている。

勝太郎が三回目の渡仏時にリヨンで旧友のオーギュスト・リュミエールと再会したのを機に、シネマトグラフの装置を日本に持ち込み、試写と興行に向けて取り組んだいきさつが、苦労話をまじえてかいつまんで書かれてあった。そのなかにこんな一文が……。

「かつて、それより少しおくれて、エヂスン氏発明の活動写真を米国から荒木和一氏が携えて帰ったことを聞いたが、絵柄はリミエール氏の方のが明瞭であって好評であった」

和一は頭を抱え、心がざわめき立った。同時に拳をつくってなんども目を擦っていた。

〈稲畑さんは自分がすべて最初やとずっと思うてはったんや……〉

勝太郎も和一の寄稿文に目を通しているはずだ。自分よりひと足早く活動写真が持ち込まれていたという内容を知れば、どう思うだろうか。いや、勝太郎だけでない。「われこそが日本で最初」と主張する二つの文章がおなじ刊行物に掲載されているのだから、読者はみな一様に首をかしげるに決まっている。あとでわかったが、出版社はあくまでも筆者を尊重し、原稿にいっさい手を加えなかったという。

おなじ大阪の実業界で生きている身、まちがいなくどこかで稲畑さんと顔を合わす機会がある。そのとき、どうにも気まずくなる。当時、勝太郎は大阪商業会議所の会頭をはじめ、稲畑商店の社長、日本染料製造会社の社長、貴族院勅撰議員……と重要なポストに就いていた。モスリン紡織会社の社長はリタイアしていたものの、大阪と関西の経済・財界の重鎮であり、政界のお目つけ役でもあった。そんな御仁に恥をかかせることにでもなれば、それこそ一大事だ。

〈どうしたらええんねん。なんで三十年も前のことやのに、こうなるねん……〉

和一の額から脂汗がしたたり落ちていた。両目は擦りすぎて真っ赤になっている。その後、本業や家庭とはまったく関係のないことで悩み続け、食も細くなっていった。思いのほかデリケートなのだ。

四年後――。昭和六（一九三一）年九月十八日、満州の奉天（現在の中国東北部の瀋陽）近くの柳条湖（りゅうじょうこ）

で、南満州鉄道（満鉄）の列車が爆破されたのを機に、日本軍と中国軍とのあいだで武力抗争が生じた。いわゆる満州事変。二年前、ニューヨークのウォール街での株の大暴落が世界恐慌を引き起こし、各国は生き残り策に躍起になっていた。資源に乏しい日本が国の命運をかけたのが満州進出だった。

一か月後の十月十八日、発明王トーマス・アルバ・エジソンが八十四年の人生にピリオドを打った。翌朝、自宅の居間で新聞を手に取り、訃報を知った和一は、ニューヨークの方向に当たる、風景画が飾ってある東側の壁に向かって屹立し、黙禱した。いつまでも立ったままで、朝食を取る気配がなかったので、コフが訝った。そこで目を開け、新聞記事を妻に見せた。

いまの気持ちをどう言い表していいのか、すぐには言葉にできなかった。ただ、三十五年前、二十四歳の和一がヴァイタスコープほしさにニューヨークではじめてエジソンと向き合ったとき、見ず知らずの東洋人の青年に好奇の眼差しを注ぎ、ふくみ笑いを見せた発明王の表情がぼんやりと頭に浮かんできた。会ったのはたったの二度だけ。それでも、和一の人生にとてつもなく大きなパワーを与えてくれた。そんな人物だった。

折に触れて手紙のやり取りをしていたが、六年前、すでに経営を退いていたエジソンから、和一がニューヨークで購入した映写機についての質問を添えた手紙が届き、その回答を送ったのを最後にぷっつり音信が途絶えていた。

「あの人に会えへんかったら、いまの自分はなかったかもしれんわ」

「あなたの恩人ですね。一緒にご冥福をお祈りしましょう」

二人は並んで黙禱した。

満州事変の余波は思いのほか大きかった。列車爆破は日本陸軍の関東軍による謀略だったが、日本政府は中国の国民革命軍の仕業だと発表していた。国際連盟は真相解明のため、イギリス人貴族の第二代ヴィクター・ブルワー＝リットン伯爵を委員長とする五人の調査委員を現地へ派遣した。「リットン調査団」と呼ばれた一行十二人は翌年、昭和七（一九三二）年の二月二十九日、満州入りの前に当事国の日本を訪れた。日本政府は軍部に押されるかたちで、翌日の三月一日に満州国を建国させて既成事実をつくり、もはや引き下がれないことを世界に向けてアピールした。二月二十八日には第一次上海事変が勃発しており、日中関係は極度に緊迫していた。

そんな状況下、リットン調査団が東京で犬養毅首相ら政府高官と軍部から一連の経緯の説明を受けたあと、京都と奈良で息抜きをし、大阪の実業家団体と日中問題について意見交換するため来阪した。一行は、三月十日の午後三時すぎに大軌（現在の近畿日本鉄道＝近鉄）の特別列車で上本町（うえほんまち）駅に到着。大阪朝日新聞社と大阪毎日新聞社の本社を表敬訪問したあと、東区備後町の綿業会館へ向かい、三階の講話室で懇談会に臨んだ。

そのとき通訳の任を仰せつかったのが荒木和一だった。ちょうど六十歳のとき。大枚をはたいて誂えた背広を身に着け、綿業会館の玄関先で一行を待っていると、燕尾服姿の稲畑勝太郎が車から降りてきた。四年前の昭和三（一九二八）年に改組された大阪商工会議所会頭として、斎藤宗宣（むねのり）大阪府知事らと一緒に、上本町駅まで調査団を出迎えに行っていたのだ。

勝太郎は和一の顔を見るなり、つかつかと近づいてきて声をかけた。

「荒木さん、ご無沙汰どすなぁ。お変わりございませんか。このたびは大役を引き受けてくれはりまして、おおきに、ありがとさんどすぇ」

「稲畑さん、こちらこそご無沙汰しております。おかげさまでなんとか元気にやってます」

「それはそうと、あんた、関東大震災でえらい目に遭うたんどすな。ホンマにご無事でよかったどす」

震災後、大阪にもどった和一が出した新聞広告を見ていたのだ。

「ありがとうございます。なにせ悪運が強いもんですから、なんとか命拾いしました。今回はよくぞお声をかけていただき、感謝しております」

「いやいや、あんたはんの英語力はすごいさかい。さぁ、これから本番どす。頼んますぇ」

「はい、わかりました」

勝太郎と言葉を交わしたのは、第五回内国勧業博覧会の会場以来なので、もう二十九年前のことだ。その後は対面が叶わず、この日が二度目ということになる。

実は一度、二人は至近距離にいたことがある。

十年前の大正十一（一九二二）年の五月五日、日本を歴訪していたイギリスのエドワード王太子、のちにアメリカのシンプソン夫人と結婚するため王位（エドワード八世）を捨て、ウインザー公と呼ばれることになる御仁が大阪市を訪れ、市役所の市会議事堂での奉迎式に臨んだときだった。

議事堂で、大阪市から公式英語通訳官に任命された和一の二メートルほど先に、大阪商業会議所の副会頭だった勝太郎が臨席しており、よどみのない和一の通弁にじっと耳を傾けていた。目が合ったとき、勝太郎が軽く会釈してくれたが、和一は通訳に専念していたので、返すことができなかった。閉会後、勝太郎は神戸に向かう王太子を見送るため大阪駅へ同行したので、それっきりとなった。

今回、勝太郎が大阪経済・財界の「顔」としてリットン調査団との懇談会を取り仕切る段となり、いの一番に指名した通訳者が和一だった。イギリス王太子来阪時の通弁がよほど好印象を与えたようだった。「大阪商工会議所会頭　稲畑勝太郎」の名義で、会議所から通訳の依頼書を受け取った和一は吃驚した。例の活動写真一番乗りのことが心の奥底に根深く引っかかっていたが、いざ大任を前にすると、そんなことはもうどうでもいいように思え、快諾した。

懇談会は午後四時から三時間半にわたっておこなわれた。調査団の委員と経済界の重鎮がソファに腰を下ろして向き合い、和一は日本側の末席に坐った。

歓迎の挨拶を述べた勝太郎は、いつも以上に腹の底から声を張り上げ、調査団の一行を瞠目させた。挨拶の内容は、日中間の問題を厳正中立の調査によって一日でも早く解決してほしいというものだった。それを和一が帳面に逐次、書き留め、すべて話し終えてから英語で通弁した。

このあと各人が日中の経済について忌憚なく意見を交わした。逐次、通訳していく和一はひときわ頼もしい存在に映った。英語があまり得意でないフランス人のアンリ・クローデル陸軍中将のためにフランス語でも通訳し、勝太郎を驚かせた。

懇談会の終了後、和一が辞去しようとしたら、勝太郎に引き止められた。

「荒木さん、このあとも頼むぇ。リットンさんの挨拶とかいろいろあるんどす」

近くの料亭で大阪府、市、商工会議所が共同で主催する歓迎晩餐会が催されることになっていたのだ。この件は事前に聞かされていなかったが、商工会議所の会頭から懇願されて断われるはずがない。

「承知しました」と返し、勝太郎に料亭の二階大広間へ連れて行かれた。そこには大阪の大企業の経営者がずらりと顔をそろえていた。知っている人が何人かいて、和一はあわてて挨拶してまわった。

晩餐会では、斎藤知事の歓迎の言葉を和一が英語とフランス語で伝えたあと、リットン卿がいかにもイギリス貴族らしく気品あふれるキングズ・イングリッシュで、いまこそ商工業による平和が重要だと挨拶のなかで述べた。和一はひと呼吸置き、その挨拶を流麗な日本語に訳してみせた。

それが終わるや、万雷の拍手が沸き起こり、あとは綺麗どころによる余興の舞が披露され、にぎにぎしい宴席となった。こうなると酒を嗜まない和一は居づらくなる。思い切って中座しようと、クローデル中将とフランス語で談笑していた勝太郎の席へにじり寄り、その旨を伝えると、またも引き止められた。

「えっ、これからが宴どすぇ。まぁ、ゆっくりしていきなはれ」

勝太郎から隣席に坐るよう促された和一は言われるままに従った。

「荒木さん、きょうの通訳、お見事、お見事、聴き惚れていたんどすぇ。ホンマにありがとさんどした。助かりましたぇ。あんたに慰労せなあかんわ」

勝太郎からグラスを持たされ、赤ワインをなみなみと注がれた。これは口をつけないわけにはいかない。覚悟を決め、一気に飲み干した。そのワイン、勝太郎がフランスから取り寄せたボルドーの逸品だったが、和一には単なるアルコールでしかない。途端にめまいがしてきた。

「稲畑さん、ホンマにお酒、飲めませんねん。すんません」

「そうどすか。ほんなら料理を食べていきなはれ。ここの鯛のお造り、うまいどすぇ」

「それが……、生モンもあきませんねん」

「えっ！　あかん尽くしどすなぁ。ハハハ」

和一は気分が悪くなり、「稲畑さん、失礼します」とあわてて立ち上がり、大広間から廊下に出ようとした。そのとき早くもほろ酔い気分になっていたリットン卿に声をかけられた。

「ミスター・アラキ、ご苦労さまでした。あなたの英語は完璧です。つぎに通訳されるときは、アメリカン・イングリッシュではなく、キングズ・イングリッシュでお願いします」

ジョークをまじえ、いきなり握手を求められた。このあと和一は階下へ駆け下りるや、洗面所で水をがぶ飲みし、脚をふらつかせながら表へ飛び出した。


二か月後の五月四日、ハワイのホノルルで開催された第十九回全米および太平洋貿易会議に、和一が勝太郎の推薦で、日本側の関西代表の一人として出席した。席上、ぎくしゃくしてきたアメリカとの友好関係を保ち、さらなる貿易振興を図りたいと英語で読み上げたメッセージは、ラジオの電波に乗って、ワシントンのホワイトハウスにいるフランクリン・ルーズベルト大統領の耳にも届いた。それは大阪商工会議所会頭としての勝太郎の願いでもあった。

リットン調査団は九月に、日本の行動を侵略行為と認定しつつも、満州における日本の特権を認めるという報告書を国際連盟に提出した。

昭和八（一九三三）年二月二十四日の国際連盟の総会で、日本政府が要求した満州国の承認が、棄権したシャム（タイ国）と投票に加わらなかったチリを除く加盟国のすべてに却下されると、日本全権団は即座に退場、政府は国際連盟を脱退し、以後、孤立していった。リットン卿が大阪で訴えた「商工業による平和」はいっさい無視された格好になり、対米関係も最悪の状況になり、和一は忸怩たる思いに浸った。勝太郎もそうだった。

三回目の出会い～鴨川べり

昭和十六（一九四一）年の三月中旬、初春のうららかな昼下がりの京都。鴨川の東岸にへばりつく京阪電気鉄道の三条駅に降り立った荒木和一が、前方をつかつかと歩く、自分とまったくおなじグレーの背広姿の小柄な老人に目を留めた。やおら眼鏡を持ち上げ、背後から近づき――。

「あのぅ、稲畑さんとちゃいますか」

声をかけられ、振り向いた男性は和一の顔をじっと見据えた。

「あっ、荒木さんどすか」

「はい、荒木です。ご無沙汰しております」

「ほぉほぉ、荒木さん、お元気そうで。相変わらず立派な体格でおすな。ほんに目立ちますぇ」

「背の高いのだけが取り柄ですから」

比叡の山並みからそよいでくる穏やかな山風が鴨川の川面をなで、せせらぎが丸みを帯びて聞こえてきた。そんなはんなりとした風情の古都で、六十九歳になっていた和一が七十八歳の勝太郎と三たび言葉を交わした。国際連盟のリットン調査団が来阪したとき以来なので、九年ぶりのことだった。

この時期、日中戦争の勃発に続き、国家総動員法が施行され、さらに軍の北部仏印進駐と日独伊三国同盟締結によって、アメリカ、イギリスとの戦争が現実味を増しつつあり、日本は戦時体制に突入していた。

「こんなとこで荒木さんとお目にかかれるとは思うてもみまへんどしたぇ。なんぞ京都にご用事でも」

「はい、同志社に知り合いのアメリカ人がいてましてて……」

和一は、妻コフの恩師である同志社女子専門学校の英語教師、デントン女史に会いに行くところだった。結婚後も夫婦で、ときには子どもをともなって女史に会いに出かけていた。

デントン女史は学内ではとことん規律を重んじる堅物教師だったが、和一の子たちには優しく接してくれ、みな祖母のように感じていた。頻繁に手紙も交わした。読書好きとあって、やれ日本や中国にかんする古本を探してほしいとか、やれ洋書を持ってきてほしいとか、あれこれと言われる要求に和一夫婦はできるかぎり応じていた。よほど信頼されているようだ。

この日も女史から「久しぶりに話をしたい」とせがまれ、京都へ足を運んできていた。ついでに近々、同志社総長に就任する牧野虎次に会いにいこうと思っていた。

一方、勝太郎は午前中、大阪の本店で用事を済ませての帰りで、あまりにも天気がいいので、三条通を東へ向かい、東山の蹴上から南禅寺のそばにある邸宅まで歩いて行くつもりだと言った。敷地が五千余坪もあるその邸宅は「和楽園」(現在の何有荘)と呼ばれ、広大な庭園には琵琶湖疎水から水を引き入れた渓流や池が造営されてある。戦後の昭和二十八(一九五三)年に売却されるまで、取引先との接待、各界の賓客や外国人の歓迎会、社内の園遊会などにも使われていた。

「荒木さん、ここで会うたんもなんかのご縁。お時間があれば、川べりでちょこっとお話ししまへんか。初春の川風が気持ちよろしおすぇ」

いきなり誘われ、和一は驚いた。恐縮しながら勝太郎のあとに従いて鴨川べりへ下り、三条大橋のすぐそばの河原に並んでしゃがんだ。軍靴かまびすしい軍国主義謳歌の世情とはかけ離れたゆったりした世界……。和一と勝太郎はしばし夢見心地のような感慨に浸った。

二羽の白鷺が川の真んなかで日向ぼっこをするように立っていた。つがいなのだろうか、なんとも仲むつまじい。その情景を目にした二人は互いに顔を見合わせ、ほほ笑んだ。ともに髪の毛がすっかり白くなっていた。

「荒木さん、いつぞや通訳のときはホンマに助かりましたぇ。ありがとさんどした」

「いやいや、あのときは晩餐会で中座しまして、えらい申しわけなかったです」

「あんたはん、からっきしお酒があかんとは……、びっくりしましたんえっ。日本酒の一升くらいは軽く飲めそうな風体どすさかい」

アルコールを受けつけないどころか、日本禁酒同盟の評議員を務めるほど酒を忌み嫌っているのだが、さすがにそのことは言えない。

「すんません、情けないこってす……。けど、あのときいただいた葡萄酒の味は忘れられません」

和一は思いっきりおべっかを使った。勝太郎は破顔しながらもまわりに目を配らせ、声をひそめた。

「ここだけの話どすが、リットンさんが来日しはったころから、日本はけったいな方向へ流れてきましたなぁ」

予期せぬ言葉とあって、和一は返答に困った。しかし自然と、本音とも思える言葉が漏れた。

「はぁ、ホンマにその通りです。こんな切羽詰まった状況になるとは思うてもみませんでしたわ」

二人は口をつぐんだ。

「ときに、荒木さん、いま、どうしてはるんぇ」

和一は一年前に加奈陀サン生命保険会社を辞め、隠居の身になっていた。数年前から米英系企業への風当たりがとみに強くなり、営業しづらくなっていたからだ。実際、「外国の会社に勤めている国賊」と陰口もたたかれていた。関西日米協会理事、汎太平洋協会実行委員、日本英語学生連盟役員などを歴任し、アメリカとの親善友好に尽力してきたことで鬼畜米英の協力者と見なされるしまつ。いままさに、アメリカとの交戦が真実味を帯び、和一の人生観と価値観は大きく揺らいでいた。

和一が胸の内を正直に伝えると、勝太郎は顔をしかめた。

「ややこしい世のなかどすなぁ」

勝太郎のほうは、十二年間、務めてきた大阪商工会議所会頭を七年前に辞任し、四年前には本業の稲畑商店の社長職を長男に譲り、相談役になっていた。その他企業の社長や役員のポストもすべて退いていた。そんな勝太郎の現状を和一はすべて把握していた。

「はい、稲畑さんのことはよぉ存じ上げております。大阪商工会議所の会頭職、長いあいだご苦労さまでした。会議所の横に初代会頭の五代友厚さん、七代目の土居通夫さんと並んで稲畑さんの銅像がちゃんと立ってます。それを見て、いつもすごいお人やなぁと思うてますねん」

「あれ、わしの顔に似とるかね。ハハハ」

アメリカと英語志向の和一に対し、勝太郎は筋金入りのフランス派だ。フランス語の普及と日仏両国の文化交流を促進するため、駐日フランス大使のポール・クローデルとともに財団法人日仏文化協会を設立し、京都市山科区の九条山に関西日仏学館を建設していた。さらにトルコとの貿易促進をはかる日土貿易協会のほか、シャム、チェコスロバキア、イタリアなどとも貿易協会を創設していた。

「ここだけの話どすが……」

勝太郎がまたも声をひそめた。二羽の白鷺が風に乗って南の空へと軽やかに飛翔していった。三条大橋から子どもたちの甲高い嬌声が耳に入ってきた。

「フランスとの深いかかわりから、特高に目をつけられてるようなんどす。スパイとまちがわれてるみたいで、難儀なこっちゃ。ときどき尾行されてると思うときもあるんどすぇ」

特高、正式名は特別高等警察。それは社会主義、共産主義、無政府主義、過激な国粋主義など反体制思想を取り締まる治安警察で、この時期、諜報活動にも監視の目を光らせていた。

「稲畑さん、そら大変ですね。実はぼくもそうかもしれませんねん。アメリカびいきと見なされ、ホンマに肩身が狭いんですわ」

「国際派には居心地の悪い時代どすなぁ。それにクリスチャンにとっても受難どすぇ」

「えっ、稲畑さんはクリスチャンなんですか！」

「そうどすぇ。若いときフランスでカトリックに改宗したんどす」

リヨンに留学していたとき、京都府師範学校からの親友で、留学仲間のなかで一番仲のよかった美術専攻の横田重一が風邪をこじらせ、肺炎で十六年の短い生涯を終えた。勝太郎の衝撃ははかり知れず、哀しみに打ちひしがれた。そのとき心のよりどころにしたのがフランスに深く根ざすカトリック信仰だった。病に伏していた横田がカトリックに改宗していたこともあり、勝太郎は友の死を機に、リヨンのフルヴィエールの丘にそびえ立つノートルダム・ド・フルヴィエール・バジリカ聖堂で洗礼を受けた。

「洗礼名はジョアンネ・マリアと言うんどす」

「稲畑さん、ぼくもクリスチャンなんですよ」

「えっ！」

勝太郎の目が見開いた。

「はい、いや……、カトリックやのうて、プロテスタントですけど」

和一は荒木家に養子に入ったことには触れず、島之内教会で受洗した日を思い浮かべ、勝太郎に改宗したいきさつを説明した。

「ほーっ、荒木さんもそうどしたんか。なんか二人ともどっか似てるようで、ちょっとちゃいますなぁ。まぁ、お上に目をつけられているのはおんなじやが……」

苦笑いする勝太郎に和一は妙に親しみを覚えた。

アメリカ志向の荒木和一がプロテスタント、フランス志向の稲畑勝太郎がカトリック。宗派はちがえども、ともにクリスチャン。奇しくもおなじ十六歳で改宗していた。かつてアメリカのヴァイタスコープとフランスのシネマトグラフで興行バトルを演じた二人……。この因縁めいた相似性は理屈では説明できない。

三条大橋を陸軍の兵隊が隊列を組んで東山のほうへ向かって歩いていた。みな童顔に見える。新兵だろうか。

「そうそう、荒木さん、さいぜん言いはった同志社のアメリカ人というのは宣教師さんどすかぇ」

「そうです。日本好きのおばあちゃんでして、このご時世に絶対に祖国へ帰らんと言い張ってはります。けったいな親日アメリカ人ですねん」

「そんなアメリカ人がいてはるんどすか。ほんまに稀有なお方どすなぁ」

「はい、実は家内の恩師でして、彼女を介して結婚できたも同然なんです」

「ほぉ、それはええ話どすな。で、奥方さんはお元気どすかぇ」

「いや、それが……、昨年秋、天に召されまして。日独伊の三国軍事同盟が締結されてから十七日目のことでした」

「それはそれは、お気の毒なことどしたなぁ。お寂しいことでっしゃろ。謹んでご冥福をお祈り申し上げます」

昨年十月十四日の朝、浜寺の自宅でコフが調髪のために鏡台へ足を向けたとき、突然、強烈な腹痛に襲われ、そのままショック状態に陥った。医師の懸命な処置もむなしく、正午近くに息を引き取った。死因は腹部大動脈瘤破裂による失血だった。享年、六十四。思いもよらぬ急死。またも妻に先立たれた……。

心にグサリとナイフが突き立てられた、そんな痛みをともなった衝撃を和一は受けていた。先妻ヤスが亡くなったときとはまた異なる喪失感に胸が焼け焦げそうになり、日が経つにつれコフの存在の大きさを実感していた。

「音楽が大好きで、若いときはピアニストやったんです」

その言葉を聞いた勝太郎が反射的に和一に視線を向けた。

「えっ、うちの家内もそうどすぇ。バイオリン奏者どした」

鴨川のせせらぎがアンサンブルを奏でているように心地よく二人の耳を刺激した。

川面がキラキラと輝いている。

勝太郎が背広の内ポケットから懐中時計を取り出した。

「荒木さん、そろそろ行きまひょか。お互い尾行には注意せなあきまへんぇ」

二人して笑いをこらえ、立ち上がったとき、和一が思いきって気になっていたことを口にした。

「稲畑さん、一つお伺いしたいことがありますねん」

「ほぉ、なんどすぇ」

「もう十四、五年前になりますかね、活動写真渡来三十年を特集した総覧がありましたでしょう。あのなかのぼくの原稿、お読みになりはりましたか」

「……」

「もし、稲畑さんに恥をかかせたのなら、ここで謝らせていただきます」

和一が直立不動の姿勢であまりに真面目に言ったものだから、勝太郎は面食らった。しばらく川風に身をまかせ、おもむろに口を開いた。先ほど飛び立った白鷺のつがいがおなじところに舞い降りてきた。

「そんなこともありましたかなぁ。もう忘れましたぇ。ハハハ、どうでもよろしおすわ」

いきなり大きいほうの一羽が川魚をくわえた。勝太郎の視線がそこに注がれ、和一もつられて注視した。

このとき、勝太郎はハッとした。フランスからシネマトグラフの装置を携えて神戸港に降り立ったとき、税関吏をしていた留学仲間の佐藤友太郎から、自分よりも早く心斎橋の舶来雑貨商がアメリカから映写機を輸入していたことを聞かされていた……。そのことがおぼろげながら脳裏に浮かんできた。勝太郎は天を仰ぎ見た。

「どうされたんですか」

「いやいや、どうもおまへん。わしのシネマトグラフと荒木さんのヴァイタスコープ。二つの〈文明の利器〉によって活動写真が日本に広まった。そのことがほんにええ思い出になってますぇ」

勝太郎の言葉が、和一の心の奥底に潜んでいたわだかまりを吹き飛ばしてくれた。

「そういえば、あんたはん、あのエジソン翁に直談判しはったんどすな。えらい度胸がおましたな。荒木さんの原稿を読んで飛び上がらんばかりに驚きましたぇ」

「いえいえ、若気の至りです。いま思うと、無鉄砲もはなはだしい。お恥ずかしいかぎりです」

勝太郎がケラケラ笑った。自らも若かりしころ、若気の至りで八年間もリヨンで遊学していたことが思い出された。

「稲畑さん、いまやからこそ言いますが、実は南地演舞場へシネマトグラフを偵察しに行ったんですよ。顔を隠して、それこそスパイでしたわ」

和一が告白すると、勝太郎が笑みを浮かべて返した。

「へーっ、そうどしたんかぇ。わしのほうも新町演舞場へこっそりヴァイタスコープを観に行きましたんどすぇ。電動式の装置で、銀幕がえらい大きかったんでびっくりしましたぇ。べつに変装はしまへんどしたが」

「えっ、そやったんですか！」

二人は顔を見合わせ、プッと吹き出した。その拍子に二羽の白鷺がこんどは北の比叡山のほうへと飛び立っていった。

最期の別れ

「うーん、とうとうこの日が来たか！」

和一が勝太郎と京都の三条河原で語り合ってから九か月後の十二月八日未明、太平洋戦争がはじまった。ハワイ真珠湾での戦果とアメリカ、イギリスなどの連合国と戦争状態に入ったことを伝える大本営発表のラジオ放送を自宅の居間で聴き入っていた和一は、苦渋の表情を浮かべた。もっとも戦ってほしくなかったアメリカが敵国となったことで、腹をくくらなければならなかったからだ。親米から反米への精神的な転換――。頭ではわかっていながら、アメリカ人のデントン女史のこともあり、そう簡単に実践できるはずがなかった。

くだんの女史はアメリカが日本に宣戦布告した報を知り、「ルーズベルトのバカ野郎！」とホワイトハウスに電報を打ち、「青い目の愛国ばあさん」の異名を学内にとどろかせた。彼女は日本人以上に日本を愛していた。しかし敵性外国人であることに変わりはなく、特高警察の監視下に置かれ、「デントン・ハウス」と呼ばれる学内の建物に軟禁されることになった。

この日を境に和一を取り巻く状況はいっそう悪くなった。連合国の一員であるカナダの生命保険会社に勤めていたことが負い目となり、しかもクリスチャンであることから露骨に白い眼で見られるようになった。不用意な動きを見せると、それこそスパイ扱いされる恐れがあった。デントンとの交流も当局に察知されており、自宅の周辺を特高が嗅ぎまわっているという風評も耳にしていた。

そこで一世一代の芝居を打った。世間的には突如、思想転向したことにし、国粋主義者に傾倒しているふりをしたのだ。そのためには実際に行動で示さなければならない。率先して大政翼賛会の世話役を務め、金、プラチナ、ダイヤモンドの供出も惜しまなかった。さらに敵対する米英のアングロサクソンを「暗愚弄策損」と小バカにする当て字まで考案し、島之内教会の週報にも「神国日本をして、その使命を達成せしめたまえ」と檄文を書いた。

百八十度の豹変ぶりに周囲は驚いた。牧野虎次もその一人だったが、彼には〈演技〉だときちんと伝えた。ただ、子どもたちには胸の内をいっさい明かさなかった。

「敵を騙すには、まず味方から」

この金言を活かし、どう思われようが、一番親しい身内に本心を隠し続けた。それはなににも増して家族を守らんがためだった。


太平洋戦争がはじまって四日後、養母であり義母でもあるトミが老衰で亡くなった。九十三歳の大往生。すでに実の親の酒井亀蔵とカメも他界していた。ヴァイタスコープ興行の良きパートナーだった上田布袋軒も、いろいろ知恵を授けてくれた中座の座主、三河彦治もとうの昔に鬼籍に入っていた。荒木商店で一目置いていた豆タンこと青田隆三郎……。ヴァイタスコープの動力源となったダイナモの取っ手を力まかせにまわしてくれ、加奈陀サン生命保険会社でも小間使いに徹してくれた。その豆タンは満州事変の起きた翌年、一念発起して和一のもとを離れ、不動産会社を興すと意気込んで新天地の満州へ渡って行った。「世界を相手に商売したいんだす。せやからこの店で一生懸命、精進させてもらいまッ」と荒木商店の採用面接で和一に言ってのけたことを実現させたのだ。満州から数回、近況を知らせる便りが届いたが、ここ数年は途絶えている。手紙を送るも、返信がない……。

直流式のヴァイタスコープを稼働させるためダイナモを見つけ、映写技師を務めてくれた大阪電灯の長谷川延技師は、神戸の電話交換局に転職後、音信がない。福岡鐵工所は経営が傾き、中堅の製作所に身売りされて久しい。所長の福岡駒吉は故郷の福井・武生で安らかに眠っているのだろうか。

妻コフをはじめ、親しかった者がつぎつぎに黄泉（よみ）の客人となったり、遠ざかって行ったりし、和一は深い孤独感に浸っていた。そんななか学究的な性格を活かし、英語、フランス語、ドイツ語、ロシア語、ギリシア語、ラテン語などの語学研究と洋書や古美術の収集、そして読書に時間を費やした。気休めになったのが近所の囲碁仲間との対局だが、しかしなんといっても、京都のデントン女史と牧野虎次との語らいが大きな安らぎになっていた。

開戦から三年九か月、昭和二十（一九四五）年の八月十五日を迎えた。堺も空襲に遭っていたが、浜寺は被害がなかった。

うだるような暑さのなか、和一はすぐ近くの浜辺まで散歩に出かけ、昼前に自宅にもどると、四人の孫たちが待ち構えていた。

「おじいちゃん、あのクッキー、食べたい」

「よっしゃ、わかった」

和一は台所に入って食器棚の引き出しから一枚の紙を取り出し、女中に渡した。そこには「パンプキンクッキー　ミス・デントン伝授」と書かれてあった。戦前、デントン女史が妻コフに教えたオリジナル・クッキーのレシピだった。カボチャを裏ごししたものにバターをたっぷり練り込み、南京豆などのナッツ類を入れてオーブンで焼いたもので、荒木家の団欒によく出てきた洋菓子だ。カボチャは家庭菜園で育てており、幸いバターと南京豆も少しストックがあった。

居間で孫たちと一緒にそのパンプキン・クッキーを口にしながら、ラジオをつけた。正午、天皇自ら日本の無条件降伏を肉声で伝える玉音放送が流れた。

「終戦の詔書」――。ひとり和一だけが背筋をピンと伸ばし、はじめて耳にする現人神（あらひとがみ）の声を一字一句もらすまいと聴神経を集中させていた。なぜか涙は出なかった。頭が真っ白になったわけでもなかった。妙に冷静だった。負けたのは国力の差。そのことをあらためて痛感し、もうこれ以上、祖国の壊れていく惨状を見なくて済むことにむしろ安堵していた。

「おじいちゃん、なんの放送やったん」

孫から訊かれ、和一はぽつりとつぶやいた。

「戦争が終わったんや」


敗戦から四年目の昭和二十四（一九四九）年三月三十日。七十七歳になっていた和一は朝、自宅居間で新聞を見開いた瞬間、思わず嗚咽を漏らした。

「うっ……」

稲畑勝太郎の死亡記事――。前日の午前五時五分、京都・東山の稲畑邸「和楽園」において老衰で昇天した。八十六歳だった。稲畑産業の創業者で、同社相談役。元大阪商工会議所会頭。告別式は四月三日午後二時から自宅で執りおこなわれる。葬儀委員長は同会議所会頭の杉道助。稲畑商店は昭和十八（一九四三）年に社名を稲畑産業に変えていた。どういうわけか、フランスからシネマトグラフを導入し、日本ではじめて映画興行を催したことには触れられていなかった。

〈あゝ、稲畑さん……〉

和一は言葉で言い尽くせぬほどの無念と喪失感に包まれた。半世紀以上前、互いに無我夢中になったヴァイタスコープとシネマトグラフの興行合戦を機に、どこかでつながっているように感じていた。これまでにたかだか三回しか言葉を交わしたことがないのに……。

スケールの大きさ、一歩二歩と先を見据える先見性、少々のことでは動じない豪胆さ……。実像とはかけ離れているかもしれないが、和一にとって勝太郎は常にまばゆい理想像に思えた。いや、正確にいえば、無理やりそのように意識づけしていたのかもしれない。

勝太郎に少しでも追いつくため、自分を鼓舞してきた。しかし近づいたと思ったら、また引き離される。その繰り返しだった。追い抜いたことは一度もない。いつも勝太郎の背中を見ながら、不器用に一歩一歩、重い足を引きずりながら従いていった気がするのだ。

「もういっぺん稲畑さんと会いたかったなぁ……」

心のなかで思ったことがふと口に出た。二年前にはデントン女史が九十歳でこの世からいなくなっていた。自分にインパクトを与えてくれた人物を亡くし、和一は渦巻きのなかへと吸い込まれていくような心境になっていた。

勝太郎の告別式に参列するつもりでいたが、先日来の風邪がこじれ、体調をくずしていたので、しかたなく弔電だけで済ませた。

一か月後、大阪の外資系銀行に勤める長男の有三につき添ってもらい、勝太郎が眠る京都・東山の蹴上にある大日山(だいにちやま)墓地へ向かった。墓前で十字を切り、聖書の一節を唱えてから、しばし墓と向き合った。目を閉じると、満席の南地演舞場でシネマトグラフの興行を仕切る五十二年前の若々しい勝太郎の姿が、和一の脳裏をよぎった。不思議なことに、その情景はすべて白黒のモノトーンだった。

「もういっぺん稲畑さんと会いたかったなぁ……」

またおなじ言葉が出た。

帰りに三条河原へ立ち寄り、腰を下ろして鴨川の流れをぼんやり眺め、耳に心地よいせせらぎに身を託した。この場所で勝太郎と語らった八年前とおなじように、川の真んなかで白鷺のつがいが仲むつまじく立っていた。

〈稲畑さんはぼくのことをどう思うてはったんやろ〉

そのことがずっと気になっていた。あのときとはうって変わり、季節はずれの比叡颪（ひえおろし）が吹きつける。

「お父さん、さぶいからそろそろ帰りましょ。体が冷えますよ」

背後から息子の声が聞こえた。和一がおもむろに立ち上がった拍子に、二羽の白鷺が寒風を吹き下ろす北の比叡山のほうへと羽ばたいていった。

* * *

田島記者の存在をすっかり忘れ、深く回想しながら、ときには資料や文献を手に取り、頭に浮かんでくる事どもを思うがまま語ってきた和一は、ここでふと現実にもどった。ようやく田島は言葉をはさむことができた。

「稲畑さんとのご関係はそういうことだったんですね。日本の激動期をともに歩んでこられたお二人の足跡がよくわかりました。まったく不勉強で知らないことだらけでした」

「まぁ、年寄りの与太話やったかもしれまへん」

「いやいや、すごくドラマチックでしたよ」

「そうだすか、おおきに。それはそうと、稲畑さんが亡くなりはってから早、七年……。いまでもぼくのことをどう思うてはったのか気になってるんや」

「きっと荒木さんに敬意を払っておられたと思いますよ。でないと、そんな親しく言葉を交わされなかったはずです」

「そう言うてくれると、ありがたい」

田島が腕時計を見ると、すでに午後五時をすぎていた。三時間ほど居坐っていたことになる。

「荒木さん、十分すぎるほどお話を聞けました。お疲れになられたでしょうから、そろそろお暇させていただきます」

若い記者の誠実な対応がよほど気に入ったとみえ、上機嫌の和一は杖をついて立ち上がり、書斎の隅へ田島を導いた。二つの大きな物体が風呂敷に覆われていた。ほこりを被ったその風呂敷を和一がぞんざいに取り除くと、なんとヴァイタスコープとキネトスコープの装置が現れた。

「わっ！」

田島は驚きのあまり、のけ反った。

「ヴァイタはあのとき輸入したエジソン社のモンですわ。キネトスコープは、神戸の外国貿易商から無理やり買わされたモン。もうボロボロになってますわ。廃棄するのが忍びないんで、ずっと置いてますんや」

「ヴァイタスコープ、動くんですかね」

「半世紀以上前の骨董品やけど、ダイナモがあれば、動きまっしゃろ」

「へーっ！」

田島が興奮した面持ちでカメラを手に取り、装置を撮影すると、「こんなんもあるよ」と和一がエジソン直筆の手紙やヴァイタスコープ公開時の新聞広告などを見せた。これにも田島は驚愕し、慎重にカメラで接写させてもらった。

「きょうは貴重なお話を聞かせていただき、そのうえ信じられないモノまで見せてくださり、ほんとうにありがとうございました。これで読みごたえのある記事が書けます」

丁重に礼を述べる若い記者を和一がねぎらい、最後にこんな言葉を放った。

「長時間、年寄りの思い出話につき合うてくれて、ご苦労さんやったなぁ」

「いまは映画が全盛期やけど、これからはまちがいなくテレヴィジョンの時代が来まっせ」

慙愧の念

田島記者が帰ってから、書斎の椅子に腰を下ろした和一はフーッと嘆息し、一昨日と今日の二日間にわたって自身の足跡をそれなりに整理できたことに満足していた。ほかになにか言い忘れたことはなかったかと、冷めたお茶を口にしたとき、ふと思い出した。それは三年前の出来事だった――。

昭和二十八（一九五三）年の十二月二十二日、和一は南街映画劇場の一階フロアにいた。この劇場は四日前、難波の髙島屋大阪店の真向かいに華々しく落成した東宝直営の映画館だ。ビル内に南街劇場となんば東宝という洋画と邦画を上映する二つの映画館があり、のちに五館まで増えた。一般には南街会館と呼ばれた。いわば、シネコン（シネマコンプレックス）の先がけともいえる。

こけら落としの上映作品は、南街劇場で公開された、イエス・キリストがまとった衣を巡るハリウッドの大スペクタクル映画『聖衣』だった。国内初の横長ワイドの映像をスクリーンに映し出すシネマスコープとして注目されていた。

和一は日本で映画が産声を上げたときに深くかかわった身。それがいまどのように進化しているのかをこの目でしかと観ておきたかった。八十一歳になっても、なおも好奇心は旺盛だった。

年老いてから自ら遊びに出かけることはなかった。それが突然、難波まで映画を観に行くとなると、どうもバツが悪い。そこで近所の映画好きの囲碁仲間に介添えしてもらい、こっそり自宅を抜け出した。

これが戦後はじめての映画館での鑑賞となった。朝一番の上映なので、それほど混んでいなかった。フロアから館内に入ろうとしたとき、壁にはめ込まれた四角い銅製プレートに目が留まった。

〈おっ、これはなんや！〉

東宝の社長、小林一三の碑文だった。和一は目を凝らしてプレートに刻まれた文言を読んだ。

私はこの南街会館を建てるに際し、偶然この地が日本に於ける映画興行の発祥の地である事をある文献によって知る事を得た。

すなわち京都の稲畑商店が明治三十年二月十五日（一八九七年）より一週間、当時ここにあった南地演舞場でフランス人オウギュスト・リュミエールの発明にかかるシネマトグラフを初めて日本で公開興行したのである。

日本で最初にスクリーンに映された映画が人々の眼にふれたのは実にこの場所であった。

五十七年前のこの事実を私は知らずして南街会館建設を企画したのである。

誠に奇しき因縁と思っている。

一九五三年十一月

興行期間が一週間ではなく二週間、シネマトグラフの実質的な発明者がオーギュストではなく、弟のルイ・リュミエール、五十七年前ではなく五十六年前……と、所どころまちがった箇所があるものの、これはまぎれもなく映画興行発祥地を記念する碑文だ。

阪急電鉄、阪神電鉄、宝塚歌劇団、阪急と阪神百貨店、東宝など現在の阪急阪神東宝グループの創始者である小林一三は学生時代、勝太郎が考案した海老茶染の袴を履いた女学生「海老茶式部」をまぶしく眺めていた。そのときの印象が忘れられず、明治四十三（一九一〇）年に営業をはじめた箕面有馬電気軌道（現在の阪急電鉄）の車体に海老茶染とおなじ色を採用したという。それが「阪急マルーン」として今日まで受け継がれている。

小林一三は勝太郎の十一歳年下。わが国屈指の大実業家として名を馳せる一方、太平洋戦争の開戦直前には商工大臣を務め、辞任後、勝太郎とおなじ貴族院勅撰議員に選ばれ、敗戦直後は国務大臣にも任ぜられた。

ともに経済・財界と国政の重鎮とあって、二人が顔を合わせる機会は少なからずあったが、シネマトグラフのことなど話題に出るはずがなく、まさか大先輩の勝太郎が映画興行のパイオニアだったとはゆめゆめ知らなかった。それゆえ、映画興行発祥地のこの地に碑文を設けたのだ。

和一は激しく動揺していた。

〈こんな碑文があるとは……〉

上映がはじまり、目を見張るほどの大きなスクリーンにハリウッド俳優リチャード・バートン扮するローマの護民官が映し出されても、碑文に書かれたある一文が気になり、どうにも集中して観ることができなかった。

その一文とは「日本で最初にスクリーンに映された映画」という文言。碑文にケチをつけるつもりは毛頭なかったが、こと上映にかんしては和一のヴァイタスコープこそ「日本で最初にスクリーンに映された映画」という自負があり、心のなかでくすぶっていた矜持がいきなり頭を擡げてきた。そこには名誉欲も混じっていたかもしれない。

映画史において一番重要なのは興行であり、実験試写はあくまでも通過点にしかすぎない。そのことを和一は重々、理解していたが、このように文字に残されると、荒木和一という存在をまったくないがしろにされたように思え、言い知れぬ悔しさがこみ上げてきたのだ。

〈陽の目を見るのはやっぱし稲畑さんだけやなぁ……〉

映画が終わり、南街劇場を出た和一は、囲碁仲間を連れて髙島屋の西側を流れる新川運河沿いに南へと歩を進めた。黒く澱み、どぶ川と化していた運河のあちこちからメタンガスが発生し、鼻を突く異臭が放たれていた。

〈昔はもうちょっとマシやったのに……〉

しばらくすると、福岡鐵工所のあった場所に来た。明治二十九（一八九六）年の暮れ、ヴァイタスコープの実験試写をおこなって以来、数回、この前を通ったことがあったが、その後は来る機会がなく、実に半世紀ぶりの訪問となった。遊連橋は取り壊され、その少し南側に大きな入船橋が架かっていた。

鉄工所の跡地にはなにやら新興宗教の教会が建っており、南側の大阪地方専売局の工場跡の広大な敷地には、三年前に完成したプロ野球南海ホークスの拠点、大阪球場がズシリと構えていた。近代的なビルのような球場正面の建物が眼前に迫り、その威容に和一は足をすくませた。

〈えらい変わりようや……。昔の面影なんかぜんぜんあらへん〉

そう思いながら、新興宗教の教会の入り口に佇んだ。そのうち得も言われぬ感慨に包まれ、ごく自然と目に涙が浮かんできた。いつの間にやら眼鏡を取り、拳をつくって両目をごしごしと……。

終章

田島記者の取材を受けたその夜、和一は張り詰めていた気持ちが一気に緩み、にわかに疲れが出てきた。

〈エネルギーを出し過ぎたからやろか〉

本人がそう認識するごとく、師走に入って新聞社から送られてきた掲載紙を見開いても、特集記事に自分の写真が載っているのを見届けるだけで、活字を追う気力がなくなっていた。しだいに残り火が燃え尽きたかのように活力が失せ、とみに弱ってきた。大好きな囲碁もあまり打たず、語学書に目を通すこともほとんどなく、日がな一日、書斎でぼんやり過ごすことが多くなった。

暮れも押し詰まったある日、アメリカのシカゴにいる牧野虎次から一通の手紙が届いた。牧野は戦後、同志社総長を辞任してから、クリスチャン系の学校で理事に推され、さらに京都府と市の社会福祉委員会・審議会の会長などを歴任後、ハワイ・ホノルル市の教会牧師となり、いったん帰国するも、昨年の二月からシカゴ基督組合教会でふたたび牧師を務めていた。これで五度目の渡米だ。

手紙には、つつがなく暮らしている自身の近況と、戦後、世界の超大国にのし上がったアメリカとソ連の東西冷戦がますます激しくなってきた実情が綴られていた。そして追伸として、翌年の十一月に帰国したら、すぐに会いに行く旨が記されていた。

同期の牧野が海の向こうのアメリカでいまなお精力的に活動していることを和一は正直、羨望していた。同時に、いまの自分がなんとも不甲斐ないと思えてきた。これはなんとしても牧野が帰国するまでに体力と気力を回復させなければならないと決意した。

ところが意に反して、年が明けてから、風邪を引いたり、原因不明の腹痛や発熱に襲われたりして弱っていくばかり。夏になると食が細くなり、とうとう寝たきり状態になった。往診に来た医師の説明によれば、老衰の典型的なケースだった。この年齢になると、いきなり衰弱することが多々あるという。

交代で看病する子や孫に対し、病床の和一はなんどもつぶやいた。

「ヴァイタの記念碑を建てたい……。ヴァイタの、ヴァイタの……」

それはしかし、うわ言にしか聞こえなかった。末期(まつご)になってなおもヴァイタスコープに執着しているとは、本人も思いおよばなかっただろう。ひょっとしたら、潜在意識として心のなかに深く刻みつけられていたのかもしれない。


和一はいま、二十四歳の自分にもどっていた。

油臭が鼻をつく底冷えのする福岡鐵工所でのヴァイタスコープの実験試写――。「旦さん、まかしとくんなはれ」と怪力自慢の豆タンがダイナモの取っ手を力一杯まわすと、ブーブーというモーター音とともにパッと白布に映し出されたニューヨークの雑踏の映像。その瞬間、歓声とどよめきが沸き起こる。

必死の形相で映写機を操作している大阪電灯の長谷川延技師の横で、鉄工所の福岡駒吉が口をあんぐり開けて映像に見惚れ、中座の三河彦治も「こら、すごいわ!」と絶句している。荒木商店の店員、鉄工所の工員、近隣住民はみな驚嘆の表情。その場にいる全員の顔がクローズアップで迫ってくる。

やがてその情景が徐々に小さくなってゆき、真っ暗になった。つぎの瞬間、いきなり光があふれ、目の前に浮かんできたのが大阪弁訛りの江戸弁で朗々と活動写真を解説する上田布袋軒だ。西洋事情を知ったかぶりして口から出まかせに言いたい放題に喋りまくる。

「和一はん、まぁ、よろしおまんがな、だれにも迷惑かけてないんやさかい」とペロッと舌を出す布袋軒のなんとも憎めない顔が、振り子のようにゆらりゆらりと左右に動いている。

布袋軒が忽然と消えていなくなると、またも暗転し、すぐに明るくなった。すると、七十年来の友、牧野虎次が現れた。いつもの温顔とは一転、厳しい顔つきで、「ちゃんと自分の道を歩めよ」と和一を諌める。反射的に、和一が精一杯、弁解する。

「わかってる、わかってる。せやけど、どうしようもでへけん自分がいてるねん」

その牧野の向こうから「人は人、己は己」と告げる留岡幸助と「和一君、久しぶり」と笑顔を振り巻く美術商の山中定次郎が一緒に近づいてきて、和一を温かく抱きしめた。そのあと、どこからともなく姿を見せたデントン女史も抱擁してくれた。

しだいに意識が遠のいていく……。ここで終えてはいけないと和一は気力を振り絞り、向こうのほうでほのかに輝いている白い光芒を見つめた。そこには実の両親の亀蔵とカメ、養父安吉と養母トミが手を振っている。

「おおきに、おおきに。ほんまにおおきに」

その言葉しか出てこない。四人はうんうんと頷き、光のなかへ吸い込まれていく。光芒はより明るくなり、大輪に変わった。その真んなかで、先妻のヤスと後妻のコフが八人の子どもに囲まれて並んで立っている。みな満面の笑み。

「おおきに、おおきに。ほんまにおおきに」

またもおなじ言葉が口に出た。そして子どもたちに向かって思いっきり声を絞り上げた。

「みんな、しっかり生きやぁ！」

涙声になっていた。ここで突然、漆黒の闇に包まれた。すぐに光の世界が出現するはずなのに、いっこうに明るくならない。

どれほど時間が経っただろう、いきなり肩を小突かれてハッと覚醒すると、かたわらに小柄な男性が歩いている。稲畑勝太郎だ。リットン調査団を迎えたときの燕尾服で、見るからに威風堂々としたいでたち。

「稲畑さん、稲畑さん」

声をかけても、勝太郎は真っすぐ前を向いて歩くだけ。あまりの速歩(はやあし)とあって、従いていけなくなる。ときどき勝太郎が立ち止まり、和一を待つ。並ぶと、ふたたび無言のまま歩きはじめるが、すぐにまた勝太郎に離される。この繰り返し……。

「稲畑さん、待ってくださいな」

いつしか勝太郎の姿が見えなくなり、代わって先ほどの光輪が目の前に迫っていた。しかし光の力が弱々しく、輪も細くなってきている。その前で、眼光鋭いエジソンが腕を組んで仁王立ち。すぐうしろに受付嬢のマリリンが控えている。彼女はしきりに愛らしいブルネットの髪を手で触っている。

和一はエジソンに手を差し伸べようとするも、発明王は敬礼するような仕草を見せ、手を振って光のなかへと入っていく。そしてマリリンがいたずらっぽく和一にウインクし、そのあとに続いた。

「あっ、マリリン……」

そう声を発したのを最後に意識が遠のいていった。

昭和三十二（一九五七）年九月二十日の午前五時、旧友、牧野虎次の帰国を待たずして、荒木和一は八十五歳で天寿をまっとうした。

稲畑勝太郎の逝去から八年後――。新聞の死亡記事には、エジソンのヴァイタスコープを初輸入し、大阪新町演舞場で初公開したと付記されていた。

二万冊にもおよぶ和一の蔵書は、遺族によって同志社大学図書館に寄贈され、荒木文庫として保管されたが、浜寺の邸宅はそのままの状態でしばらく残されていた。

「六角堂」の書斎で和一が使っていたマホガニーの重厚なデスクの一番下の引き出しのなかに残されていた一枚の便箋……。どういうわけか、遺品整理をした遺族のだれもそれに気づかなかった。便箋には愛用の万年筆で罫線をはみ出して大書で走り書きされていた。

「最後の詰めが甘かった。あと一歩で目標に到達するところを、見事に頓挫してしまう。いつもそればっかり。映画で言うなれば、だんだん映像が小さくなって消えていくフェイドアウトみたいなもん。さりとて、そういう人生もまた善き哉(かな)」

おそらく自分に向けて記したものだろう。なぜこういう文面を書いたのか。日付がないので、いつ筆を走らせたのかもわからない。

便箋の裏には、パサパサになって黄ばんだ四角い厚紙が、セロハンテープで貼られていた。テープが乾き、半分ほどめくれている。厚紙は五十四年前の第五回内国勧業博覧会ではじめて稲畑勝太郎と言葉を交わしたときに受け取った「稲畑商店店主」の名刺だった。どうして勝太郎の名刺を添えたのか……。便箋はだれにも見られることなく、引き出しのなかで眠っていた。

数年後、荒木邸が取り壊される前、業者がデスクを運び出し、トラックに載せようとした拍子に引き出しがスーッと開いた。折から吹いてきた西風にあおられ、名刺のついた便箋は天空へと舞い上がっていった。

あとがき

今日（こんにち）、当たり前のように社会に溶け込んでいる映画。明治期にそれがいかにして日本にもたらされたのかを、大阪の荒木和一という人物に焦点を当て、一時期、ライバル関係にあった京都の稲畑勝太郎との〈見えない糸〉を絡ませて、評伝風小説として紡いだのが本書です。

勝太郎のシネマトグラフが、日本におけるスクリーン投影式映画の初上映（実験試写）と初興行を果たしたというのが通説になっていることから、映画史ではほとんど勝太郎のことが取り上げられ、ヴァイタスコープの和一はどこか日陰に置かれたような存在になっています。それは、装置の到着と実験試写の時期などが、当人の回想録・回顧録、つまり証言によって異なり、事実認定しにくいという指摘があるからです。

本書では、そういう曖昧さを筆者の想像で補い、和一の立場から物語を組み立てました。ゆめゆめ学術書ではなく、あくまでも「事実に基づく創作」です。しかし映画資料・史料をしっかり読み解いたうえで筆を走らせたので、筋は通っていると思います。

実在した人物を小説の登場人物にする場合、たとえば「荒木和一」を「荒本和二」にするなど、よく似た名前に変えるのが定石ですが、日本の映画黎明期になにが起きていたのかを知ってもらいたくて、あえて実名で通しました。これまで学術書以外で、この題材を扱った読み物があまりなかったので、よりいっそうその思いを強くしたのです。大阪が主舞台だったことを、はじめて知った人もおられたことでしょう。

読者の混乱を避けるため、どの部分が事実で、どの部分がイマジネーションを働かせて創作したのかを記しておきます。

まず登場人物にかんして、エジソン社の受付嬢マリリン、サンフランシスコの元歴史教師ジェリー・フラナガン、和一の忠実な助手の豆タンこと青田隆三郎、浅草の興行師甚平の四人は、和一の引き立て役として筆者が生み出した架空の人物です。ほかはすべて実在した人物です。ただし、物語に彩りと躍動感を与える必要から、性格、和一との距離感、やり取りなどの情景は創作しました。「序章」から「第四章　攻防」までは、通説を覆しているとはいえ、おおむね映画史に則しています。物語の大きな重しとなるエジソンとの直談判も、和一の証言に基づいています。しかし細部は想像によるものです。

和一と勝太郎の結びつきを綴った「第五章　回顧」は、そうであってほしいという筆者の願望、理想像です。勝太郎が創業した稲畑産業（一部上場）は、電子材料や化学品などを扱う在阪の専門商社として知られていますが、二人を調べていくうちにいろんな共通点が見られ、さらに興行界を離れたあとも、なんらかのかかわりがあったことが浮き彫りになってきました。単に興行バトルの間柄だけで終わらせたくないと思い、激動の時代をともに生き抜いた〈同志〉のように描きました。

〈一回目の出会い〜不思議館〉の二人のやり取りは創作です。〈二回目の出会い〜リットン調査団との懇談会〉は歴史的事実ですが、後半の晩餐会のくだりはフィクション。〈三回目の出会い〜鴨川べり〉は目いっぱい想像力を働かせて綴り、「終章」は戯作風にまとめました。

とはいえ、可能なかぎり事実に沿って書いたつもりです。実際、大阪日日新聞の記者が最晩年の和一に取材しており、『映写機初輸入のウラ話　荒木翁にきく』という見出しの、昭和三十一（一九五六）年十二月一日付の記事も残っています。記者とのやり取りはそこからイメージを膨らませ、和一が回想するというかたちを採りました。その取材記者の名前は特定することができなかったので、とりあえず田島雄一としました。

なお、本書は平成二十八（二〇一六）年に本名（武部好伸）で上梓した『大阪「映画」事始め』（彩流社）の第一章を膨らませた読み物です。

最後に、拙稿に光を当ててくださった幻戯（げんき）書房の田尻勉社長、鋭い指摘と的確なアドバイスで作品に〈生気〉を与えてくださった編集部長の田口博さんに深く感謝します。そして幻戯書房をご紹介いただいた彩流社の河野和憲社長にもお礼を申し上げます。

二〇二一年十一月　大阪・新町の自宅にて

東（ひがし）龍造

東 龍造（ひがしりゅうぞう）
一九五四年、大阪市生まれ。大阪大学文学部美学科卒。元読売新聞大阪本社記者。日本ペンクラブ会員。関西大学社会学部非常勤講師。本作が初のフィクションで、このペンネームを使うのははじめて。本名（武部好伸）で、エッセイストとして映画、ケルト文化、洋酒、大阪をテーマに執筆活動に励んでいる。著書に「ケルト」紀行シリーズ全十巻（彩流社、一九九九～二〇〇八）、『ぜんぶ大阪の映画やねん』（平凡社、二〇〇〇）、『スコットランド「ケルト」の誘惑　幻の民ピクト人を追って』（言視舎、二〇一三）、『ウイスキー アンド シネマ 琥珀色の名脇役たち』（淡交社、二〇一四）、『大阪「映画」事始め』（彩流社、二〇一六）、『ヨーロッパ古代「ケルト」の残照』（同、二〇二〇）などがある。

フェイドアウト
日本に映画を持ち込んだ男、荒木和一

二〇二一年十二月二十日　第一刷発行

著　者　東　龍造
発行者　田尻　勉
発行所　幻戯書房
郵便番号一〇一‐〇〇五二
東京都千代田区神田小川町三‐十二
電　話　〇三‐五二八三‐三九三四
FAX　〇三‐五二八三‐三九三五
URL　http://www.genki-shobou.co.jp/

印刷・製本　中央精版印刷

ISBN978-4-86488-236-1 C0093

江戸っ子の倅　池部良

二十世紀は、僕の人生そのものの時間だが、不思議な時間の中にあったような気がしてならない――銀幕のスターであるよりも、“東京生まれの男”を貫いた最後の「粋」。死の直前まで書きつづけた「銀座百点」と「四季の味」の連載ほか、単行本未収録の決定版・遺稿集。装画も著者が描いた愛蔵版。 2,200円

天丼はまぐり鮨ぎょうざ　池部良

「さりげなく人生を織りこんだ、この痛快な食物誌は、練達の技で、エッセイのあるべき姿のひとつを、私に教えた」(北方謙三)。江戸っ子の倅たる著者が、軽妙洒脱な文章でつづった季節感あふれる「昭和の食べ物」の思い出。おみおつけ、おこうこ、日本人が忘れかけた「四季の味」。生前最後のエッセイ集。 2,200円

四重奏　カルテット　小林信彦

もっともらしさ、インテリ特有の権威主義、鈍感さへの抵抗――1960年代、江戸川乱歩とともに手がけた「ヒッチコックマガジン」の編集長だった自身の経験を4篇の小説で表した傑作。「ここに集められた小説の背景はそうした〈推理小説の軽視された時代〉とお考えいただきたい」。**文筆生活50周年記念出版** 2,000円

映画の夢、夢のスター　山田宏一

ダグラス・フェアバンクス、ゲーリー・クーパー、クラーク・ゲーブル、ケーリー・グラント、ジェームズ・キャグニー、ヘンリー・フォンダ、ジャン・ギャバン、リリアン・ギッシュ、グレタ・ガルボ、マレーネ・ディートリッヒ、キャサリン・ヘップバーン……スターでたどる映画誌、きらめく銀幕の星座群。スター誕生秘話も。 2,500円

旅と女と殺人と　清張映画への招待　上妻祥浩

日本人の「罪と罰」を底知れぬ魅力で描いた松本清張の小説群。その映画化作品を余すところなく徹底解説。「顔」「張込み」「点と線」「黒い画集」「ゼロの焦点」「砂の器」「鬼畜」「天城越え」等々……監督、女優陣、作曲家といった視点でのアプローチもおりまぜた、映画から入る清張ガイド。 2,400円

女房逃ゲレバ猫マデモ　喜多條忠

「そうだ。生きることって、こんなにもホロ苦くて、せつなくて、あたたかいんだ。『神田川』から本書まで、ガキの頃からオヤジになったいまでも、オレ、ずーっと喜多條さんに青春と人生を教わってるんだなあ」(重松清)。数々の名曲の作詞家が、故郷・大阪での出生の秘密に向き合った、せつなくもあたたかい「家族」小説。 1,800円

幻戯書房の好評既刊(税別)